THE WALKING DEAD

RETORNO PARA WOODBURY

Obras dos autores publicadas pela Galera Record

The Walking Dead: A ascensão do Governador
The Walking Dead: O caminho para Woodbury
The Walking Dead: A queda do Governador – parte 1
The Walking Dead: A queda do Governador – parte 2
The Walking Dead: Declínio
The Walking Dead: Invasão
The Walking Dead: Busca e destruição
The Walking Dead: Retorno para Woodbury

CRIADO POR

ROBERT KIRKMAN

JAY BONANSINGA

THE WALKING DEAD

RETORNO PARA WOODBURY

Tradução
Ryta Vinagre

2ª edição

Galera

RIO DE JANEIRO

2025

CIP-BRASIL. CATALOGAÇÃO NA PUBLICAÇÃO
SINDICATO NACIONAL DOS EDITORES DE LIVROS, RJ

Kirkman, Robert
K65t The walking dead: retorno para Woodbury / Robert Kirkman,
2ª ed. Jay Bonansinga; tradução de Ryta Vinagre. – 2ª ed. – Rio de Janeiro: Galera Record, 2025.

Tradução de: The walking dead: return to Woodbury
ISBN 978-85-01-11586-7

1. Ficção americana. I. Vinagre, Ryta. II. Título.

18-51883 CDD: 813
CDU: 82-3(73)

Vanessa Mafra Xavier Salgado – Bibliotecária – CRB-7/6644

Título original:
The Walking Dead: Return to Woodbury (book #8)

Publicado mediante acordo com St. Martin's Press, LLC.

Texto revisado segundo o novo Acordo Ortográfico da Língua Portuguesa.

Impresso no Brasil

ISBN 978-85-01-11586-7

Para os caçadores de errantes de toda parte.

AGRADECIMENTOS

Minha mais profunda gratidão ao cavalheiro e estudioso Robert Kirkman, que deu início a tudo isso; e também um enorme *gracias* a Brendan Deneen, editor extraordinário; Andy Cohen, o agente dos agentes; Sean Mackiewicz, a voz da razão; Susannah Noel, pela precisão na edição de texto; David Alpert, o Rochedo de Gibraltar; ao fabuloso pessoal da Skybound; aos gângsteres durões da WSC, James Frazier, Lee Ann Wyatt, Robin Justice, Jackie Prutsman, Monique Engh e à incrível equipe de turnê e aos voluntários que mimam as celebridades; a Jon, Lou, Flynn e todo o pessoal da Forbidden Planet UK; um alô especial a Jeff Siegel, Mort Castle, Thomas Losey, Charles Robinson, Eagle Eye Books, Jim e Joe da Comix Revolution e, por fim, mas não menos importante, a minha bússola moral, minha alma gêmea, meu tudo, a mulher mais bonita do mundo, minha esposa Jill Norton.

PRÓLOGO

Los Días Finales

Eis que o mal passa de nação para nação, e uma grande tempestade se levantará dos confins da terra.

— Jeremias 25:32

A 20 milhas marítimas da costa de Guantánamo, em Cuba, na pequena Île de la Lumière, um homem acorda cedo, com a vaga sensação de que terá problemas pela frente.

A princípio, ele não faz ideia de como serão esses problemas, mas é muito provável que tenham a ver com o céu, do qual, da cama em que se encontra, ele agora consegue ver um pedaço. Seis metros acima de sua cabeça está o enrugado teto de zinco da cela da prisão, que — amassado por tempestades recentes — havia perdido uma de suas placas enferrujadas para a ventania. Pelo espaço estreito, o homem deitado na cama de armar agora vê o céu agitado. Nuvens cinzentas e carregadas foram sopradas do sul. Alguma coisa fria e afiada como um chicote bate intermitentemente na lateral do prédio, produzindo um chocalhar incessante. Uma tempestade épica está a caminho.

Rafael Rodrigo Machado senta-se e estica as articulações cansadas. Esta manhã marca seu 1.825º dia na prisão; os braços e as pernas magros e a pele ressecada pelo sol refletem o confinamento solitário nesta maldita ilha repleta de praias desoladas, penhascos rochosos e florestas tropicais densas e infestadas de serpentes. Nos últimos cinco anos, todos os carcereiros, administradores e companheiros de prisão fugiram ou engoliram o cano de uma .9. Os suicídios — até onde Rafael sabe — deram a esses homens o descanso, enquanto seus corpos foram deixados para apodrecer sob o sol impiedoso. Talvez eles tenham ido para o purgatório. Quem sabe? A única certeza de Rafael Machado é que ele se acostumou a estar só. Mas ficar sozinho não é o mesmo que ser solitário. Rafael está feliz por permanecer na segurança hermeticamente fechada desta prisão decrépita, em particular depois do que aconteceu a sua volta nos últimos quatro anos, mais ou menos.

Ele se levanta e inicia o mesmo ritual matinal que tem sido seu conforto nos últimos 58 meses, 3 semanas e 2 dias. Vai até a bacia de porcelana, lava-se com água da chuva e colhe o café da manhã em sua mísera horta (ele sobrevive de batata-doce e couve desde que foi abandonado pela equipe da prisão). Nessa fase do ritual, invariavelmente, reserva um momento para olhar pelas frestas dos muros, na vã esperança de que algo na ilha tenha mudado.

Hoje, ele olha o declive rochoso e íngreme a oeste e se depara com o mesmo telhado inclinado da igreja do Sagrado Coração — a triste capelinha que observa toda manhã, há vários meses. Vê o mesmo pináculo danificado pelo vento, a cruz pendurada — ironicamente — de cabeça para baixo no suporte quebrado. Observa os mesmos 13 paroquianos vagando sem rumo pelo pátio cercado, rosnando e cuspindo como animais, possuídos pelos *demônios do inferno.*

Nos últimos anos, Rafael havia visto muitos se tornarem presas de Satanás. Guardas que, sucumbindo a espíritos impuros, tentavam arrancar as vísceras um do outro. Companheiros de prisão que fugiram e encontraram a morte nos penhascos a leste. Distantes colunas de fumaça que subiam dos telhados dos vilarejos costeiros. Ouvira, à noite, o coro sinistro dos possuídos como o canto de chacais. Ele acredita ter testemunhado os primórdios de *Los Días Finales* — o Fim dos Dias — e que, por algum motivo, *ele* continuou incólume neste pequeno purgatório de zinco, arame farpado, alvenaria e madeira de *Tipuana tipu.*

Às vezes Rafael se pergunta se seria um dos que ficaram para trás, esses órfãos do cosmo. Mas não está reclamando. Desde o começo do Fim dos Dias, ele tem sido abençoado pela solidão da prisão em ruínas, pelo abraço destas paredes — no passado construídas para conter criminosos, agora adaptadas para manter os monstros do lado de fora. Há muita comida e água, e espaço suficiente, além das celas, para fazer caminhadas. Rafael tem tempo para rezar, pedindo perdão, para se esticar em sua cama, jogar dominó e, principalmente, para pensar. Na verdade, sua rotina se manteve sempre a mesma, por muitos e muitos meses... até esta manhã.

Agora ele observa o céu escuro se aproximando do Atlântico Sul, enquanto os relâmpagos crepitam feito espirais de fogo. As cortinas cinzentas e nauseantes de chuva — ainda a alguns quilômetros, mas se movendo rapidamente — o deixam boquiaberto; então ele percebe, com um crescente pavor, o caos prateado vindo do mar, o maremoto distante como uma boca que abre as mandíbulas. É como se todo o oceano estivesse possuído pela mesma fome inesgotável que atormenta aquelas pobres almas na capela.

Ele sabe o que isso significa. Enquanto o vento ondula pelas frágeis paredes da prisão, abalando os pilares do edifício como uma criança gigantesca e petulante que sacoleja uma casa de brinquedo, Rafael engole o terror e lentamente gira 360 graus, perfazendo um círculo de pânico. Sabe o que precisa fazer. Só precisa esperar o momento certo e ser rápido... antes que o mundo inteiro entre em colapso ao seu redor.

Ele não precisa esperar muito. Exatamente às 11h41 da manhã, horário de Cuba, o vendaval derruba a parede ao sul, vizinha à horta. A madeira estala como tiros de pistola, e, diante da onda causada pela pressão de ar, todo o trecho se enverga para fora. Rafael, então, se esconde atrás de uma pilastra.

Usando uma capa de chuva amarela, que pertencera aos agora desertos alojamentos da guarda, e botas lacradas com fita adesiva, além de uma faca tática presa ao quadril e um cachecol muito justo à parte inferior do rosto, Rafael é sacudido pelas tremendas vibrações da parede que está ruindo do lado de fora do bloco de celas. A chuva horizontal cai no pátio com a força de um aríete, destruindo a horta e lançando no vazio qualquer coisa que não esteja presa ao chão. Rafael se prepara, respira fundo e mergulha no pandemônio oscilante do mundo.

A meio caminho do declive, ele escorrega e cai, deslizando por quase 100 metros. Então, para em uma moita de sumagre silvestre; a chuva o castiga e açoita seu rosto. Ele já está ensopado e tem a impressão de que os pulmões estão cheios de cimento. O vento assobia como um trem desgovernado. Rafael se força a levantar, cambaleando pelo resto da descida até a faixa irregular de areia que guarnece a extremidade norte da ilha.

O pátio onde estão guardados os veículos apreendidos fica a meio quilômetro dali, na névoa cinza e ebuliente. Rafael olha para baixo e dispara, com a maior velocidade possível, até o cemitério de veículos, aeronaves, armas e outros equipamentos confiscados do tráfico de drogas. Piloto de um dos maiores cartéis da América do Sul, ele nunca havia experimentado o produto, jamais fizera uso da carga. Sempre se considerou um profissional. Detestava os aspectos mais sujos do tráfico, as rixas sangrentas, os assassinatos, as brigas internas, a disseminação do vício em meio aos pobres e aos jovens. Rafael se considerava, acima de tudo, um simples entregador. Agora reza para que seu velho helicóptero Bell Jet Ranger ainda esteja acorrentado aos blocos perto do píer e para que os objetos confiscados permaneçam trancados no galpão ao lado. Ele sabe que o tempo é fundamental. Provavelmente, em menos de meia hora, 90% da ilha — inclusive o pátio — estarão submersos.

Através de cortinas de chuva e turbilhões de escombros, a 100 metros, o pátio de veículos se materializa. À primeira vista, as silhuetas espectrais de Humvees, motos enferrujadas e destroços crivados de balas parecem mesmo uma miragem, um anacronismo de tempos antigos — uma época em que abundavam a gasolina, a eletricidade e os políticos corruptos. Agora, Rafael luta contra o dilúvio e os ventos crescentes, ao examinar o terreno com os olhos semicerrados.

Seu coração acelera quando avista o velho helicóptero acorrentado no canto extremo do pátio e o galpão, ao lado, ainda intacto e de pé. Suas orações, então, se voltam para o tanque de combustível do Jet Ranger. Por causa da tempestade, Rafael caminha com dificuldade. Chega ao balcão e chuta repetidamente a porta trancada com cadeado, até quebrar as velhas dobradiças enferrujadas. Ali dentro, entre teias de aranha e poeira, encontra o antigo arsenal, uma infinidade de armas de fogo, de todos os calibres e tamanhos, o suficiente para municiar uma revolta.

A essa altura, a intensidade do vento aumentara consideravelmente, e uma rajada atinge a lateral do galpão, arrancando toda a estrutura da fundação e derrubando-a, com Rafael ainda dentro. Armas e caixas de munição se espalham na areia fustigada pela chuva. Ofegante, ele pega uma braçada de armas, enrolando-as com a alça de náilon de uma delas, como um feixe de lenha. É um esforço se levantar. Ele precisa percorrer apenas uns 10 metros para chegar ao helicóptero, mas são 10 metros torturantes. O vento empurra a chuva para dentro de sua boca e suas narinas.

Quando alcança o helicóptero, a maré já havia atingido a beirada do pátio. De algum modo, com os dedos congelados e escorregadios de chuva, enfia um cartucho na escopeta de cano serrado. Aponta para a corrente e aperta o gatilho. O disparo ruge, e a explosão manda a corrente para o espaço.

Durante os próximos 100 segundos, ou quase isso, Rafael Machado tem sorte. Arromba a porta do helicóptero e se joga, com as armas, para dentro do veículo. As molas guincham abaixo do banco quando ele se senta, seus olhos percorrendo freneticamente o painel de controle. Por milagre, a bateria ainda tem alguma carga, e um sinal sonoro intermitente é ativado enquanto Rafael aciona a ignição. Ele então verifica se todas as chaves estão ligadas e ajusta a alavanca para ponto morto.

Nesse meio-tempo, o maremoto havia devastado a praia. A água do mar já se agita abaixo do Jet Ranger, cujos esquis de pouso começam a derrapar. Rafael pressiona o botão de partida; o motor de turbina inicia seu canto. Com a inundação, a aeronave arremete para a esquerda, mas o rotor gira, lutando contra os ventos.

Chega o tsunami.

Quando a água atinge o Jet Ranger e joga o helicóptero de lado, Rafael sente que seu estômago foi arremessado para a o meio das pernas. Ele gira a alavanca, puxa o manche para trás e reza um pouquinho, enquanto a correnteza empurra a aeronave para a praia. O helicóptero está afundando, deslizando para o vazio escuro do mar aberto.

— *Vamos!* — A voz de Rafael arranha como uma lixa, sem prática, falando no português nativo do Brasil. — *VAMOS! VAMOS! VAMOS!*

Toda a estrutura do Jet Ranger sacode convulsivamente, dando a Rafael a sensação de que está prestes a estourar os rebites.

Ele deposita toda sua força sobre a alavanca e sente o fulcro dos rotores puxando e puxando, sem parar... até que, por fim, feliz e misericordiosamente, o helicóptero se desprega das águas e levita rumo ao alto, em direção ao mundo escuro e violento da tempestade.

A certa altura, em algum ponto da costa norte do Haiti, sacudido pela montanha-russa do deslocamento dos ventos, Rafael desmaia.

Ele percebe o que houve porque, num minuto, está olhando o painel de controle, lutando com o manche, tentando navegar por entre uma cinza muralha de chuva e, no instante seguinte, caído, enxerga o piso por entre as pernas.

Agitando-se para acabar com a desorientação e aliviar as marretadas de dor que sente por ter batido o topo da cabeça no teto do helicóptero, ele consegue interromper a queda livre segundos antes de se chocar com o mar. Recupera o curso. Usa os instrumentos para empurrar o Jet Ranger rumo ao norte. Estima que está a pouco mais de 300 milhas da costa da Flórida.

A hora seguinte é uma batalha horrenda para superar a fera que ruge pelo Caribe. O Jet Ranger rabeia, dá guinadas e desliza de lado. Estremece, chocalha e se agita em trechos de turbulência. O tempo se arrasta, as mãos de Rafael escorregam em sangue, por segurarem o manche com tamanha força e por tanto tempo. Para piorar ainda mais a situação, ele nota que o combustível do tanque de reserva deve ser suficiente para manter a velocidade só por mais umas 200 milhas. Já está chegando no limite. Felizmente, esse é o tipo de risco previsível que, para ele, não é de todo estranho.

Ao longo de anos, Rafael havia fugido das autoridades em condições inimagináveis. Tinha sido perseguido em alta velocidade e altitude por federais fortemente armados, pousado a aeronave em pistas desconhecidas no meio de tiroteios, voado a menos de 9 metros de rochedos, atravessando desfiladeiros montanhosos no Brasil. Trabalhou para o cartel mais brutal, impiedoso e amoral da América do Sul durante anos, preferindo uma sentença de prisão de uma década a se tornar informante.

Em algum lugar a oeste das Bahamas, ele sai do curso. Com o combustível reduzido à fumaça, o motor falhando, Rafael tira o cinto da calça jeans e, com ele, prende uma das mãos ao manche. O helicóptero geme, inclina-se e já perde altitude. As nuvens se rompem e ele vê, através dos filetes de vapor, o mar, vasto e claro, se abrindo abaixo dele. A espuma do mar se aproxima cada vez mais.

Rafael se dá conta de que vai morrer, mas não consegue deixar de admirar aquelas magníficas ondas... E é então que se lembra do que significam as ondas e a espuma quando aparecem numa profusão crescente como aquela.

Bem ao longe, na interminável linha do horizonte, ele avista um colar verde de ilhas. Recorda o arquipélago Florida Keys de sua infância, quando a avó o levava de São Paulo a Key West para visitar a tia Anita. O Jet Ranger tosse e estremece. O motor roda só com o combustível restante. Rafael vê a superfície do mar diante de si, a menos de 6 metros.

Os rotores começam a falhar. E então ele vê a areia cinzenta de uma ilhota deserta, a 200 metros. Seu coração dispara. A mão está em brasa, queimando como gelo sobre o manche, que ele puxa, inutilmente, para trás. O Jet Ranger inclina-se em um ângulo de 45 graus, depois fica à deriva e enfim vira.

Com o impacto, Rafael se choca contra o painel, enquanto a água invade a cabine. A pontapés, ele abre a escotilha. Pega o feixe de armas e dois coletes salva-vidas. O helicóptero começa a afundar. Rafael se esforça para passar com a carga volumosa pela escotilha estreita.

A aeronave desaparece no mar. Feito um louco, ele nada estilo cachorrinho em direção à costa arenosa e branca a menos de 100 metros de distância. Alguma coisa em seu interior o impele. Seria uma pena chegar até aqui, depois de passar por tudo que passou, e se afogar sem pisar nos Estados Unidos.

Os últimos 20 metros são pura agonia. Rafael nada sem parar, os pulmões ardem de dor, sua visão se turva. Quando enfim chega à parte rasa, está tossindo e ofegante. Engoliu água do mar. Sabe que, em certa quantidade, isso pode matá-lo. Depois de sentir a areia fofa debaixo dos pés, trata de carregar o fardo de armas para um terreno mais elevado e seco. Cambaleia pela praia, desaba e vomita uma bile leitosa e salgada na areia branca.

Ele rola e fica de costas. O mundo roda. A noite se aproxima. Pendem nuvens escuras e baixas — a tempestade alcançará essa praia em breve, mas ele se sente agradecido por conseguir chegar até ali.

Os Estados Unidos o salvarão. Os americanos saberão o que fazer. John Wayne, Tony Montana, Snoop Dogg, os Dallas Cheerleaders, Pam Grier e a porra do general George S. Patton. Esses ícones americanos da infância de Rafael revolvem em sua mente enquanto ele olha o céu. Um céu americano. Graças a Deus, graças a Deus, graças a Deus. Ele conseguiu. Está livre, a salvo, neste país, e sabe que os americanos terão as respostas.

Naquela noite, a tempestade agita-se ao seu redor e ele caminha com dificuldade para o interior da ilha. Encontra um abrigo de piquenique antigo e abandonado e monta uma fogueira embaixo de um teto de sapê feito com folhas de cipreste e de bananeira. Descansa e se seca. Cortinas ondulantes de chuva envolvem o abrigo, fazendo com que Rafael tenha a impressão de estar em uma solitária cápsula espacial à deriva no vazio escuro do universo.

A primeira criatura aparece perto do amanhecer do dia seguinte.

Rafael está cochilando quando a coisa se materializa na chuva, arrastando-se da mata vizinha, atraída pelas brasas radiantes da fogueira. É um homem parrudo, com roupas de trabalho esfarrapadas, talvez um ex-pescador, aparentemente tomado pelos mesmos demônios que haviam possuído as pobres almas que habitavam a ilha de Rafael. E este está inchado e viscoso, por causa da exposição às intempéries, e cheira a matadouro.

Quando a coisa avança sobre ele, com a boca faminta se abrindo, ruminando horrivelmente, e os olhos cobertos por uma película branca, Rafael nem sequer tem tempo para se sentir frustrado — tinha esperanças de ficar livre do domínio satânico inexplicável. Consegue alcançar o cabo de uma Beretta .45 ACP semiautomática e não faz perguntas. Dispara três tiros no crânio da coisa; os nacos da cabeça explodem em rastros de sangue.

A ciência é feita de tentativas e erros. Seus grupos de controle, a repetição de experiências e a observação atenta levam a hipóteses gerais. Rafael fica parado por um momento, atordoado ao ver que a criatura, baleada na cabeça, está se dobrando ao chão. O demônio foi derrotado... Mas pelo quê? Morte cerebral? A contramedida mágica de violar o crânio? Rafael lembra que, quando observou o fenômeno pela primeira vez, em Lumière, um dos guardas esbravejava: *Solo la cabeza!... SOLO LA CABEZA!* SÓ A CABEÇA! *Só um tiro na cabeça acaba com eles!*

Agora Rafael observa a criatura cair de costas na fogueira, lançando faíscas pelo ar, as roupas esfarrapadas pegando fogo, as chamas lambendo seu corpo, envolvendo-o em uma luz fulgurante. *Que estranho,* reflete Rafael em silêncio, observando a abominação, *que não baste o fogo para derrotar o maldito. Será possível que agora sejam criaturas do inferno?* Infelizmente Rafael não tem tempo para nenhuma outra dedução. Em meio à chuva, o ruído selvagem dos possuídos se eleva em todo o perímetro do abrigo.

Enquanto as figuras tenebrosas convergem para o oásis de luz, Rafael reúne rapidamente o arsenal. Nesse momento, improvisa uma alça para o ombro com uma corda que encontrou pelo caminho, bem como prepara uma lona para manter as armas secas. Apressadamente, pendura o feixe de armas no ombro e prende com o cinto, depois dispara alguns tiros a esmo no enxame que se aproxima.

Ele chuta as brasas pelo abrigo, atraindo algumas criaturas para o fogo e criando distração suficiente para que possa escapulir em meio ao amanhecer.

Em algum dos cantos distantes de sua memória, Rafael Machado se lembra de épocas mais felizes. Recorda-se de atravessar os 150 quilômetros de via expressa transoceânica que ligam o arquipélago de Florida

Keys ao continente. Lembra-se de viajar pela estrada panorâmica no Ford Galaxy amassado da tia Anita, atravessar dezenas de pontes, sentir como se estivesse em um tapete mágico, flutuando sobre as águas cintilantes do golfo, cantando, desafinada e alegremente, o refrão de "Se essa rua fosse minha".

O atual estado deplorável da estrada pesa muito no coração de Rafael, que avança debaixo de chuva com seu arsenal móvel nas costas. Destroços desgastados pelo tempo espalham-se pelo calçamento; alguns parecem estar ali há tanto tempo que o vento salgado raspou o metal até a camada mais inferior. Muitos carros foram saqueados; levaram os pneus e quebraram o vidro — caules de algas marinhas e mato crescem pelas cavidades. Há corpos espalhados aqui e ali, descorados pelo sol até o esqueleto, alguns crânios petrificados nas poças negras de seus próprios fluidos, agora duros e brilhantes como ônix.

Foram dois dias para chegar a Marathon — o ponto intermediário da via expressa — e, a essa altura, Rafael está perigosamente desidratado e bastante fraco. Não come nada há 72 horas e tem sobrevivido de ocasionais gotas de chuva recolhidas em garrafas que encontra pelo caminho. Mal consegue andar ao contornar uma antiga colônia de luxuosas casas de praia, agora infestadas de possuídos.

Em seu vocabulário pessoal, Rafael passou a considerar essas almas profanadas como *monstros famintos* — ou só "famintos", para resumir — e preferiu evitá-las sempre que possível, para não desperdiçar munição. Ainda não encontrou nenhum outro ser humano vivo. Seria ele o último homem na Terra? A possibilidade o arrepia até os ossos. Porém, em vez de ficar remoendo o pensamento, ele concentra seus esforços em um único objetivo — *sobreviver*. E, nesse momento, sobreviver significa encontrar água e comida.

Marathon, na Flórida, transformou-se em uma cidade-fantasma. Poderiam jogar uma bomba atômica ali, e o lugar não se tornaria mais desolado do que já está. Lixo polui os corredores dos resorts outrora grandiosos. Crocodilos vagam pelas calçadas na frente de cafeterias cobertas por tábuas. O ar tem cheiro de decomposição — mofo e carne morta —, pontuado pelo zumbido ambiente de cordas vocais mortificadas.

Rafael está prestes a desistir de sua busca e seguir para o norte quando se depara com um depósito atrás de uma das casas, que ainda parece intacta. Com o menor ruído possível, quebra o cadeado e então desenterra um tesouro.

— *Obrigado, meu Deus*... Obrigado... Obrigado, meu Deus. — Ele fala em voz baixa, quase com reverência, enquanto vasculha o conteúdo do depósito. A maioria dos objetos é inútil, restos efêmeros da vida no resort — bolas de praia há muito tempo murchas, *frisbees* empoeirados, mesas de jardim desmontadas, cadeiras de praia dobradas, pranchas de *boogie* e vários brinquedos flutuantes. Mas também há ali duas mochilas de alça, um garrafão de água mineral lacrado, um cesto de piquenique cheio de pratos e utensílios, uma grande caixa com pacotes Pringles (ainda lacrados), um recipiente plástico de 40 litros com a etiqueta GASOLINA e, a cereja do bolo, um ATV, um pequeno triciclo em excelentes condições.

Uma hora depois, Rafael parte de Marathon, na Flórida, em seu ATV, levando na traseira um tanque de combustível cheio, as provisões recém-adquiridas e a barriga repleta de batatas chips velhas e água mineral morna.

Nos dias que se seguem, à medida que a chuva desce para o sul dos Estados Unidos, Rafael percorre, em média, quase 300 quilômetros por dia. Trafega pelas rodovias principais sempre que possível, desviando-se dos bolsões de famintos ao pegar estradas rurais alternativas e mantendo-se atento a qualquer sinal de sobreviventes. No caminho, sifona gasolina de carros abandonados e encontra alguma munição no chão de um ônibus de turismo. Perto de Orlando, certa noite, quase ao crepúsculo, vê luzes fulgurando em um dos prédios, talvez alimentadas por geradores, mas decide pela segurança e continua andando. Esteve muito tempo na prisão para ser apanhado, capturado numa emboscada ou encurralado. Orlando não causa boa impressão. No dia seguinte, em Gainesville, ele avista, em uma via expressa, um grupo de pessoas a cavalo. Acena, mas não retribuem o cumprimento;

a interação para por aí. Rafael continua em seu caminho. O segredo de tudo, como percebe agora, é continuar em movimento.

No fim do terceiro dia, exatamente às 19h13 pela hora do leste, passa por uma placa, desbotada pelo sol e esburacada por tiros, instalada no acostamento de cascalho:

Bem-vindo
É um Prazer ser a Geórgia
Em sua Mente
Sede dos Jogos Olímpicos
De 1996

Rafael repara que o terreno muda quase imediatamente. Os pomares de laranjas, raquíticos e desbotados pelo sol do norte da Flórida, se suavizam e escurecem, mergulhando na colcha de retalhos que são as colinas de pinheiros grossos e as frondosas lavouras de tabaco cobertas de kudzu.

Ele para, a fim de passar a noite em uma área de descanso para motoristas, abandonada. As ruínas do prédio agora são uma casca queimada de madeira chamuscada, reboco esfarelado e vergalhões expostos como ossos. Dorme do lado de fora, sob a cobertura de outro abrigo para piquenique, escondido da vista da rodovia, seguro dentro do perímetro de uma armadilha improvisada com arame e latas. Sonha com a antiga namorada, com a morte da mãe e com a execução do amigo Ramon, apanhado roubando do cartel. Acorda ensopado de suor frio, o vento soprando a chuva intermitente pelo abrigo. Ironicamente, ele se sente revigorado. Tem a estranha sensação de que o destino o havia trazido até ali. Não sabe por que nem como as coisas vão acontecer, mas, pela primeira vez na vida, sente ter um propósito.

Naquele mesmo dia, cerca de 120 quilômetros ao norte da divisa estadual, Rafael começa a aprender a natureza específica desse propósito, ao ver que o ponteiro do medidor de combustível do ATV tinha chegado na reserva, ele encosta na pista de mão dupla para procurar gasolina.

Por mais de uma hora perambula pelas estradas secundárias como um fantasma, com sua capa de chuva amarela, em busca de um ou outro veículo abandonado ou posto de gasolina que não tenha sido completamente saqueado. Carrega o fardo de armas de fogo nas costas, metido na mochila, os canos projetando-se para o alto como se fossem gravetos. Todos os celeiros e casas de fazenda foram espoliados até os últimos recursos. As carcaças de antigos veículos jazem viradas para cima sob a chuva, assim como os restos de animais mortos estão envoltos em trepadeiras e vernônias. Todos os depósitos nos fundos das lojas de rações e sementes estão secos como cascalho. Para aumentar a infelicidade de Rafael, a mata é extraordinariamente repleta do rastro patético de Satanás. Mais ou menos a cada cinco minutos ele se esquiva de um bando de famintos. Fica tentado a abrir fogo, mas agora sabe que o barulho vai atrair outros deles das sombras.

Ele começa, então, a formular um plano alternativo, talvez procurar um cavalo para roubar, quando ouve os primeiros sinais do destino vindos das árvores ao norte, perto de uma pequena cidade chamada Thomaston.

Rafael adentra um bosque de madeira de lei e se agacha para escutar. Uma única voz é carregada pelo vento, mal pode ser ouvida com o ruído da chuva. Parece de homem, rouca, tensa de medo, talvez raiva — é complicado distinguir a emoção exata a essa distância.

Rafael tem uma compreensão modesta da língua — tia Anita havia lhe ensinado um inglês rudimentar quando era menino — e aprendeu algumas das expressões mais pitorescas durante os anos em que tratava com os senhores da droga norte-americanos. Mas há algo na voz desse homem que faz Rafael morder a isca — um aspecto humano, astuto, até amistoso —, o que é uma ironia, tendo em vista que o homem não para de gritar a palavra *stupid*. Rafael sabe o significado e, intrigado, tira um fuzil de *sniper* da mochila e se aproxima.

Ele leva alguns minutos para percorrer o aclive arborizado vizinho; a terra coberta de folhas é perigosamente escorregadia. A chuva havia transformado o solo vermelho-tijolo da Geórgia em uma consistência viscosa de graxa de automóvel. Ele chega ao cume do morro e percebe movimento em uma das clareiras, cerca de 30 metros abaixo. Olha pela mira para ter uma visão melhor e vê um solitário homem de meia-idade, vestindo uma jaqueta suja, jeans e botas de caminhada, cercado de todos os lados por pelo menos uma dúzia de almas possuídas. O homem de jaqueta agita uma tocha improvisada — um galho grosso de pinheiro, cuja ponta fora, provavelmente, embebida em algum combustível —, que agora arde, crepita e solta fumaça na chuva, por alguns momentos afastando a dúzia de famintos. Do campo de visão estreito e ampliado da mira telescópica, Rafael vê que o infeliz de jaqueta tem o cabelo grisalho contornando a testa, os olhos marejados de emoção e ferimentos no rosto e no pescoço que parecem queimaduras de terceiro grau. Suas roupas também parecem ter sido queimadas e chamuscadas.

— Burro... burro! BURRO! — Ele segue repetindo, e Rafael então percebe que o homem se refere a *si mesmo*. Rafael não entende como pode saber isso, simplesmente sabe. Seja pela linguagem corporal, seja pelo tom da voz, seja por algo incipiente sobre toda a cena que se desenrola agora. As almas demoníacas aproximam-se do infeliz de jaqueta; as bocas escurecidas abrem e fecham, os olhos parecem de barracudas. A tocha tem um poder limitado sobre os malditos: o fogo é apenas uma distração, o calor não tem efeito sobre o sistema nervoso amortecido dos monstros.

De súbito, várias emoções e conclusões percorrem Rafael. Ele sente uma enorme onda de empatia por esse homem de jaqueta. Pela graça de Deus, poderia facilmente ser Rafael ali embaixo, sozinho, cercado, apavorado, condenado. Acima de tudo, o tom sarcástico e a maneira como o pobre coitado repete a palavra *burro* — provavelmente um comentário sobre os erros tolos que ele cometeu e que o levaram a essa situação — ressoam em Rafael. Ele então coloca delicadamente o dedo no gatilho e mira na cabeça da alma possuída mais próxima.

O primeiro tiro ressoa. O pequeno esguicho de sangue é visível pela mira, expelido do crânio do primeiro alvo. A criatura possuída desaba. O homem de jaqueta vira-se repentinamente, assustado, olha por cima do ombro por um segundo, mas só por um segundo. Ainda não pode tirar os olhos de seus agressores. Ele agita a tocha. Uma cauda de cometa feita de faíscas risca o ar, enquanto a chuva enfraquece a chama. Rafael injeta outra bala na agulha, mira o segundo alvo e dispara.

Pela mira telescópica, o homem se assusta novamente quando vê o segundo agressor ser derrubado; a perplexidade e a apreensão estão em seu rosto. Ele lança outro olhar por cima do ombro e Rafael, pela mira, sente o frisson estranho do súbito contato olho no olho com um homem a 50 metros de distância. É possível que o cano da Remington esteja brilhando e visível em meio à folhagem.

Rafael mais uma vez inspira e prende a respiração, como aprendera na escola militar muitos anos atrás, depois passa a disparar nos outros agressores — um de cada vez, puxando a alavanca e injetando mais balas, numa série ritmada de movimentos. Ele sistematicamente derruba toda a dúzia de monstros.

Depois do último tiro, o homem na clareira é o único que continua de pé. A nuvem de cordite e fumaça dos disparos que envolve Rafael, então, se dissipa, e o homem de jaqueta olha para cima. Ele não grita. Não acena. Sua expressão de completo tormento permanece igual. Apenas mexe os lábios; as palavras são inaudíveis do ponto em que se encontra Rafael, mas claras a qualquer um que tenha um leve interesse por leitura labial. "Que. Merda. É. Essa."

Rafael ejeta o último cartucho; a batida surda do metal oco quicando nas pedras a seus pés reverbera pelo ar e quase não pode ser discernida da vibração monótona da chuva. O barulho parece causar uma estranha impressão com o término desse — *Como Rafael chamaria?* Um ato de misericórdia? Um exorcismo?

A figura na clareira não saiu de seu quadro vivo petrificado. Continua boquiaberta olhando para o morro, sua expressão não mudou nada. Ainda está rígido, paralisado de assombro. O silêncio se estende. A chuva continua inabalável, encharca o chão ao redor dos monstros caídos. Então o homem de jaqueta baixa os olhos em direção aos restos humanos espalhados pela clareira, os amontoados melancólicos de carne morta, agora inertes e inofensivos como fezes de animais. Ele joga de lado a tocha improvisada, com a chama já consumida e reduzida a uma brasa moribunda.

Rafael baixa a mira e enxuga o rosto, o capuz de sua capa pinga sem parar. Não consegue pensar no que fazer ou no que dizer. Será que deve fugir dali? Poderia confiar nesse homem? Ele espera, mas não sabe dizer exatamente o que está esperando. Enquanto aguarda, reposiciona a mira e examina mais atentamente o homem de jaqueta.

Através da lente, depois de uma análise mais atenta, Rafael repara que o homem é rusticamente bonito — ou talvez *tenha sido* bonito em algum momento — e carrega uma centelha de inteligência nos olhos caídos, apesar das graves queimaduras que marcam metade de seu rosto. O cavanhaque bem-aparado é cinza-ferro, e o cabelo, encharcado e colado ao crânio, exibe fios prateados. O homem, agora, também aparenta ser mais velho do que à primeira vista; os pés de galinha são fundos e se destacam dos olhos, as rugas são abundantes e marcam cada canto do rosto.

Enfim, o homem na clareira grita:

— Se acha que está se escondendo de mim, essa capa de chuva amarela é tão sutil quanto um grito no escuro.

— *¿Habla inglés?* — pergunta o homem de jaqueta depois que eles saem da chuva, mantendo distância no início, parados em extremidades opostas de uma passarela coberta e deserta, 200 metros ao norte da clareira.

O homem espera pacientemente por uma resposta, enxugando o rosto com um lenço.

— *Sí*... Quer dizer... Sim — responde Rafael, com uma das mãos pousada no punho de uma pistola. — Mas não sou hispânico.

— Ah, não? — Os olhos do outro homem brilham com um leve interesse. — Achei ter detectado um sotaque.

— Brasileiro.

— Ah, claro, erro meu. — Apesar dos ferimentos, o homem mais velho sorri. — Neste caso, estou certo de que você fala inglês melhor do que eu falo português.

Rafael dá de ombros. Estremece, sua pele é tomada de arrepios. Ele sente o cheiro acre e agudo de decomposição ao redor. A passarela — que antigamente proporcionava uma via pitoresca para andarilhos, ciclistas e amantes da natureza — abre-se sobre um riacho, que agora inunda a mata adjacente e borbulha pelas rachaduras e juntas do chão empenado. O ar no interior da estrutura é fétido e bolorento, e a chuva implacável ecoa no teto da ponte, tão barulhenta que praticamente engole a voz dos dois homens.

— Meu nome é Stern — diz o homem, mais alto do que o zumbido. — Nome de batismo, David. Ou Dave, se preferir. Mas minha esposa detesta quando me chamam de Dave. Barbara diz que a faz lembrar do cara do hambúrguer do Wendy's.

Rafael não entende metade do que David Stern está dizendo.

— Rafael — diz, por fim. — Meu nome é... Rafael Machado.

— É um prazer conhecê-lo, Rafael. Agradeço por ter me salvado lá atrás.

Rafael dá de ombros, sem entender muito bem.

David olha para ele, depois aponta a arma com a cabeça.

— Você parecia muito habilidoso com aquele fuzil de *sniper*.

— Eu fui... Soldado... Há muito tempo atrás. — Rafael dá de ombros de novo. — Vi que os famintos tinham te... Como se diz mesmo? — Ele encolhe os ombros. — Rodeado? Cercado... Preso?

David Stern ri, depois dá uma gargalhada. Enxuga os olhos com as costas de uma das mãos.

— "Famintos"... gostei dessa.

— Eles estão possuídos, não?

O riso de David cessa.

— Espere aí... *Como é?* Possuídos? Como por demônios, é disso que está falando?

— Sim, demônios... *Diabo*... Como vocês chamariam Satanás, não?

David suspira.

— Primeiro, eu sou judeu, então... Essas coisas não existem na minha religião. E, segundo, posso lhe fazer uma pergunta pessoal?

Rafael morde a parte interna da bochecha, hesita por um momento, compreendendo a maioria das palavras. Ele não sabe o quanto deve contar a esse homem. E se tudo isso for uma armadilha? E se for um esquema do *diabo* para capturar a alma dele? Por fim, Rafael responde.

— Acho que sim.

— De onde você veio?

— Aqui e ali.

— Escute... Rafael, não é isso?

— Sim.

— Você salvou a minha vida. Parece fortemente armado. Eu estou ferido. Tive alguns problemas. Isso não importa. Mas talvez possamos ajudar um ao outro. O que você acha?

Rafael respira fundo e, por um breve instante, se imagina sozinho neste mundo apocalíptico, vivendo de restos, cercado principalmente pelos espíritos impuros que o perseguiam a cada passo. Sua memória volta àqueles solitários cinco anos em que sobreviveu unicamente de batata-doce, couve, água da chuva e um fio de esperança. Relembra as noites acocorado no escuro, ouvindo o chamado do chacal, quase enlouquecendo, emboscado no canto daquele cercado insignificante, exposto, ensandecido, completamente só. Ele olha o homem ferido de jaqueta.

— Sim, isso seria bom... Vamos ajudar um ao outro.

E então — pela primeira vez em anos —, Rafael Rodrigo Machado abre para outro ser humano um agradável, verdadeiro e sincero sorriso.

Eles partilham os suprimentos. David Stern escondera um cavalo e uma carroça a um quilômetro e meio dali, distância que percorrem a pé, lado a lado na chuva, de olho na lateral da mata, conhecendo-se, bem como vigiando cada canto sombrio da paisagem alagada, à procura de qualquer faminto desgarrado.

A caminho do local, David explica que respeita todas as religiões, mas que pode garantir a Rafael que os famintos — ou errantes, como os chamam David e muitos outros americanos — não são de forma alguma satânicos nem sobrenaturais. Ninguém sabe ao certo que processo biológico trouxe uma praga tão estranha para a humanidade — especificamente os mortos que se reanimam e literalmente alimentam-se dos vivos —, mas, qualquer que seja a patologia catastrófica causadora, a crença inabalável de David Stern é que os deuses decidiram não interferir. Seja qual for a origem desse surto horrendo, uma coisa David pode garantir a Rafael: os vivos — em toda a sua glória imperfeita, preguiçosa e narcisista — deram início ao dominó que desencadeou essa cadeia de eventos.

— Chegamos — diz David, parando sob a cobertura de um enorme emaranhado de troncos caídos e rochedos. A chuva ricocheteia, e o vento invade, enquanto David retira uma lona que cobre um velho Volkswagen modificado, com a parte frontal removida. O ruído de um cavalo resfolegando e se mexendo nas proximidades chama a atenção de Rafael para o movimento atrás de uma parede de folhagem. Ali, nas sombras, um velho cavalo de carga, malhado de cinza, raspa a lama, encoberto pelos galhos de um antigo carvalho. — Aquele ali é o Shecky. — David gesticula. — Eu estava tentando encontrar alguma comida para alimentá-lo quando fui cercado por aqueles errantes na clareira.

Sob a chuva irredutível, que havia transformado a terra em um tipo de pudim, eles atrelam o cavalo. Depositam as armas e o cesto de piquenique com as provisões no banco de trás do fusca e entram. Sentam-se lado a lado na carroça improvisada; David estala as rédeas e o velho Shecky os arrasta do lodo para uma estrada de asfalto esfarelado que David gosta de chamar de "pista de merda".

— Posso te perguntar uma coisa? — diz Rafael instantes depois, enquanto David costura por entre uma fila de destroços capotados e fossilizados que bloqueia a estrada de mão dupla.

David fica de olho na estrada, segurando as rédeas.

— Claro que sim.

— O que você estava fazendo? Lá fora, totalmente sozinho?

— Procurando minha esposa.

— Barbara?

David o olha.

— Muito bem. Sim. Barbara. Ela foi raptada.

— Quando?

David suspira.

— Há pouco mais de seis meses. Tudo ia muito bem. Morávamos do lado de dentro dos muros de uma cidadezinha simpática. O nome é Woodbury. Umas duas dúzias de sobreviventes de todas as idades e tipos. Todos se entendendo muito bem, considerando as circunstâncias. Era seguro, sustentável, tínhamos células solares, agricultura orgânica. Mas... Acho que éramos um alvo.

— Um alvo?

David o olha rapidamente.

— Por um tempo, parecia que todo viciado em metanfetamina, vagabundo, motoqueiro e louco que não tinha sido transformado, em um raio de 150 quilômetros, queria roubar nossas merdas, tomar tudo, acabar com a gente. E os que se transformaram queriam que a gente virasse almoço. Mas lutamos com tudo que tínhamos e repelimos a maioria deles.

— Por isso sua esposa foi raptada?

David olha fixamente a estrada, o cavalo bate os cascos ruidosamente, acentuando a pausa.

— Até hoje não sei por que minha mulher foi levada de mim. Aconteceu num dia em que a maioria do nosso pessoal estava trabalhando nos campos. — Ele baixa os olhos e puxa o ar com dificuldade, como se o simples ato de contar a história fosse exaustivo e tóxico. — Um grupo paramilitar invadiu a cidade e levou todas as crianças. Acho que Barbara foi levada para acalmar as crianças. — Seus olhos lacrimejam. — Babs sempre foi boa com os pequenos. Nunca tivemos filhos. Ela era a eterna tia preferida.

Rafael franze as sobrancelhas.

— Então, eles levaram crianças? Por que fariam isso?

David enxuga os olhos e dá de ombros.

— Boa pergunta. De qualquer forma, nós tínhamos certeza de que eles levaram Babs e as crianças para o norte, para Atlanta... A uns 110 quilômetros de distância... E enviamos uma equipe de resgate. Uma garota chamada Lilly Caul liderou o grupo. Ela era a líder da cidade, durona, mas também desapareceu. Nos últimos três meses, passei um pente-fino naquela cidade e não descobri merda nenhuma. O lugar está povoado por grupos de errantes e por um pequeno número de sobreviventes que é melhor evitar... Então, é uma má ideia procurar alguém.

— Como foi que você se queimou? Parece... Como se diz mesmo? *Recente?*

David assente.

— Aconteceu na semana passada, estou fugindo desde então. — Ele respira fundo. — Enquanto eu procurava Babs em Atlanta, percebi que talvez tenha cometido o erro mais velho da minha cartilha.

Rafael dá levemente de ombros ao ouvir a expressão.

— Da cartilha? Que cartilha? Desculpe, eu não...

— É um jeito de falar. Significa que talvez eu esteja violando um axioma clássico, uma regra simples, antiga, mas que funciona. Quando você e seus entes queridos são separados, você não sai procurando. Simplesmente fica quieto. Deixa que eles encontrem você. Se um está procurando pelo outro, talvez seus caminhos jamais se cruzem. A questão é que me perdi em Atlanta tentando encontrá-los e foi aí que entendi. Talvez eles estivessem procurando *por mim*. Eu devia ter voltado a Woodbury.

Rafael concorda com a cabeça.

— Tudo bem... Entendi. Então, como foi que você se queimou?

— Não preciso dizer que, quando voltei à nossa cidadezinha, as coisas não estavam como eu esperava. Enquanto estive fora, o lugar ficou praticamente deserto, e o bando de aproveitadores invadiu. Metade da cidade ficou infestada de errantes, a outra metade, de ladrões. Eles se apossaram das nossas casas, dos nossos recursos... A maioria daqueles malandros não tem idade sequer para tomar bebida alcoólica. Eles eram ferozes, animais. Para falar a verdade, é até uma ofensa aos animais. — David se cala por um momento, estala uma das rédeas incitando o cavalo a fazer uma curva estreita, cheia de destroços.

Alguns errantes estão reunidos no acostamento e estendem os braços na direção da carroça, que passa.

A voz de David fica embargada e rouca de fúria.

— Vi um daqueles filhos da puta usando um lenço de Barbara enrolado na cabeça sebenta e perdi o senso. Eu estava escondido entre as árvores, olhando nossa cidadezinha cair pela última vez, e simplesmente não aguentei mais. Não sabia se um dia eu voltaria a ver Babs, Lilly ou os outros... E eu simplesmente... Perdi a razão.

Ele se cala novamente. O silvo da chuva se mistura à batida dos cascos do cavalo. Rafael espera um pouco e, então, pergunta:

— O que aconteceu? O que você fez?

— Incendiei o lugar inteiro. — David afunda-se no assento, de cabeça tombada. Por um momento, é difícil saber se ele vai rir, chorar ou gritar. Em seguida, as lágrimas escorrem pela face. Os ombros tremem. Ele engole a dor, a culpa e a vergonha e enxuga os olhos com as costas de uma das mãos. — Tínhamos uma fileira de antigos tanques de propano que encontramos. Eu entrei de mansinho e abri todos eles. Rolei os tanques para baixo do fórum. Ateei fogo no mercadinho, onde ficavam guardadas as bebidas, e o metano na rua de trás era tão denso que dava para cortar com uma faca.

Mais uma vez suas palavras diminuem até o silêncio. Rafael permanece sentado, pensando no assunto.

— Então, você se queimou no incêndio? Foi assim que se machucou?

David Stern olha para o homem mais jovem, e suas feições marcadas se comprimem em um sorriso torto e insano. A pele esticada deixa os olhos com uma aparência quase felina.

— Não tanto quanto aqueles filhos da puta.

Rafael o encara por um momento, depois observa, por uma das janelas abertas, a paisagem que passa, de bosques apodrecidos e sombras que se movem. Não consegue deixar de imaginar que as cordas do destino do mundo estejam sendo operadas, nesse momento, pelo diabo. Ele se vira para o homem mais velho.

— Você desistiu?

David o encara.

— Desisti do quê?

— De encontrar sua esposa? De encontrar Barbara?

O outro solta um suspiro aflito.

— Nunca vou desistir. — Ele respira fundo e parece se livrar do abatimento. — Preciso acreditar que eles estão por aí, em algum canto... vivos. Babs, Lilly, Tommy, Norma, Jinx, Miles e aquelas pobres criancinhas meigas... Eles estão por aí... em um local ainda melhor do que Woodbury... onde há água e comida, e eles têm um lugar aquecido para morar... Eles estão seguros, a salvo... confortáveis. Acredito verdadeiramente nisso. Acredito que eles estão por aí, vivos, e encontraram um espaço para chamar de lar.

PARTE 1

Êxodo

Cheguem à tua presença os gemidos dos presos; segundo a grandeza do teu braço, preserva os condenados à morte.

— Salmos 79:11

UM

À primeira vista, as figuras que agora vagam por esses interiores perfeitamente decorados podem ser confundidas com os donos do solar, moradores de alguma mansão antiga e graciosa com salões de nomes requintados. De vez em quando, se esbarram e, às vezes, erguem os rostos brancos e pastosos em direção ao teto, soltando altos e primitivos rosnados. Na maior parte do tempo, porém, parecem à vontade dentro dessas salas e dormitórios tão bem conservados. Um dos moradores, por acaso, caiu de costas sobre um sofá de design escandinavo; seus intestinos viscosos e cor de púrpura se derramam sobre ele em tranças cintilantes. O ex-mecânico de automóveis — ainda com a camisa de trabalho, esfarrapada, em cujo bolso se vê um FRED bordado — recosta-se languidamente ali por um momento, como se descansasse de seu vagar sem rumo; a cabeça caindo, a boca vertendo uma baba alcatroada e preta. Ao lado da criatura, uma austera luminária art déco — que, no momento, é alimentada por um gerador — ilumina a cena com uma luz suave, difusa e oscilante, delicada como asas de mariposa. Outros cadáveres andam por uma sala de jantar composta por biombos laqueados ônix, com caligrafia chinesa gravada na superfície cor de creme. Um espelho Hepplewhite alto e emoldurado em teca e cerejeira reluzentes reflete um grupo de mortos que passa raspando por estantes de nogueira repletas de lombadas de falsos livros. Nessas imitações estão gravados, em dourado, títulos de obras que ninguém mais lê, porque a leitura de conflitos fictícios se tornou um grande luxo: *O sol é para todos*, *A ilha do tesouro*, *Guerra e paz* e *Contos de imaginação e mistério*. Para além do reflexo, estendendo-se por todos os lados, uma miríade desses ambientes de alto requinte e preços modestos, de todos os estilos e disposições, forma um labirinto em que dezenas de corpos reanimados agora zanzam e se arrastam como ratos de laboratório em câmera lenta... Até soar o primeiro tiro.

Ele vem da escuridão atrás de uma placa de saída de emergência, do outro lado do andar. É um estampido de pequeno calibre — o tiro fora amortecido por um supressor de ruído —, que lembra um martelo batendo no metal. O errante do sofá se debate, expelindo, pela parte de trás do crânio, uma névoa de sangue e fluidos, que cria uma mancha improvisada, ao estilo Jackson Pollock, na cortina atrás dele. A criatura de imediato escorrega pelas almofadas, caindo sobre o felpudo tapete Bjork tecido à mão.

Ouvem-se mais tiros de outras direções — principalmente de .38 e outros menores —, que abrem túneis na cabeça de, no mínimo, meia dúzia de mortos. Crânios explodem e muitos corpos desabam no chão, desfigurando a mobília brilhante com o vandalismo de fluidos cranianos, bile e sangue.

O tumulto atrai a atenção dos cerca de 15 errantes que sobraram. A maioria então se vira, lenta e cambaleante, na direção do barulho causado pela queda dos companheiros. Bocas podres se escancaram; suas vocalizações rangentes parecem vapor emanando das concavidades mortas das gargantas. Figuras aparecem das sombras por trás dos monstros, cruzando os espaços entre os austeros biombos orientais e as estantes de quinquilharias com portas de vidro.

Uma mulher negra e robusta, usando lenço e túnica, enfia um atiçador de lareira bem na têmpora do errante mais próximo. Um fisiculturista de pele morena, camiseta e rosário se aproxima pelo outro lado, brandindo rapidamente um facão, que abre o alto do crânio de três mortos com a eficiência de um jardineiro capinando um terreno. Atrás dele surge a mulher que disparou o primeiro tiro. Magra, desgastada pelo tempo, os cabelos louro-arruivados presos em um firme rabo de cavalo, olhos verdes de felino, camiseta da Georgia Tech, jeans cigarette pretos e botas de combate, ela segura sua pistola Ruger .22 na clássica posição Weaver — ao estilo militar israelense —, apoiando uma das mãos sobre a outra em formato de concha, para ter estabilidade. O pente de sua arma está cheio: dez balas, uma já foi. E então, com habilidade, ela derruba outras nove criaturas, uma de cada vez, quase sem pausa entre os disparos.

Outros seres humanos aparecem na periferia — um careca mais velho, de óculos de aro de metal, um barrigudo, barbudo e corpulento usando brim e um adolescente com a pele sardenta do sol e um rosto franco —, cada um deles disparando com suas armas de fogo nos poucos errantes que restaram.

Em segundos, a inesperada infestação de errantes no térreo da imensa Ikea de Atlanta é exterminada, em meio a uma névoa de fumaça azulada. O silêncio que se segue é tão impactante quanto um terremoto. Os ocupantes da loja param por um momento, atordoados pela súbita ausência de som (além de um leve ruído de gotejamento), encarando uns aos outros, em expectativa. Por fim, todos os olhos se voltam para a mulher do rabo de cavalo — a líder — em busca de orientação.

Lilly Caul coloca a pistola no coldre lentamente. Percebe a sutil evidência de invasores à espreita nas proximidades, cuja respiração, com o barulho das gotas, quase não é audível. Lilly coloca o indicador direito sobre os lábios, pedindo silêncio a todos e indicando que ninguém deveria relaxar. Resta uma última tarefa. Ela aponta para Tommy, depois para Boone, em seguida para Stankowski e então para Norma, e gesticula para que eles se posicionem atrás dos biombos.

E então ela faz um sinal para que o fisiculturista, Musolino, a acompanhe.

O moreno grandalhão segue Lilly, que contorna furtivamente uma fila de armários altos, repletos de louças e lembranças. Apesar de passar a maior parte do tempo no terceiro andar, no restaurante, e na seção da loja reservada para os quartos, ela conhece praticamente cada centímetro quadrado do primeiro andar, a partir da análise do mapa da loja e por caminhar pelos corredores, tomando nota, memorizando cada fresta, cada possível recurso a ser canibalizado. Por ironia, essa é a melhor palavra para descrever o que ela e os outros têm feito — *canibalizar* esse enorme centro de mobiliário doméstico na zona norte de Atlanta. Agora, mais uma vez, Lilly precisa fazer o trabalho sujo que garanta a segurança do grupo dentro daquela imensa catedral do consumo.

Com uma série de gestos silenciosos, ela conduz Musolino por um estreito corredor de serviço. No fim dele, vê-se uma porta de ferro sem placa, reforçada por um tronco enorme que a percorre pelo meio. Lilly ergue cuidadosamente o tronco de seu suporte e, em seguida, destranca a porta. Abre apenas alguns centímetros.

É recebida pela chuva e pelo vento. As ruínas de Atlanta elevam-se ao longe, como antigos templos maias petrificados e escurecidos pelo tempo. O céu paira baixo sobre o estacionamento da Ikea, repleto de restos humanos e partículas cintilantes de cacos de vidro. A chuva cai em grandes mantos que ondulam pelo calçamento áspero. Musolino queria construir uma barricada de arame farpado ao redor do térreo, mas Lilly vetou a ideia, apesar de terem precisado neutralizar vários ataques ao lugar nos últimos três meses. Ela continua acreditando que uma barricada serviria apenas para chamar a atenção para os tesouros dentro da loja.

Nesse momento, Lilly avista o forro de madeira quebrado e caído no chão próximo à vitrine alta, no canto sul do prédio. Vê a brecha pela qual os errantes conseguiram entrar.

Ela encara Musolino e acena expressivamente com a cabeça. Então ejeta o pente usado da Ruger. Desprende um pente novo do cinto e o encaixa na arma.

— Vamos acabar logo com isso — diz ela.

Dois homens sujos e macilentos, ambos vestindo trapos manchados de sangue, estão agachados atrás de uma porta de serviço. Cada um deles porta um revólver .38, que dão a impressão de terem sido usados pela primeira vez na Segunda Guerra Mundial. Tremem e têm os olhares desfocados, como drogados de longa data. O mais novo, com olheiras escuras das noites insones e do estresse incessante, sussurra, com voz rouca:

— E agora? Que merda a gente tem que fazer?

— Seu idiota burro — sibila o mais velho. — A gente vai entrar e, quando os errantes os distraírem, pegamos esses merdas!

— Eles estão em maior número e mais armados do que eu pensava.

— Dã... E você *pensa*?

— Mas Ollie disse que eram só...

— E que merda Ollie sabe a respeito disso?! Ele é um doidão de metanfetamina.

— Vamos dar o fora daqui?

O mais velho faz menção de responder quando ouve, atrás de si, o ruído de alguém puxando um cão, nas sombras do depósito.

— Ah, caralho, ah, meu Deus — diz ele, numa voz subitamente cheia de remorsos, tristeza e pesar. Ele nem sequer precisa se virar.

Lilly Caul está parada atrás dos invasores. Ela mantém o cano da Ruger a centímetros da nuca do homem mais velho.

— Vou precisar que os dois larguem essas armas. — Fala, com uma voz firme, equilibrada e monótona. — Não se virem, não digam nada, apenas obedeçam.

O mais velho pigarreia.

— Tudo bem... Entendi. Não atire.

— Por favor, não mate a gente. — O mais novo implora com a voz destruída, que já se desfaz em lágrimas. Ele baixa os olhos para o chão a sua frente, feito uma criança que fora surpreendida com a mão na caixa registradora. — Nós perdemos tudo. Não temos comida nem água... A gente só queria...

— Com licença. — Lilly é estritamente pragmática. Os homens não se viram. Olham para baixo, engolem em seco e ficam tentando umedecer os lábios. Ela nem mesmo levanta a voz. — Pedi que os dois larguem as armas e não vou repetir. Larguem as merdas das armas.

Eles obedecem. As armas caem com estrondo sobre o piso frio. O homem mais velho indaga:

— Posso dizer uma coisa?

Lilly dispara um único tiro na cabeça dele.

O disparo alto — amortecido pelo silenciador — estala como uma bombinha no espaço confinado. Em uma nuvem de sangue, a bala atravessa o olho esquerdo do homem; o impacto o faz se curvar e bater o crânio contra o batente da porta, arriando no chão, em seguida, numa série de tremores provocados pela morte.

O mais novo está prestes a se virar, quando Lilly mete uma segunda bala em sua têmpora. Assim que a nuvem de sangue jorra do outro lado, atingindo a parede do corredor, em uma pegajosa roseta escarlate de cerca de um metro de largura, ele tem uma convulsão. Tomba para o lado e cai no chão, como um amontoado de tecido sujo e carne trêmula.

Musolino está parado ali, segurando com as duas mãos sua Glock .9; o cano aponta para os corpos ainda quentes, como se eles pudessem se sentar ou se virar a qualquer momento. Depois de algum tempo, ele relaxa, solta o cano da arma e libera um leve sussurro de alívio.

Lilly não diz mais nada. Com os ouvidos tinindo, encaixa a pistola quente no cinto em suas costas, ajoelha-se e alcança o ponto de pulsação da carótida, no pescoço de cada um dos homens. O mais velho já expirou. O mais novo ainda tem uma pulsação fraca, de passarinho. Lilly espera até que ela cesse e então sussurra:

— Tá legal, estamos bem.

Musolino recoloca a Glock no coldre e se ajoelha ao lado de Lilly.

Ela pega os dois revólveres .38, abre os tambores e deposita os projéteis no chão, ao lado dos corpos. Escolhe entre as balas aquelas que poderão ser usadas, guardando-as no bolso de trás. Depois entrega uma das armas a Musolino e enfia a segunda do outro lado do cinto.

Eles arrastam os corpos pelo corredor de serviço, na direção da saída.

A chuva se agita ao redor enquanto eles puxam os cadáveres pelo pátio de concreto. Há uma grande caçamba de lixo do outro lado da área de carga, cheia até a metade de restos de errantes que se aproveitaram dos pontos fracos do prédio. Lilly e Musolino arrastam os corpos para o recipiente, levantam a tampa, retraindo-se com o cheiro, e jogam os dois cadáveres ali dentro.

Largam, então, a tampa, que emite um ressonante estrondo metálico, e voltam para dentro.

De volta ao terceiro andar, depois de terem consertado as barricadas danificadas e as aberturas no térreo e retirado as carcaças de errantes dos labirintos da sala de estar, Lilly permanece alguns minutos no banheiro, para se reorientar. Lava os borrifos de sangue do rosto, dos braços e das unhas. Observa uma das mãos. Sob a luz do lampião, nota que é uma mão firme como rocha. Nem um único tremor de tensão. Ela enxuga o cabelo molhado com uma toalha e se despe do moletom ensopado de chuva. Veste uma camiseta do REM e jeans limpos. Faz uma pausa.

Seu reflexo a encara do espelho. O rosto lhe é desconhecido. Não é a face de uma mulher de 34 anos, nem o rosto desnutrido de um animal assustado e encurralado, como parecia há pouco tempo. Em vez disso, o que ela vê, encarando-a agora pelo espelho, é uma nativa aborígine do apocalipse — um rosto frio, magro, de rugas fundas e olhos calmos como os de uma cobra, fundos e fixos em suas cavidades escuras. Na verdade, é preciso procurar um pouco para encontrar, por trás das íris verde-claras, a centelha maternal, mas ela permanece ali.

O que agora motiva Lilly é ter se tornado uma mãe por acidente; é a dura carapaça que protege seu coração, as vigas de aço que reforçam seus nervos, a fonte de sua disposição para matar e sobreviver, o ânimo para seu único objetivo, o de proteger suas crianças sejam quais forem os meios necessários. E é o que faz seu coração saltar quando ela ouve a leve batida na porta do banheiro feminino.

— Lilly? — soa atrás da porta a voz abafada, entretanto inconfundível, de Bethany Dupree. — Você está aí? Me disseram para buscar você.

Lilly termina o que está fazendo na pia, dá uma última olhada em si mesma, e então abre a porta.

— Oi, creme de amendoim! E você é o quê? O oficial de plantão?

— Hein? — A menina de 12 anos tem o rosto de uma alma velha, endurecido pelo estresse e marcado por uma profusão de sardas. Usa marias-chiquinhas, meticulosamente conservadas por Lilly, e veste um cardigã sujo por cima do vestido de alças. — O que é plantão, uma planta grande?

— Deixa pra lá... Vem cá. — Lilly puxa a menina para um abraço. — Estão todos no restaurante?

Bethany assente e se desvencilha do abraço.

— Vamos, estão esperando por você.

Nos últimos três meses, os habitantes da Ikea têm reclamado seus territórios individuais, em diferentes quadrantes do terceiro andar. Os adultos repartiram meticulosamente a ala luxuosa, com seus tapetes e camas king cheias de travesseiros enormes e exuberantes lençóis de mil fios. Cada um dos jovens escolheu seu espaço na área infantil, preparando divisórias e fortificações complexas com estantes e organizadores de fibra de vidro.

Norma Sutters arrumou seu quarto em uma das salas dos fundos do restaurante — mais provavelmente uma antiga área administrativa —, de onde pode ter fácil acesso à cozinha. Norma assumiu a tarefa de ser a cozinheira do grupo, transformando os pacotes lacrados de comida liofilizada, empilhados até o teto da vasta despensa, em misturas improvisadas e refeições saborosas. Ela se orgulha muito de suas criações, algumas batizadas como Almôndegas MacPapai e Granola Caseira da Mamãe. O restaurante intocado da Ikea provou-se uma dádiva. A maior parte da comida fresca que restou depois do grande êxodo da cidade apodreceu na poeira, porém muitos itens haviam sido projetados e embalados para que durassem uma longa vida nas prateleiras. E com o advento da energia por gerador, Norma consegue aquecer, fritar, assar, cozinhar ou misturar tudo que a despensa tem a oferecer.

Todos esperam por Lilly na área das mesas, no restaurante.

Grande como o hangar de um avião e equipado com mesas e cadeiras de madeira enceradas, em número suficiente para acomodar um pequeno exército, o salão de jantar é cercado por estações de bufê de aço inox cintilante, no qual clientes cansados — com os olhos vidrados pelo excesso de produtos ao redor — formavam filas tímidas e pediam refeições baratas. De várias maneiras, as antigas lojas Ikea operavam como os cassinos. Forneciam comida e bebida gratuitamente ou por preços simbólicos, com o objetivo de manter os jogadores apostando ou, nesse caso, os compradores consumindo. O cheiro acolhedor de café e canela pende no ar.

— Agradeço a todos — diz Lilly um instante depois, quando o grupo se acomodou e se reuniu em torno dela. Até as crianças interromperam suas brincadeiras do outro lado da sala e se sentaram no chão na frente dela, como se esperassem que ela cantasse ou lhes ensinasse adjetivos e advérbios. — Depois das pequenas aventuras desta noite, no primeiro andar, não posso mais guardar uma coisa que venho querendo dizer já faz algum tempo. — Ela se interrompe. Engole seco. Respira fundo. — Precisamos sair deste lugar.

Durante um brevíssimo instante, a sala parece paralisada, em um atordoado silêncio. Em volta de Lilly, no chão, as crianças ficam boquiabertas, como se ela tivesse acabado de cagar no bolo de aniversário. Bem à esquerda de Lilly, Musolino levanta-se de seu poleiro na bancada do bandejão e começa a andar de um lado para o outro, em silêncio, de mãos nos bolsos e expressão pensativa. Do outro lado do salão, Norma Sutters contorna o balcão do restaurante, enxugando as mãos roliças com um pano de prato.

— Você sabe bem... Minha audição já não é tão boa. — Ela olha de viés para Lilly, como se sentisse um cheiro ruim. — Eu podia jurar que acabei de ouvir você dizer "ir embora deste lugar".

Lilly sorri.

— Tudo bem, sei que já conversamos sobre isso. Sei que este lugar é ótimo, *todos nós* sabemos. Temos todo esse luxo, suprimentos, comida, geradores. É um lugar pelo qual vale a pena brigar. Eu entendo. Mas a cidade está ficando perigosa demais.

Norma meneia a cabeça.

— Querida, sempre foi perigosa.

— Nossa exposição aqui é grande demais — insiste Lilly. — Se vamos repelir de hora em hora ataques como o de hoje, não vamos embora.

Do outro lado da sala, um homem de meia-idade com boné dos Braves, sentado ao lado de Tommy Dupree, manifesta-se:

— Não quero ser o estraga-prazeres, Lilly, mas estou disposto a correr o risco. — Barrigudo, de cavanhaque, corpulento como uma carreta, Burt Stankowski é um ex-motorista de caminhão que estava entre as seis primeiras pessoas que descobriram a Shangri-La pós-praga da Ikea. — Podemos montar barricadas melhores, medidas defensivas... Podemos camuflar melhor o lugar. Há muito o que podemos fazer.

Lilly o encara.

— Grande parte de tudo isso só vai servir para chamar atenção para o lugar.

— Você está falando de um grande passo. — A mulher perto da mesa de aquecimento a vapor fala com um sotaque recortado de Jersey. De pele escura, o cabelo preto como de um corvo, eternamente repuxado em um coque, Eve Betts era recepcionista em um consultório odontológico antes da Grande Tribulação. — Tem certeza de que pesou os prós e os contras? Acho que concordo com Burt.

— Veja bem. Aqui, somos alvos fáceis. — O peito de Lilly se comprime de raiva. Ela havia acabado de matar a sangue-frio dois homens, e nenhum dos dois merecia verdadeiramente morrer. — Temos um alvo colado nas costas. Querem mesmo viver assim? Sempre olhando por cima do ombro?

Norma se intromete.

— Me corrija se eu estiver enganada, Lilly, mas não vai ser assim onde quer que a gente more?

— Norma, não é o que estou...

— Posso fazer uma pergunta? — A voz vem de um fiapo magro de mulher, empoleirada em um dos balcões vizinhos. Segura um bebê nos braços e, com uma das mãos, mantém uma chupeta na boca da criança. O bebê é uma aquisição recente, resgatado por Lilly e Tommy do abandonado Atlanta Medical Center. O bebê — de nome e idade desconhecidos — fora batizado de "Maria" por Tommy, como em maria-ninguém. A mulher que segura a criança tornou-se sua babá substituta. Com seu longo e minguado cabelo louro, no qual se revelavam luzes amarronzadas, e suas roupas desbotadas de camponesa, Sophie Leland parece uma refugiada de Laurel Canyon dos anos 1970. Porém, abaixo da aparência superficial e sonhadora de uma Joni Mitchell, existe uma experiente prostituta, endurecida nas ruas de Athens, na Geórgia, que sobrevivera à praga por pura coragem. Nesse momento, contudo, ela parece aflita, e não amedrontada. Sophie Leland não é de se amedrontar. Só parece meio aflita mesmo.

— Está falando de partir imediatamente, ou o quê? Em semanas... meses?

Lilly suspira.

— Quanto mais cedo, melhor, Sophie, para ser franca. Estamos ficando sem munição e, sempre que repelimos um ataque, atraímos cada vez mais errantes. Estamos mais vulneráveis a cada dia.

Tommy Dupree levanta uma das mãos, como se estivesse na aula de estudos sociais. O garoto ruborizado de 15 anos não ergue os olhos, não fala nada, só encara o tampo da mesa com uma expressão séria.

Lilly avista a mão do jovem erguida e sorri com tristeza, apesar da tensão no ambiente.

— Tommy, esta não é a sala 222. Não precisa levantar a mão, pode simplesmente falar.

O garoto baixa a mão. Olha calmamente os outros e diz:

— Não importa o que os outros vão fazer... Estou totalmente com Lilly. — Ele se vira e aponta os olhos castanhos intensos para Lilly Caul. — Se você quer dar o fora deste lugar, estou do seu lado. Estou com você. Eu te protejo. Ponto final.

Lilly sorri para o garoto, sentindo uma ferroada quente e tensa de emoção no ventre. Deus abençoe esse menino maltrapilho. Ela desejava ser mãe desde que era adolescente, em Marietta, quando tirava nota alta nas aulas de educação familiar e ciências do consumo e montava álbuns de fotos de bebês. Na época, idolatrava a professora de estudos sociais, a Sra. Whitman, uma mulher que andava pelo bairro com um bebê no quadril, um cigarro pendurado na boca e um romance de Virginia Woolf na mão livre. Naquela época, muitas mulheres falavam do mito de "ter tudo" — felicidade doméstica, sucesso profissional, barriga tanquinho e sexo ardente —, mas Lilly sabia que, bem no fundo do coração, "ter tudo" significava o amor de um filho, o que ofuscava todos os outros itens. Infelizmente, a vida a atrapalhara. Arrastou-se pela casa dos 20 sem nem sequer desfrutar de um relacionamento sério que pudesse levá-la a ter filhos. E, ironicamente, foi só quando o mundo sucumbiu a uma pandemia brutal e inexplicável que, enfim, começou a coçar essa forte urticária.

Porém, no momento presente — antes que Lilly possa responder à comovente declaração de apoio do garoto —, Boone, de uma mesa perto da janela, fala:

— Lilly, preciso fazer uma pergunta óbvia. — O ex-assistente social de Jacskonville olha intensamente para Lilly através de seus óculos redondos com armação de metal. — Acho que sei a resposta, mas vou perguntar mesmo assim. Aonde exatamente você pretende ir?

Outro longo suspiro escapa das profundezas dos pulmões de Lilly quando ela se rende ao óbvio.

— Boone, você sabe exatamente aonde quero ir. Por que fingir? — Ela corre os olhos pela lanchonete, olhando para cada um dos presentes. — Todos vocês sabem muito bem para onde quero ir. Podem colocar as cartas na mesa.

Segue-se um instante de silêncio canhestro; as crianças examinam a expressão de todos os adultos como se, de súbito, todos guardassem segredo. Por fim, Musolino interrompe sua incessante caminhada e dirige sua atenção a Lilly.

— Tudo bem, me desculpe. Preciso dizer isso. Você é obcecada por aquele lugar. Agora, chegar ao ponto de sugerir voltar para lá... depois do que encontramos na semana passada? Isso eu não entendo.

Lilly baixa os olhos, formulando uma resposta, embora saiba que o homem parrudo tem razão.

Localizada em meio à vasta colcha de retalhos formada pelos campos de tabaco 112 quilômetros ao sul de Atlanta, a pequena cidade ferroviária de Woodbury, na Geórgia, passou a representar um poder e uma importância tão grandes para Lilly que ela teria dificuldade para traduzir isso em palavras. É um lugar de tragédias, violência e mágoas. Foi o lar de acontecimentos horríveis e pessoas sinistras, como o tirânico Philip Blake, vulgo Governador, o homem que havia arrastado Lilly para um atoleiro de maldades, transformando-a, por fim, numa assassina. Porém, depois que Blake havia sido destruído e que Lilly tornou-se a líder provisória da cidade, alguma coisa começou a crescer em seu íntimo — um sonho, uma visão de futuro. Bem no fundo do coração, Lilly Caul começou a pensar em Woodbury como o símbolo de algo mais profundo do que um mero lugar no mapa.

Para ela, a cidade passou a representar a busca por uma vida normal.

Os últimos meses, porém, não foram gentis com seu sonho. O grupo, antes muito unido, de moradores da cidade foi dispersado pelo vento. O homem que Lilly escolhera para ficar e cuidar da aldeia fortificada e murada — David Stern — desapareceu sem deixar rastros. Nem ao menos um dos *walkie-talkies* à manivela, que antes conectavam a rede de assentamentos vizinhos, sobreviveu ao tumulto dos últimos meses. Agora ela reza para que David tenha sobrevivido à misteriosa conflagração, descoberta por um pequeno grupo de busca enviado 11 dias atrás.

Lilly jamais vai esquecer o que viu quando eles viraram a esquina da Highway 85 com a Jones Mill Road. Uma névoa baixa e escura pairava sobre o centro da cidade; telhados distantes na Riggins Ferry Road ainda ardiam como Dresden depois dos bombardeios da Segunda Guerra Mundial. Destroços e escombros queimados espalhavam-se por estacionamentos e campos desertos, irradiando-se das brasas do marco zero. O ar tinha cheiro de enxofre e carne queimada. Era impossível distinguir entre os restos mortais de errantes e de humanos que jaziam espalhados nos arredores da cidade, como folhas mortas e cinzas. O lugar parecia ter sido bombardeado — por muitas vezes, na verdade —, o que partiu o coração de Lilly.

Mas isso não venceu sua vontade.

— Tudo bem, é justo. — Enfim Lilly responde à pergunta retórica de Musolino. — Sim, sou obcecada... obcecada pela construção de um lar permanente, um lugar onde possamos respirar... um lugar com que possamos contar. Woodbury é o nosso lar. Na alegria e na tristeza. — Ela olha para os outros. — Não importa o quanto este lugar seja ótimo, vocês não podem negar que é apenas temporário. Guardem minhas palavras. Vai chegar o dia em que alguém atacará este lugar e não conseguiremos repelir. Acreditem em mim, é só uma questão de tempo.

Os outros trocam olhares céticos, e Lilly percebe que ainda não os convenceu. Boone tirou os característicos óculos de John Lennon e agora, pensativo, os limpa com um lenço, dando a impressão de estar prestes a falar. Lilly o observa.

— Pode falar, Boone — diz ela por fim. — Fale, diga o que tem em mente.

Ele recoloca os óculos.

— Tudo bem. Para começar, o lugar nem existe mais. A maioria dos prédios foi completamente incendiada. Não há para o que voltar. É só uma pilha de ruínas queimadas.

Antes que Lilly tenha a oportunidade de responder, Norma Sutters intromete-se de novo.

— Me parece que, mesmo que Woodbury fosse a porcaria do Taj Mahal, ainda não daria para comparar com a qualidade de vida que conseguimos aqui. Não é? — Ela olha para os outros como se clamasse por um amém ou como se fosse entoar um hino gospel a qualquer momento. — Será que eu estou louca? Por que, em nome de Deus, iríamos querer abandonar este lugar? É claro que precisamos lidar com os babacas que tentam roubá-lo de nós, mas acho que é melhor do que recomeçar em outro lugar, sem nada.

Lilly engole em seco, reprime as emoções, tenta manter a calma.

— Entendo o que está dizendo. Sinceramente, entendo. Mas a maioria dos prédios de alvenaria em Woodbury ainda está de pé, e todos aqueles pequenos chalés e casas de fazenda na Flat Shoals Road não foram atingidos pelo incêndio. Ainda é um lugar com um tamanho perfeito para se estabelecer. É controlável. É administrável. Quase chegamos lá alguns meses atrás. Tínhamos lavouras. Tínhamos células solares. Só precisamos ter mais cuidado. Só isso. Como diz o Burt, só precisamos construir muros melhores. — Ela se interrompe, deixando que suas palavras sejam digeridas. Examina os rostos. Abranda o tom. — Entendo perfeitamente por que vocês querem ficar aqui. Mas, nessa questão, vocês precisam confiar em mim. Estamos morando no *Titanic*. Ele vai afundar. Mais cedo ou mais tarde. Acreditem. Vai afundar.

Os outros permanecem sentados e calados, taciturnos, muitos olhando fixamente para o chão. O incessante e interminável zumbido abafado da chuva caindo no telhado acompanha o silêncio.

— O que me leva à melhor parte. — acrescenta Lilly, com certa empolgação na voz. Sente a adrenalina crepitar dentro dela, uma onda revigorante de energia, como a inalação de sais aromáticos. — Sim, precisamos sair deste lugar. — Ela olha para cada um deles com o fervor de um apóstolo que recruta novas almas. — Mas isso não quer dizer que não possamos levá-lo conosco.

Segue-se um longo silêncio, e muitos dos presentes encaram Lilly como se ela tivesse enfim enlouquecido.

DOIS

Na chuva, eles correm para salvar suas vidas: quatro pessoas, uma família, que acelera entre as cortinas de névoa, escorregando e caindo no longo aclive lamacento de uma lavoura de soja abandonada. São perseguidos pelas luzes dos faróis de um grande caminhão, 400 metros atrás e cada vez mais próximo deles; a explosão intermitente de uma escopeta .12 se interpõe ao barulho da tempestade.

Uma bala zune a centímetros da cabeça do pai, um homem fatigado e esquelético dentro dos farrapos de um velho paletó esportivo, com o rosto escurecido pela exposição ao sol. Ele se abaixa e olha por cima do ombro. Vê que os fachos ameaçadores de luz cortam a chuva, estreitando rapidamente a distância. As figuras escuras de homens na caçamba têm as armas posicionadas. O motor grita.

— Por aqui... Rápido!

O pai segura a manga da mãe e a incita em direção a uma densa muralha de pinheiros, a cerca de 100 metros — assim como as duas filhas adolescentes, ambas vestindo trapos de nômades rurais. O pai sabe que, se conseguirem penetrar no bosque, estarão livres dos perseguidores. Ele não faz ideia do que querem esses homens, mas tem quase certeza de que será uma experiência desagradável. Ultimamente as pessoas estão desesperadas: lutam por migalhas, atacam-se, roubam os recursos uns dos outros, estupram, assassinam e saqueiam. Esses homens do caminhão surgiram do nada, dois ou três quilômetros antes, nos arredores de Fayetteville, enquanto o pai e sua família procuravam abrigo nas terras improdutivas ao longo do rio Perry.

A família chega ao pé do morro e está prestes a mergulhar na segurança das árvores densas, quando uma bala atinge o pai entre as omoplatas, fazendo-o cair e rolar uns 15 metros pelo mato pantanoso.

— *Pai!*

Uma das meninas, a irmã mais velha — só pele e ossos em seu cardigã e jeans —, escorrega pela terra molhada na tentativa de alcançar o local em que o pai está prostrado e se contorcendo de dor. A outra menina, três anos mais nova, ajuda a irmã a se levantar.

A mãe, com o rosto atormentado e tomado de pavor, cambaleia e estaca.

— John! Ah, meu Deus! — Ela se coloca ao lado do homem, ajoelha-se, aninha sua cabeça. Sem fôlego, acaricia o rosto enlameado e molhado.

— Eu... eu... estou bem, acho. — Ofegante, o homem no chão é John Stack, ex-corretor de seguros de Dothan que se revelou um sobrevivente melhor do que pensava. Tem mantido a família viva por todo esse tempo por mera obstinação. Porém, agora tem certeza de que acabou: ele já era e, provavelmente, vai sangrar em meio a esse aguaceiro implacável que tornou a vida dos Stack ainda mais infeliz.

Jennifer Stack vira o homem freneticamente, procura pela entrada da bala.

— Não vejo sangue nenhum, John! Não tem sangue!

A chuva ondula e os recobre, fria e deprimente, enquanto os fachos de luz se intensificam; cada vez mais perto, o veículo ronca à beira da reserva florestal. John Stack está deitado de costas. Olhando para o firmamento oscilante, tenta puxar ar para os pulmões. A família paira acima dele. Ele observa os rostos de suas meninas, Kayla e Kourtney, e de sua fiel esposa ao longo de 21 anos de casamento, a doce Jen, e consegue soltar um "Vão!".

Jennifer Stack faz que não com a cabeça, enxuga a chuva e as lágrimas do rosto. Tem a beleza avariada e arruinada de uma matriarca que não desiste sem brigar.

— De jeito nenhum.

— Vão embora daqui! — resmunga John Stack, enquanto sente uma dor abrasadora na vértebra cervical superior. — Não estou brincando. Fujam, agora... VÃO!

As duas filhas meneiam a cabeça para ele.

— Não, papai, acho que não. — A mais velha, Kayla, sussurra essas palavras suavemente; a voz é quase tragada pelo barulho da chuva e do ronco do motor de um imenso caminhão a diesel. Ao lado dela, aquela que se chama Kourtney tenta engolir o choro, mas não consegue. Ela chora convulsivamente, e a água da chuva mistura-se com o muco e as lágrimas em seu rosto sujo.

O caminhão encostou no estacionamento de cascalho a cerca de 10 metros deles, parando numa derrapada. O barulho de portas se abrindo, vozes masculinas e travas de escopeta acionadas perpassa o ruído branco do aguaceiro. As sombras de homens parrudos se aproximam pela neblina chuvosa.

— Mas que droga, eu imploro a vocês — diz John Stack, com um gemido. — Por favor, saiam daqui! Agora! É sério... Por favor, vão! AGORA!

Uma voz grave, curada pelo uísque, chama a atenção de todos, mais alta do que o som do caminhão.

— É melhor todo mundo respirar fundo e relaxar.

Com a visão turva e lacrimosa, John vê um homem alto, de meia-idade, parado no estribo do grande caminhão. Vestindo uma volumosa parka de chuva com estampa de camuflagem e um extravagante chapéu de caubói, os ombros largos como cavaletes, o homem irradia uma serena autoridade sobre mais ou menos meia dúzia de atiradores que agora cerca a família. O homem parrudo salta do estribo e caminha em direção ao trecho lamacento em que está reunida a família Stack.

Ele então tira o chapéu, em um gesto de boas maneiras do velho mundo, e olha para John Stack, de cima.

— Oi, pessoal. Meu nome é Spencer-Lee Dryden e isto não é o que parece. A última coisa que queremos no mundo é machucar vocês ou causar algum desconforto. Confiem em mim. Estamos aqui para ajudar.

John Stack se limita a olhar, perplexo. A chuva o envolve em sua frieza.

As balas não eram letais. Na realidade, o último projétil disparado, que há um instante atingiu o patriarca sem-teto entre as omoplatas, é de borracha, e saíra de uma antiga arma não letal .12, que Spencer-Lee havia conseguido em uma delegacia de Atlanta. O ex-vereador é um político nato e, quando estava no gabinete, anos atrás, tinha uma chave mestra que se encaixava em quase todas as portas de cada escritório, delegacia e prédio do governo da zona sul de Atlanta. Agora acompanha seus novos convidados até a traseira do caminhão, com o entusiasmo saltitante de um chefe de escoteiros. Qualquer dia em que Spencer-Lee Dryden tenha a oportunidade de servir a seus companheiros-cidadãos é um bom dia, segundo suas regras.

— Hoje, aqui fora é a morte para uma família solitária — diz ele ao conduzir a família, chocada, à traseira do caminhão.

Dois homens de sobretudos impermeáveis e cinturões de munição estão de pé na beira do caminhão, esperando pela família. Eles seguram cobertores e garrafas térmicas com café. Enquanto a família se aproxima, abrem sorrisos tão amistosos que teriam impressionado até mesmo um *concierge* de hotel.

— Garanto que vocês nunca mais ficarão a ver navios, totalmente sozinhos — acrescenta Spencer-Lee, enquanto os homens ajudam o pai e a mãe a embarcarem no caminhão. — De agora em diante, vocês estarão seguros, cercados por outros, farão parte de uma comunidade.

Kourtney Stack olha fixamente a mão suja e calejada que um dos homens da carroceira lhe estende. Um pouco nervosa com toda a cerimônia, começa a se afastar de costas do caminhão.

— Kourtney?! — O pai chama do alto da carroceria. — Kourtney, o que está fazendo?

De súbito, Spencer-Lee visualiza várias possíveis ocorrências problemáticas, cada qual exigindo atenção imediata. A menina evidentemente está histérica. Ela se vira e desata a fugir para a mata distante. Na margem do bosque, já aparecem algumas dezenas de errantes, rosnando e babando, atraídos pelo barulho. O pai grita:

— KOURTNEY!

Ele abre caminho pelos homens do caminhão, pula da traseira e corre atrás da menina em fuga. Spencer-Lee vai atrás dos dois, gritando por cima do ombro: "Fiquem com as outras duas! Fiquem aí atrás!"

Durante o minuto seguinte, a garota escorrega e cai. Os errantes a cercam. Ao se aproximar, o pai grita de terror. Alguns passos atrás do pai, Spencer-Lee Dryden vê tudo isso acontecendo numa espécie de câmera lenta onírica, enquanto corre em direção à menina caída. Saca então da bainha, apertada ao redor da coxa direita, uma faca Randall de trinta centímetros. Originário de Birmingham, no Alabama, o ex-político tinha jogado como zagueiro-esquerdo do Crimson Tide durante os dois primeiros anos da faculdade; hoje, apesar do pneu que se expande ao redor da cintura, ainda conserva a força explosiva e a velocidade.

O fedor da morte se alastra, mesmo com a chuva e o vento. O cheiro medonho infesta a área, acompanhado pelo coro de cordas vocais mortificadas que se eleva em meio ao aguaceiro. Spencer-Lee fixa o olhar na onda iminente de cadáveres animados. A maioria é de homens, mais velhos, trajando macacões de agricultores esfarrapados e desbotados pelo sol. Alguns têm as faces encovadas, a carne morta pendendo dos cantos do crânio, os olhos opacos e mortos parecendo bolhas leitosas nas cavidades oculares. Uma das criaturas está repleta de musgo, como se o próprio ecossistema que os escondeu agora os estivesse assimilando, lentamente.

Spencer-Lee avança contra os monstros com a indiferença experiente de um vaqueiro conduzindo o gado. A ponta da faca faísca e penetra em um crânio após o outro, lançando filetes de fluido pela chuva; as ferozes criaturas vão desabando uma a uma, como marionetes cujas cordas foram cortadas. O último cai feito um saco de esterco, espatifando-se na lama; seu sangue apodrecido já se mistura com os primeiros riachos da inundação, nos pântanos do Chattahoochee.

A essa altura, o pai se ajoelha perto da filha e a ajuda a se sentar. Ele a reconforta com palavras suaves e tranquilizadoras, acaricia seu cabelo e enxuga a chuva de seu rosto sujo. A menina começa a soluçar e enterra o rosto no casaco do homem.

— Está tudo bem, meu amor — diz ele. — Vamos dar um passo de cada vez.

— É uma boa abordagem. — Spencer-Lee se aproxima, limpando a faca na calça, na qual os escuros fluidos cerebrais vão deixando uma mancha escura e gordurosa. Ele devolve a faca à bainha. A outra mão alcança, no bolso da jaqueta, um pequeno objeto forrado de couro, que alguns chamam de porrete, outros de cassetete. A coisa pesa mais de seiscentas gramas e é dura e rígida como uma pedra.

O pai o encara e diz:

— Senhor, agradeço sua generosidade, mas creio que minha família e eu vamos...

O porrete atinge o homem com força pouco acima da orelha esquerda, soando como a batida de um tambor abafado. Os olhos do pai reviraram-se nas cavidades antes que o corpo caísse. O homem desaba justamente no momento em que a filha grita.

O grito é interrompido por outro impacto do porrete atingindo um crânio.

Spencer-Lee Dryden gesticula para que seus homens ajudem a carregar os corpos. Nesse meio-tempo, do caminhão, vendo toda essa cena, a mãe e a irmã mais velha começam a berrar e tentam se livrar de seus captores. Spencer-Lee volta, debaixo da chuva, até a traseira do veículo. Para, olha as mulheres histéricas e lhes lança um olhar triste e compreensivo, quase paterno.

— Lamento que tenham visto isso — diz ele em voz baixa. — Não pudemos evitar. Mas eles ficarão bem, confiem em mim. — Ele abre aquele mesmo sorriso afável que seus homens exibiram. — É para o bem deles. Vocês verão. Tudo isso é por vocês. Para sua segurança.

John Stack despertou na traseira do caminhão quando o veículo fazia uma curva fechada e pegava uma estreita estrada rural. A chuva continua inabalável. Bate na capota de lona acima dele, que pinga em seu rosto e resfria a dor febril que lateja atrás dos olhos. De tantos em tantos segundos, o ronco surdo do trovão chocalha ao longe.

No início, ele pisca e tosse, tentando entender onde está, enquanto ignora a horrenda e lancinante dor no crânio, causada pelo impacto do porrete. A filha, Kourtney, está inconsciente ao seu lado, mas respira normalmente embaixo de um cobertor. Ele verifica sua pulsação, sente sua testa. Ela parece bem. John se senta, e então a dor desce pelas vértebras cervicais como uma corrente elétrica.

— John?! — O sussurro da esposa é cheio de tensão nervosa. — Você está bem?

— Acho que sim... Anotou a placa do caminhão que me atropelou?

— Precisamos sair daqui. — Ela olha por cima do ombro do marido e vê dois homens na frente, perto da cabine, empoleirados em engradados de pêssego. Parece que ou estão jogando cartas, ou passando cigarros de um para o outro. — Isto não é bom.

John dá uma olhada na filha mais velha. Kayla está sentada e encostada no estepe; com os joelhos flexionados contra o peito, abraça-se como se pudesse esfacelar-se a qualquer momento. Seu rosto delgado está flácido; os olhos, fixos na meia distância como que vidrados pela catatonia. Ela atingira o limite e escondera-se dentro de si, como se um interruptor de circuito interno a tivesse desligado.

— Pai?! — A voz de Kourtney chama a atenção de John para a outra filha. — Nós estamos...?

— Ssshhhhhh! — Jennifer Stack se aproxima da filha mais nova, passando o braço em torno dela e acariciando o hematoma que já se forma acima da têmpora. A menina tem olheiras de um roxo-escuro, pela pancada do porrete. — Está tudo bem, querida... Sshhhh. Nós vamos ficar bem. Agora precisamos fazer silêncio. Precisamos fazer silêncio, ganhar tempo e esperar pelo momento certo para sair daqui.

Essa última frase, Jennifer dirige ao marido com um olhar fulminante.

De longe, o lugar parece um posto militar ou uma unidade cirúrgica móvel de uma possível Terceira Guerra Mundial. Vê-se meia dúzia de caminhões estacionados em volta do acampamento principal, cercados por arame farpado. Alguns deles exibem metralhadoras instaladas nos tetos das cabines. No meio do acampamento, um enorme aglomerado de trailers e velhos ônibus escolares reformados e enfileirados lembram vagões de um trem. As janelas foram pintadas de preto, e as portas, cobertas por chapas de madeira. À primeira vista, parece uma comunidade móvel surreal — uma versão louca e decrépita da Arca de Noé —, preparada para transportar os eleitos à Terra Prometida.

Examinando atentamente, porém, pode-se chegar a diferentes conclusões — sobretudo devido aos guardas armados em cada extremidade do comboio, às grades de proteção em algumas janelas e à tela de arame pregada em muitas portas e portinholas. John Stack faz todas essas observações em meio a um torpor de confusão e dor; as costas ainda ardem entre as omoplatas, pelo impacto da bala de borracha. Ele tenta recuperar a capacidade de raciocínio enquanto o caminhão para no portão improvisado do complexo. Algumas palavras inaudíveis são trocadas com os guardas, e então o veículo passa pela abertura.

Spencer-Lee Dryden caminha ao lado da carroceria, exibindo o sorriso orgulhoso de um corretor de imóveis ao mostrar uma propriedade.

— Agora vocês estão seguros, amigos!

O caminhão vai de ré até a extremidade do "trem" de ônibus e trailers. Os freios a ar silvam. As engrenagens rangem. E o caminhão estremece e para. O vento chicoteia a chuva, formando um miniciclone em torno da traseira do caminhão. Os guardas saltam dos estribos e dão a volta, para ajudar os passageiros a descerem da carroceria. Parando na beira, John e Jennifer Stack trocam um olhar intenso. Jennifer vira a cabeça para o marido, como se esperasse que ele tomasse a iniciativa.

— É só fazer o jogo. — Ele lhe sussurra. — Por enquanto... Só colaborar.

— Seu novo lar está à espera! — diz Spencer-Lee, contornando a traseira do caminhão e os ajudando a descer. Os guardas auxiliam as meninas a saírem do estribo traseiro do veículo. Kayla, ainda semicatatônica, arrasta-se como se estivesse drogada. A família é guiada, então, por um curto trecho de terra úmida, que leva aos degraus da traseira de um Winnebago adaptado. Grades de proteção recobrem a porta de tela dos fundos. Os odores de café e desinfetante atravessam a porta.

Spencer-Lee dá duas batidas no canto do trailer, dizendo: "Temos recém-chegados, Sally! Abra!" O ruído abafado de uma tranca é seguido de um estalo.

— Pessoal, esta é Sally, minha sofrida cara-metade. — Spencer-Lee faz esse anúncio com orgulho na voz, esquecendo de explicar qual é a função ou o propósito da mulher naquele lugar.

Com um rangido, a porta se abre alguns centímetros, e o rosto de uma mulher de meia-idade com um lenço preto bem-amarrado ao redor da cabeça espia o exterior. Veste uma camisa de trabalho verde-oliva da Dickies, muito folgada para seu tamanho — no estilo zelador ou técnico de manutenção —, com um emblema que diz SEU NOME AQUI.

— Desculpe-me, Spence... Dei aula para o jardim de infância na ala norte. — A mulher sorri. — Então, temos alguns novatos? — Seus olhos cintilam enquanto avalia os quatro membros desgrenhados da família Stack. — Bem-vindos, amigos. Todos vocês parecem ter sido triturados por um moinho.

— Hmm... Sim. Olá. — John Stack olha de relance para a esposa e, depois, volta à mulher na soleira. — Meu nome é John. — Ele aponta as outras. — Esta é Jennifer... Kayla, Kourtney. — Ele nota que alguns homens do caminhão estão parados a uma curta distância atrás de Spencer-Lee, olhando, sempre vigilantes, com fuzis de assalto AR-15 sobre o alto do peito, como milicianos independentes em alguma guerra do Oriente Médio. De repente, parece que tudo está errado. Parece que... está tudo errado. John Stack vira-se para a mulher na porta e quer dizer mais alguma coisa, quando ela solta uma alegre gargalhada.

— Mas não são umas gracinhas? — Ela bate palmas e escancara a porta. — Entrem, descansem um pouco e vamos cuidar desses dodóis.

Com relutância e nervosismo, John Stack conduz a família para dentro da longa clausura improvisada. A porta de metal bate atrás de si. Ele não escuta o barulho da tranca sendo fechada, mas seus pelos ficam eriçados de imediato.

Se pedissem a John Stack para descrever a sensação dentro da longa cadeia de trailers e ônibus, a palavra *purgatório* invariavelmente brotaria em sua imaginação. Cinco ou seis famílias ocupam os aposentos, que se estendem por, no mínimo, 90 metros — o tamanho de um navio de cruzeiro moderno —, abrangendo 13 veículos conectados como os vagões de um trem. A maior parte do interior é extraordinariamente arrumada: o chão é tão limpo que se pode comer nele. Alguns habitantes, principalmente crianças menores de 12 anos, sorriem e cumprimentam com a cabeça quando os Stack passam. Esses jovens moradores do comboio trajam camisas de trabalho usadas e muito parecidas, de vários tamanhos e tons de bege e marrom, estranhamente lembrando a Juventude Hitlerista ou alguma equipe orwelliana enquanto manejam vassouras pelo chão. Algumas camisas têm bolsos estampados com os nomes de seus antigos donos — Chuck, Stan, Fred, Dick, Hank —, e nenhum deles corresponde ao usuário atual. O ar cheira a detergente, gel inflamável Sterno e sabão. Longas gavinhas de plantas domésticas pendem de muitas aberturas de ventilação no teto. A maioria das janelas é gradeada ou acortinada. *Campo de trabalhos forçados* e *complexo de uma seita* são expressões que também passam pela cabeça de John enquanto Sally, a anfitriã oficial, leva os Stack a um trailer vazio mais na dianteira da cadeia.

— Acho que, por enquanto, vocês podem dormir aqui — diz ela alegremente, indicando um estreito compartimento de beliches com lençóis brancos, armários, pequenos sofás e uma cozinha minúscula. John observa todos os pequenos e perturbadores detalhes: a tatuagem de uma rosa no pulso de Sally Dryden, os pêssegos enlatados na bancada da cozinha, o pequeno porta-revistas no chão, ao lado da cama, com exemplares velhos e empoeirados.

— Sei que é uma grande adaptação. — E então a mulher de camisa larga lhes garante: — Mas podem acreditar em mim, vocês vão adorar isto aqui. — Ela bate palmas de novo. — Vão encontrar toalhas na despensa ali, camisas e calças limpas, um kit de primeiros-socorros embaixo da pia. Se precisarem de mais alguma coisa... qualquer coisa... é só me chamar. Agora vou deixar que vocês se acomodem, se orientem, e voltarei daqui a mais ou menos uma hora para responder a qualquer pergunta que queiram fazer.

Ela se vira e sai pela porta interna, que leva ao trailer vizinho.

Os Stack ficam parados por um momento, pingando no chão como ratos molhados e observando o pequeno trailer pouco ventilado, com seus enlatados antigos e velhas edições da *US Weekly*. Do lado de fora, a chuva ainda zumbe e martela o teto do recinto. Ainda com dor nas costas, John esfrega o calombo que se formou na cabeça. Jennifer conduz a filha mais velha a uma cama perto da janela acortinada, deitando-a delicadamente, com o cuidado de não bater a cabeça na baixa prateleira. A menina, deitada de costas, ainda encara o vazio. Jennifer vai buscar toalhas na despensa.

Do outro lado do ambiente, Kourtney diz:

— Me desculpe, mas *que merda é essa*?

John a encara e não responde, revirando as coisas mentalmente, sem parar. Pega uma toalha com a esposa e se enxuga, ainda admirado dessa estranha guinada nos acontecimentos. Há menos de meia hora eles eram sem-teto, à deriva na mais perigosa área rural do sul, infestada de errantes, e agora estão em um lugar repleto de plantas de estufa. Uma parte dele quer esperar para ver o que vai acontecer, mas a outra quer fugir aos gritos.

— Você sabe que lugar é este? — A voz de Jennifer atravessa seus pensamentos e atrai sua atenção. Ela está de pé ao seu lado, com uma grave expressão. — É uma maldita prisão.

Antes que John responda, surge uma voz da porta interna.

— Preferimos encarar como uma custódia tutelar. — Spencer-Lee Dryden está parado no portal e os observa com um sorriso afável e uma centelha nos olhos. Está ao lado da esposa, de mãos dadas; os dois parecem um casal sinistro sobre a cobertura de um bolo de casamento sinistro. — Veja bem. Vocês estão exaustos. Quem não estaria? Por que não ficam à vontade? Teremos uma boa conversa mais tarde.

Ele balança a cabeça afirmativamente, como se o assunto estivesse encerrado, vira-se e conduz Sally de volta por onde vieram. Fecha a porta. A tranca solta um estalo alto, ressonante e definitivo... aprisionando a família Stack em seu novo lar.

Pouco depois de os Dryden terem partido, John Stack ouve os ruídos abafados de outra família, vindos do trailer de frente para eles, e a curiosidade leva a melhor. Ele se espreme entre uma pilha de caixas de suprimentos e, espiando por uma abertura estreita na frente do compartimento — uma parede corta-fogo que já fora uma janela —, vê três crianças e um adulto.

No começo, nada naquelas pessoas parece extraordinário para John. A maioria está vestindo as estranhas camisas de trabalho e as calças de uniforme que as assemelham a ex-integrantes de uma equipe de boliche ou de uma escola para técnicos em manutenção. Todas as crianças parecem estar em idade escolar e, em geral, satisfeitas, talvez até drogadas; é difícil saber. Languidamente sentadas, leem livros ou desenham com lápis de cor. É então que o olhar de John recai sobre a única adulta, sentada sozinha no chão, no canto do trailer.

Algo no modo como a mulher está sentada o incomoda, mas ele não consegue entender bem o que seria. Ossuda, desengonçada, com corpo de nadadora, ela está sentada com seu uniforme de trabalho, na posição de índio, com as pernas cruzadas, a cabeça baixa, o cenho franzido, reflexiva. Tem o cabelo bem curto e escuro e um rosto aristocrático, que remete a universidades da Ivy League e ao dinheiro da Costa Leste.

Mas o jeito como está sentada, batendo uma colher no chão, imersa em pensamentos, os olhos inteligentes vagando pelo recinto, diz a John Stack que há muito mais acontecendo naquele momento do que tão somente uma mãe de três crianças que decide o que fazer para o jantar.

Ele então volta-se para a própria família, sentindo o crânio latejar de dor e o estômago se apertar de pânico. Vê a esposa sentada na beira da cama de Kayla, pressionando um pano frio na cabeça ferida da menina. Vê a filha mais nova junto da janela, olhando para fora como um animal enjaulado. Percebe que ninguém foi até as roupas limpas, a caixa térmica de bebidas, na bancada, nem a nenhuma das comodidades.

John Stack sente a tensão se contorcer nas entranhas. Conhece bem essa sensação. Teve-a muitas vezes nos últimos anos. É a memória genética fazendo ressurgir nele o que alguns chamam de "lutar ou fugir" — aquele alerta silencioso que é disparado no íntimo de uma pessoa quando o perigo está no horizonte. Ele o sente agora, como um punho na garganta. Alguma coisa terrível está para acontecer.

Ele volta à janela estreita, observa a mulher no primeiro trailer e pergunta a si mesmo se ela teria alguma relação com esses sentimentos.

Agachada no chão do trailer, analisando seu plano repetidamente na tentativa de descobrir os defeitos, os obstáculos, como as coisas poderiam dar errado, Ashley Lynn Duart observa os filhos adotivos pelo canto dos olhos. As crianças parecem bem dóceis esta noite. Quase nada sabem do que está reservado para elas. São os elos mais fracos de seu plano, mas não há nada que Ash possa fazer a respeito.

Ela se levanta — em seus quase 1,80 de altura — e roça a cabeça no teto do trailer. Dentro de uma camisa GG da Dickies, presa à cintura por um cinto de couro, com o nome GARY bordado no bolso, ela faz uma cara feliz para as crianças e anuncia:

— Acho que vou preparar um macarrão com queijo para o nosso jantar de hoje.

Todos acham uma ótima ideia, e então Ash retira o fogareiro e as panelas dos armários. Coloca água, acrescenta a massa e acende a lata de Sterno debaixo da panela, analisando silenciosamente seu plano, angustiada por cada detalhe. Às escondidas, ela coloca uma das mãos por baixo da bancada e tateia, à procura do sinalizador que escondeu ali, um bastão de 30 centímetros preso com fita adesiva na parte de baixo da pia minúscula. Toca-o com as pontas dos dedos, tranquilizando-se, preparando-se.

Foi o único objeto remotamente parecido com uma arma que Ash conseguira contrabandear para dentro do campo de prisioneiros, quando ela e as crianças Quinn foram raptadas dos campos nos arredores de Haralson, no mês anterior. Ela escondera, na parte de trás da calça, o bastão de 30 centímetros contendo nitrato de potássio, enxofre, serragem e cera. Agora sabe que ele é sua única chance de escapar deste manicômio.

É sua última cartada.

Esta noite.

TRÊS

Lilly Caul trabalha durante toda a tarde e início da noite. Sua cabeça lateja, suas articulações doem.

Com Tommy Dupree a seu lado, ela transporta dois geradores portáteis do segundo andar para a traseira de uma picape adaptada. A extremidade frontal do veículo havia sido cortada na altura do para-brisa, e o chassi, exposto e cheio de graxa, agora funciona como escora para uma dupla de cavalos. Lilly e Tommy viajarão sozinhos nesse Frankenstein em forma de veículo. Depois de pedir, adular, ameaçar e negociar com os outros, ela não conseguira convencer mais ninguém a acompanhá-la. Agora não tem alternativa senão ir em frente e partir sem eles. Este ainda é um país livre, e Lilly acredita que pode voltar a Woodbury e recomeçar, com a ajuda de Tommy. O plano é retornar para buscar as crianças quando a cidade estiver segura.

Nesse momento, tudo isso a abastece de adrenalina, enquanto ela enche a carroceria da picape com tesouros da loja. Durante a hora seguinte, os dois trazem do restaurante caixas de comida liofilizada, luminárias de célula solar, utensílios de cozinha, caixas de granola, cobertores, chuveiros solares para áreas externas, utensílios de jardinagem, pacotes de semente, lâmpadas, caixas organizadoras, grelhas portáteis, briquetes de carvão, fluido de isqueiro, plantas envasadas, terra vegetal, caixas de suco, vidros de picles, baterias, carregadores de bateria, travesseiros, mochilas e meia dúzia de engradados de água mineral.

À meia-noite, a carroça improvisada está tão cheia que os pneus traseiros praticamente se achataram contra o piso de cimento da garagem. Lilly e Tommy prendem a carga com cabos de *bungee* e cordas e depois vão buscar os cavalos.

O tratador de cavalos oficial do grupo, Burt Stankowski, foi criado em uma fazenda na Virginia. Um ano atrás, adquiriu dois robustos cavalos de carga em troca de uma carreta com defeito. Alguns meses depois, capturou um garanhão e uma égua de uma fazenda leiteira abandonada, nos arredores de Macon. A égua já deu à luz dois potros, e espera-se que venham mais. Além desses seis cavalos, eles têm os três que Musolino e Boone trouxeram quando se uniram ao grupo.

Todos os animais estão, agora, reunidos no estábulo improvisado em uma das extremidades da garagem, andando sobre as tiras de papel que servem de feno, resfolegando, nervosos, diante da ocasional saraivada de trovões que chocalha o andar acima deles. Lilly e Tommy se aproximam com cautela. Os animais estão agitados. Ela sussurra:

— Vá com calma, Tommy. A tempestade os deixou assustados.

Eles soltam os dois cavalos de carga e os conduzem pela garagem entulhada.

— Puta merda — comenta Tommy Dupree ao retornar à picape. Ele para subitamente; o cavalo move a cabeça e relincha. Tommy tem o olhar fixo. Não se mexe.

Lilly para na frente da picape, muda, segurando o cavalo pela trela e encarando as 12 figuras reunidas ao redor do veículo.

— O que está acontecendo? — pergunta Lilly.

— Fizemos uma votação — diz Musolino. Usando uma capa de chuva excedente do Exército, com dois cinturões de munição pendurados nos ombros largos, ele olha para os outros. A maioria tem os olhos baixos e os sorrisos constrangidos, como se partilhasse uma piada interna. Norma Sutters limita-se a balançar a cabeça com ironia, olhando para Eve Betts, que sorri para Boone, que sorri para Stankowski. Todos vestem trajes para chuva. Alguns carregam bolsas de viagem. Até as crianças estão com capas de chuva e suas pequenas e adoráveis mochilas nas costas. Musolino sorri para Lilly. — Decidimos que a vida seria muito chata sem você aqui para encher o saco.

Lilly olha para Tommy, que sorri. Ela está prestes a falar quando nota que Sophie Leland está parada logo atrás, segurando o bebê, com ar de seriedade e coragem. Três dos adolescentes — Connie, Bradley e Lyle — colocam-se atrás dela, com cinturões pesados sobre seus corpos magros, arriando os ombros. Lilly nota que todos estão cabisbaixos em volta dela, sente o silêncio constrangedor e imediatamente compreende o que está havendo.

— Nenhum de vocês está com capa de chuva — diz ela ao grupo reunido perto da parede do fundo. Fala com suavidade e respeito.

A antiga prostituta sorri com tristeza, mas não encara Lilly.

— Sim... Bem. — Em seguida Sophie ergue a cabeça, com os olhos marejados. — Acho que eu e Maria ficaremos mais seguras aqui. Os garotos vão cuidar de nós. — Ela gesticula para os adolescentes fortemente armados. — Quando vocês se instalarem lá e estiver tudo bem, podem voltar para nos buscar.

Lilly processa a informação por alguns instantes.

— Tudo bem. Hmm... Tem certeza?

Sophie assente.

— Sim, tenho. Acho que essa é a opção mais segura para o bebê. Vamos ficar bem. Temos o frigorífico abarrotado de comida liofilizada. E Connie e Brad têm um carrinho de mão cheio de munição.

— Muito bem... Entendo o que está dizendo. Só quero ter certeza de que você está tranquila com essa decisão.

— Estou. Temos leite em pó suficiente para Maria até sua adolescência. E todos podemos ficar no terceiro andar por tempo indefinido. Vamos ficar bem.

Lilly contempla a mulher baixa e magra e seu rosto fino e abatido. De um lado do pescoço de cisne, há uma tatuagem de prisão, uma teia de aranha. Uma cicatriz fibrosa de origem desconhecida desce sinuosa por um dos braços, como uma costura na carne. Os dedos da mão esquerda — aqueles que agora seguram a chupeta — são enfeitados, cada um com uma letra, e juntos formam a palavra V-I-V-A. Na parte interna do braço, lê-se a frase *Não me julgue*.

Então, Lilly percebe todos os difíceis quilômetros percorridos por essa antiga garota abandonada nas ruas e conclui que, se existe alguém que pode sobreviver neste lugar com um bebê, um bando de adolescentes rebeldes e um milhão de metros quadrados de mobiliário, esse alguém é Sophie Leland.

Por fim, abre um sorriso desolado para Sophie.

— Se tem certeza absoluta de que é isso que quer fazer...

— Tenho, Lilly. Não se preocupe conosco. Maria cuidará de todos nós.

Lilly sorri.

— Acredito que vai mesmo. — Ela envolve a mulher e o bebê em um abraço caloroso, acariciando gentilmente o cabelo sedoso da criança. Sente aquela fragrância inconfundível de talco de bebê e seus olhos lacrimejam de emoção. Dá um passo para trás.

— Boa sorte, querida.

— Obrigada. — Sophie respira fundo. — O mesmo para vocês.

Depois de um gesto de cabeça, Lilly vira-se e observa o grupo de amigos corajosos que está parado diante dela, todos com uma expressão franca no rosto. As lágrimas enchem seus olhos. Ela as enxuga.

— Não existe tédio com vocês — diz, por fim.

Naquela noite, na fazenda castigada pela chuva, reclinado em um sofá, dentro do maior dos trailers desse labirinto interconectado de veículos que ocupa uma campina, está um grandalhão rodeado por um bando de crianças. Algumas chupam o polegar, outras começam a cochilar, enquanto a voz de barítono do homem conta de cor uma história de O. Henry.

— E a jovem e linda noiva presenteia o jovem e belo marido com um maravilhoso relógio de bolso — fala suavemente Spencer-Lee —, pelo qual ela havia vendido seus lindos cabelos louros.

Ele se expressa no sotaque arrastado do interior da Louisiana, esticando as palavras em *liiiiiiindo cabelo loooouro*, o que só aumenta o caráter hipnótico de sua voz. Recostado em um amontoado de travesseiros de penas, a camisa desabotoada a revelar os pelos grisalhos do peito, parece um barão ou um rei relaxando em seu castelo, cercado por seus diminutos súditos, seus herdeiros. Carrega um leve sorriso na face juvenil, caloroso e agradável por saber que, nesse exato momento, a guarda de seu palácio, sob a chuva, patrulha as fronteiras do acampamento, mantendo os lobos à distância, enquanto o rei Spencer-Lee I está livre para se deleitar em sua tarefa preferida, sua paixão, sua obsessão: *a família*.

Spencer-Lee foi criado em Slidell, ajudando o pai a entregar barris de cerveja Dixie em bares e tabernas ao largo de riachos e remansos. Aprendeu o árido negócio da venda de bebidas no atacado com o próprio esforço e com o conhecimento das ruas, o que acabou por colocá-lo no mundo selvagem e confuso da política da Geórgia. Contudo, foi a perda de toda a família em um terrível incêndio doméstico, enquanto ele estava na escola, no Alabama, que realmente o formou como pessoa. No dia seguinte, teve que voltar para sua cidade natal e identificar os corpos no necrotério, em Montgomery. Foi transformador ver os restos calcinados e deploráveis da mãe, do pai e do irmão Willy, mortos e dispostos sobre aquelas mesas. Ele sofreria as cicatrizes invisíveis daquele dia pela vida inteira.

Naquele outono, conheceu sua meiga Sally, então aluna na Universidade do Alabama. Casaram-se na primavera seguinte, e Spencer-Lee jamais olhou para trás. Mesmo depois de saber que jamais poderiam ter filhos, no fundo ele continuou acreditando que sua família um dia ia desabrochar.

— E o belo e jovem marido presenteia a jovem esposa com um lindo pente de ouro. — Continua narrando, em seu ronronar grave e doce. — Para isso, ele vendeu o relógio. Mas nenhum dos presentes inúteis era páreo para o amor que sentiam um pelo outro, por Deus, pelo país e pela coisa mais importante de todas: *a família*.

A última parte ele inventa totalmente na hora, pontuando a frase final da história com um beijo na cabeça de cada criança. Sally se materializa em meio às sombras, perto da porta, como quem responde a uma deixa, e Spencer-Lee remove delicadamente as crianças adormecidas do sofá — uma de cada vez —, entregando-as à matriarca. Com uma piscadela e um leve sorriso, ela carrega cada criança, pelo longo corredor de trailers, a seus respectivos aposentos.

Spencer-Lee se lava, escova os dentes e se recolhe em seu quarto. Pelas persianas, observa a mata açoitada pela chuva do lado de fora. Sob a luz de relâmpagos intermitentes, vê seus homens cercando um cadáver ambulante na margem da floresta. É um homem grande, de certa idade, com as entranhas pendendo da cintura aberta. O raio estala novamente; Spencer-Lee vê um dos guardas enfiar um pé de cabra no crânio da criatura.

O corpo é então arrastado e descartado. Retorna o zumbido tranquilo da chuva.

O grandalhão se deita na cama, vestindo apenas uma cueca boxer. Apaga o lampião a óleo e deixa a mente vagar. O som da chuva batendo no teto dos trailers é relaxante. Ele está quase cochilando quando a voz tímida da esposa o agita.

— Adoro aquela história — diz ela, subindo na cama, ainda com a camisa de trabalho. — Eles venderem o objeto mais precioso é apenas diáforo.

Eles se beijam. Spencer-Lee ri.

— "Diáforo"... gostei disso.

Uma de suas mãos desce em direção à virilha dele, despertando-o ainda mais. As bocas se abrem, línguas se exploram e se mexem. Começam a fazer amor; parceiros de longa data, eles conhecem intimamente as regiões do corpo e as peculiaridades um do outro. Sally deita-se de costas, com a camisa já aberta. Ele, então, termina de tirá-la e a arremessa ao chão; o estranho emblema no bolso — SEU NOME AQUI — ainda é visível sob a luz fraca.

As camisas de trabalho foram ideia de Spencer-Lee. Dois anos atrás, ele havia encontrado um depósito cheio delas e percebera que poderiam ser úteis para ajudar a rastrear os moradores de sua arca simbólica. Os "hóspedes" de seu pequeno complexo hermeticamente fechado usariam aqueles uniformes utilitários e antiquados como uma espécie de consentimento com a comunidade, a família, os ideais democráticos. Os guardas teriam maior facilidade para identificar os moradores na eventualidade de uma emergência. A *uniformidade* de tudo daria ao lugar certo caráter utópico. É claro que às vezes as roupas de trabalho podem fazer lembrar uma penitenciária, e não passou despercebida a Spencer-Lee a ironia causada pelos nomes falsos estampados nos bolsos dos refugiados da praga. Porém, no aspecto geral, os restos da Dickies funcionaram muito bem.

Agora, Spencer-Lee e Sally intensificaram o ritmo, cada vez mais rápido.

Eles estão perto do clímax quando a sombra de uma terceira figura atravessa o quarto.

Foi tão rápido que Sally e Spencer-Lee mal tiveram tempo de notar a sombra, que se move na direção da mesa de cabeceira e pega o porrete de couro. Com força, o objeto atinge a parte de trás do crânio do homem, produzindo, em seus ouvidos, o ruído de um sino quebrado; em seu campo de visão, faísca uma estrela cadente de dor.

Ele cai de costas no chão e engasga com a própria saliva.

O tempo parece passar lentamente enquanto Spencer-Lee perde e recobra a consciência. Mal pode ver a figura alta e feminina que bate com o porrete na cabeça de Sally, deixando-a inconsciente, amarrando seus pulsos à cabeceira e amordaçando-a com um pedaço de pano. Em seguida, sob o lampejo bruxuleante de um relâmpago, ele enxerga o rosto da agressora. No início, não reconhece a mulher. Porém, em um segundo clarão de luz, percebe que é Ashley Duart — mais conhecida como Ash —, uma riquinha arrogante de Haralson.

De regata preta e jeans, com os braços musculosos, ela se vira para amarrar Spencer-Lee quando o homem a ataca.

Por um momento, as duas figuras se chocam, em um violento abraço de urso, um batendo o outro contra a parede oposta, derrubando uma prateleira cheia de taças de vinho e quinquilharias. Sally se depara com a cena, amarrada à cabeceira, os olhos esbugalhados e quentes de pavor.

Do outro lado do quarto, os combatentes avançam no pescoço um do outro, em uma atitude primitiva. A mulher é feroz. É muito mais forte do que Spencer-Lee poderia esperar e, no escuro do quarto, no calor da luta, ele quase se esquece de que é uma mulher. Por fim, ele a golpeia com as costas de uma das mãos — com a maior força possível. Ela então é atirada para trás, tropeçando nos próprios pés e se esparramando no chão.

Spencer-Lee se atira contra ela. Sua cabeça, concutida pelo impacto do porrete, lateja de agonia. Ele a estrangula.

— Sua puta, sua vaca de merda. — O homem rosna enquanto espreme a vida do corpo de Ashley.

De súbito, como num truque de mágica, de uma de suas mãos, surge uma coroa ofuscante de luz.

No começo, Spencer-Lee não percebe que se trata de um sinalizador. Vê apenas, diante do rosto, a explosão solar de uma intensa luz rosa, lançando sua cabeça para trás. O ar chia, enquanto a dor lancinante dispara por seu crânio. Suas mãos soltam o pescoço da mulher, que soca a ponta acesa do sinalizador contra ele, roçando em seu rosto, sem parar. A flor luminosa de faíscas finalmente entra pela boca, tão fundo que a ponta acesa se aloja em sua garganta.

Quando cai para trás, com o sinalizador ainda enfiado na garganta, Spencer-Lee libera um ruído estrangulado — em parte um grito de agonia, em parte um berro psicótico de fúria. Cai pesadamente, derrubando outra prateleira, enquanto agarra o fogo terrível que o asfixia, lançando pedaços quentes e derretidos de saliva e carne em chamas pelo ar. Sally está em convulsão na cama; os gritos, abafados como uivos de hiena, ressoam pelo quarto.

Enquanto isso, Ash havia se recuperado o suficiente para levantar e arrebanhar, na mesa de cabeceira, as chaves e a pistola .38 do homem. Spencer-Lee se debate no chão. Agarra a fonte de agonia alojada na garganta. Não consegue respirar. Seus cabelos crepitam e pegam fogo.

Em outro clarão de relâmpago, pelo canto do olho, ele vê a agressora atravessar o trailer e sair explosivamente pela porta. Um barulho, do qual mal tem consciência — como um trovão abafado e distante no cérebro —, lateja em seus ouvidos. Afinal, consegue ficar de quatro e, de algum modo, desprende da garganta a ponta acesa do sinalizador.

Spencer-Lee cai de lado, tossindo faíscas ensanguentadas e se agarrando a uma das pontas da colcha. Cobrindo a cabeça, consegue, enfim, apagar o fogo com a manta. A dor quente, parecida com uma facada, é diferente de qualquer outra que já tenha sentido. Ele solta um patético soluço de buzina. Rola de costas e olha as placas do teto.

O cheiro de carne queimada e a névoa de fumaça tóxica despertam lembranças do incêndio que levou seus pais. E, por um momento pavoroso, é invadido por um *flashback* daquele dia horrível quando, durante o segundo ano na Universidade do Alabama, teve de identificar os corpos no necrotério de Montgomery; seus rostos quase irreconhecíveis, tão chamuscados e queimados que pareciam manequins de plástico derretidos sobre a superfície de aço inoxidável das gavetas de cadáveres.

Por fim, misericordiosamente, a lembrança desbota e a inconsciência rola sobre Spencer-Lee Dryden como uma maré, levando-o para suas profundezas escuras e frias.

Ashley Lynn Duart arrasta-se pela escuridão chuvosa, cambaleia e escorrega no mato molhado e viscoso, do lado de fora do trailer dos Dryden. Então puxa o cão da arma especial de Spencer-Lee, com o coração martelando no peito e a visão aprimorada pela adrenalina que corre pelo corpo. Precisa agir rápida e decisivamente, sem misericórdia, se quiser escapar viva com os outros. Vê que as figuras obscuras dos guardas — evidentemente despertados pelos ruídos abafados provenientes do trailer dos Dryden — caminham na direção dela por dois lados diferentes.

— Ei! — O primeiro, um homem mais velho conhecido como Fitz, vê Ash na chuva. — Mas o que você está...?!

Ela já levantara a pistola com as duas mãos. Mirou e apertou o gatilho em um único tiro. O disparo atinge o pescoço do homem chamado Fitz; seus pés escorregam, e o fuzil de assalto AR-15 voa das mãos. Ele cai de costas, esparramado na lama — seu ferimento é fatal. O sangue vital lhe escapa tão rápido quanto o de um porco abatido.

O outro guarda se posiciona atrás de uma árvore, puxa a alavanca da arma e dispara uma saraivada que soa como um rufar de tambores, em meio à tempestade monótona. Ash consegue se jogar de bruços no último segundo; as balas zunem acima de sua cabeça, provocando uma série de barulhentos ricochetes, que zumbem e soltam faíscas na parte de baixo do segundo trailer. Ela então foge para baixo do chassi.

Engatinha para o outro lado, volta a se levantar, esgueira-se por uma abertura entre dois trailers e encontra o segundo guarda à vista, correndo como um louco em sua direção. Antes que ele possa disparar, Ash mete três balas em sua barriga. O homem desaba, com o dedo petrificado no gatilho, soltando uma saraivada de tiros no céu. O barulho se mistura com o do trovão.

Ash ouve outros guardas vindo dos cantos distantes do acampamento. Luzes acendem-se dentro dos trailers — algumas de geradores, outras de lampiões a óleo —, e, atrás das janelas cobertas por tábuas, surge o ruído abafado de prisioneiros em pânico. Ela se atrapalha com as chaves. Sabe que tem apenas segundos para tirar todos de suas celas.

A primeira porta resiste: a chave emperra na fechadura enferrujada e endurecida. Ela a enfia de novo e sacode com fúria. A porta enfim cede e Ash a abre, encontrando quatro rostos reunidos nas sombras — duas crianças pequenas, um pai e uma mãe —, boquiabertos diante dela, com uma expressão febril de pavor.

— O que está fazendo, em nome de Deus? — O pai exige saber, em uma voz rouca e sonolenta. Um ex-gerente de armazém, magro e de pele clara, da cidade de Augusta, Ronnie Nesbit foi capturado em um centro comercial em ruínas, nos arredores de Atlanta, seis meses atrás, com sua mulher e os dois filhos em idade de escola primária. Nesse momento, vestindo o habitual uniforme de trabalho do culto dos Dryden, seu olhar é assustado, como o de quem sofrera uma lavagem cerebral.

— Vamos embora daqui! — Ash ouve os outros guardas se aproximando pelo lado oposto do comboio. — Deixem tudo, menos as roupas do corpo, qualquer coisa que possam usar como arma e... e sua família!

Ronnie Nesbit leva uma fração de segundo para sair do torpor. Encara a esposa Dina, que assente. Então ajudam os dois filhos — um menino e uma menina — a saírem do trailer, debaixo do vento e da chuva.

Ash vai até a porta seguinte, destranca-a e encontra a família Stack reunida, com seus uniformes de trabalho marrons. No início, John Stack fica reticente, em pânico, confuso.

— O que você está...? — Ele começa a falar, mas então nota o rosto de Ash. Algo estala diante de seus olhos. Talvez ele se lembre de vê-la enroscada no chão de seu trailer como um animal enjaulado. Ele concorda depressa com a cabeça, dizendo: — Tem alguma outra arma que a gente possa...

Então, uma série de barulhos o interrompe, e todas as cabeças se voltam para o trailer dos Dryden. A potência do fogo havia explodido por uma das janelas. O vidro estoura, e as chamas se enroscam sob a chuva; faíscas e escombros são arremessados ao vento. O grito de uma mulher se mistura com o crepitar das chamas.

Outros dois guardas surgem do canto e tentam arrombar a porta dos Dryden.

Ash dispara os últimos dois tiros contra eles. Uma das balas atinge um dos homens de raspão, enquanto a outra erra feio, ricocheteando nas aberturas de ventilação dos Dryden. Felizmente, os tiros os retardam tempo suficiente para que Ash se volte para John Stack e fale:

— Pegue o fuzil de assalto daquele cara enquanto eu busco minhas crianças!

Apesar de toda a confusão, do incêndio no trailer dos Dryden, dos guardas que surgiam de todos os lados e do tiroteio, bem como a explosão das janelas, Ash consegue retirar os filhos segura e rapidamente do último trailer, enquanto John Stack apanha o AR-15 caído ao lado do corpo do guarda. Além disso, ele tem a sorte de encontrar um pente extra de munição perto do morto, com vinte balas nas câmaras. Atualmente — já há, no mínimo, quatro anos do início da praga — munição virgem é quase tão rara quanto gasolina. Porém, ao que parece, Spencer-Lee e seus homens saquearam as moradias originais de seus clientes a tal ponto que acumularam um arsenal impressionante. Agora, ajoelhado ao lado do morto, John Stack trabalha depressa, retirando as calças do homem. Ele se levanta num átimo e veste a calça, depois coloca o pente no cinto e faz uma revista rápida no cadáver, em busca de qualquer outra coisa de valor. Está procurando armas brancas, armas de fogo, um isqueiro, um cantil, o que for, quando as pálpebras do corpo se abrem, numa palpitação, e revelam córneas brancas e opacas de tamanho e formato idênticos aos de bolas de gude.

John recua, assustado, enquanto o guarda morto rosna, bate os dentes uns contra os outros; os lábios escurecidos se afastam dos incisivos expostos.

Numa reação quase involuntária, John Stack dá com o cano do fuzil de assalto na boca do cadáver reanimado, torcendo-o pelas vias nasais até penetrar o nervo óptico. A boca do cano rompe a dura-máter e, como um chifre, se projeta pelo couro cabeludo do mordedor, esguichando sangue pelo orifício do fuzil.

Colocando-se de pé rapidamente, John solta o fuzil do crânio e o líquido cefalorraquidiano jorra no mato encharcado.

Ele ouve Ash chamando para que saiam logo dali. Corre para junto dela, unindo-se a sua família e aos outros que mergulham na mata vizinha, envoltos pela escuridão, fustigados pelos ventos úmidos e pela chuva implacável.

A chuva enfim cessa. A tempestade desloca-se pela região, deixando para trás uma quietude sinistra enquanto eles penetram na mata. Toda a luz ambiente que os acompanhava nas margens desaparece, e a escuridão se instala. Parece abafar todo o som. O ar agora tem um aspecto desbotado e cristalino, bem como um cheiro incômodo — uma mescla de fumaça, podridão e pelo de animais molhados. Ash ouve apenas a própria respiração e o triturar abafado e encharcado de passos ao seu lado. Sombras de crianças e adultos caminham em paralelo, bruxuleando em sua visão periférica.

Atrás deles, o ruído do acampamento dos Dryden desaparece por completo. Agora ecoam apenas o som dos passos, o sopro da respiração e o pulsar dos corações.

— Fiquem próximos — sussurra Ash, passando a ponta dos dedos pelo punho da pistola. Em seguida, repousa uma das mãos delicadamente sobre os ombros das crianças Quinn. A escuridão se torna tão intensa que ela só consegue enxergar a silhueta de seus rostos, subindo e descendo como sombras chinesas de cada lado. A maioria descartou os ridículos uniformes de zelador e veste, agora, as roupas que conseguiram pegar de última hora. Bobby, o mais velho, um garoto pequeno e durão de 9 anos, com uma cabeleira preta e desgrenhada, usa um macacão desbotado. As duas irmãs mais novas — Chelsea, de 8 anos, e Trudy, de 7 — têm os olhos escuros e a pele morena, a marca registrada dos Quinn, e vestem idênticos e sujos moletons cor-de-rosa.

Ash morreria por essas crianças, mas, neste momento, essa não é uma alternativa.

— Estou cansada. — queixa-se Chelsea Quinn. — Meus pés estão doendo.

— Os meus também — diz Trudy, com sua voz fina. — Quanto a gente ainda tem de andar?

— Calem a boca! — grita Bobby.

— Ssssshhhhhhh! — Ash olha por cima do ombro e vê apenas uma muralha de escuridão. Nenhuma lanterna, nenhum cão, nenhuma figura humana, nenhum errante... *ainda.* — Assim que pudermos parar, prometo que tudo vai melhorar, mas agora temos que fazer aquele jogo que ensinei a vocês.

Trudy ergue os olhos para ela.

— O jogo do fugitivo?

Ash sorri, apesar do nervosismo.

— Exatamente, querida... esse mesmo. Lembra qual é a primeira regra?

— Continuar andando?

— Isso. E a segunda?

Trudy se esforça, pensativa, quando Chelsea, por fim, se intromete.

— Ficar muito quieta?

— *Exatamente.*

Bobby resmunga.

— Então, isso quer dizer que agora você pode fechar a matraca.

— Bobby... — Ash quer repreender o menino, mas uma lanterna se acende bem a sua direita. Ela se retrai com a luz. — Desligue isso!

A três metros, Ronnie Nesbit, ainda usando a camisa de trabalho da Dickies, com um "KEN" bordado no bolso, atrapalha-se com os botões da pequena lanterna a pilha.

— Desculpe, desculpe. — Enfim, ele apaga a luz. — Só pensei que podíamos...

— Está tudo bem. — Ash o interrompe, conduzindo as crianças a um pequeno declive repleto de pontas de pinheiro e fezes de animais, cujo odor a envolve como sais aromáticos. As árvores ficaram mais grossas e o cheiro de peixe ao longe lhe diz que eles se aproximam de um riacho, ou talvez até de um afluente do rio Flint, muito provavelmente inundado neste momento.

Ash sussurra para os adultos:

— Só não quero entregar nossa posição... a quem... Sabe como é... É melhor usar a noite como aliada.

— Além disso, a última coisa que queremos é que os errantes nos vejam — acrescenta Bobby Quinn, com sua bravata meia-boca, típica dos 9 anos, que muito mal consegue esconder o próprio medo. — Se isso acontecer, estamos totalmente ferrados.

— É, Bobby tem razão, porque eles enxergam a luz também — concorda a pequena Cindy Nesbit.

Outra voz juvenil surge do escuro:

— E se eles acharem a gente, vão comer a gente *tudo.* — A frase vem da criança mais nova, Eddy Nesbit, um menino precoce de 6 anos. — Depois a gente vai ficar feito um morto e todo mundo vai virar aquelas coisas!

— Ei! — Ash se dirige a eles, em um sussurro intenso. — Qual foi a parte de ficar quietos que vocês não entenderam, crianças? Por favor. Estou pedindo para ninguém falar até eu dizer que pode. Fiquem próximos e fiquem quietinhos.

O silêncio então retorna, enquanto eles descem a ladeira coberta de musgo.

Ash estremece. Apesar do céu noturno nublado e baixo e da ausência completa da lua — a chuva ainda pinga dos ramos altos, infiltrando-se pela malha escura de galhos —, ela enxerga um leve brilho de água a meia distância. Flutua atrás de meadas de folhagem, como diamantes brutos no escuro. Ash, então, usa esse brilho como ponto de referência, o destino para o qual conduz o grupo. Ela tem uma vaga ideia de onde estão. Considerando os movimentos do clã Dryden, bem como os acontecimentos caóticos depois do rapto de Ash, ela sabe que eles estão ao sul, a mais ou menos 65 quilômetros de Atlanta e, a leste, entre 15 e 30 quilômetros de Haralson, talvez em algum lugar perto de Zebulon ou Williamson. De uma coisa ela tem certeza: nessa parte da Geórgia, todos os riachos e afluentes correm para o rio Flint. Se Ash conseguir levá-los ao Flint, poderá se orientar pelo corpo sinuoso das águas.

Um dia, naturalmente, Ash quer voltar a Haralson, onde Quinn, o pai das crianças, e os outros devem estar arrancando os cabelos, tentando entender o que aconteceu com Ash e os meninos. Por enquanto, porém, conseguir situar o grupo não só os ajudará a escapar da ameaça de captura dos Dryden, como também será útil em sua tentativa de voltar para casa.

Ela então vê o riacho se materializando por uma das brechas entre as árvores. Agora seus olhos estão suficientemente adaptados ao escuro para que enxergue que a inundação é pior do que ela havia imaginado. Troncos, escombros e folhas flutuam, sob a escuridão sem luar, pela margem do rio, onde antes existia uma calçada. Muitas árvores parecem estar submersas até os galhos intermediários, e um chuvisco lento ainda pontilha a superfície com gotas intermitentes.

Ash gesticula para que o grupo a acompanhe pela margem sinuosa do rio. O raiar da manhã ainda está a, no mínimo, quatro horas, mas se ela conseguir que as crianças viajem durante a noite, ou pelo menos por mais ou menos uma hora, haverá quilômetros suficientes entre eles e Spencer-Lee para que possam parar e tirar algumas horas de sono.

Instantes depois, a lua espia por trás das nuvens de tempestade, que agora diminuem e são mais ralas. Seguindo as voltas do leito inundado do rio, em direção ao sul, a luz clara é, para Ash, como um poste. Ela acredita que o Flint fique apenas a alguns quilômetros adiante. Depois que eles localizarem o rio, estarão a meio caminho de casa. De súbito, ela se sente melhor, encorajada, mais forte. Sorri para os filhos adotivos, que retribuem.

— Vamos conseguir — lhe diz Bobby.

Ash concorda, na completa ignorância de que conduz o grupo direto para uma das maiores multidões de mortos que já havia se formado, por puro acaso, nas terras agrícolas da Geórgia.

QUATRO

No dia seguinte, bem antes do amanhecer, Lilly e companhia saem da Ikea.

Partem com quatro carroças adaptadas — uma parelha de cavalos em cada veículo — e com o SUV Escalade amassado de Musolino, em cujo porta-malas, sobre um tripé, instalaram uma metralhadora .50, com o cano saindo pela janela de trás. Eles dispõem de um total de 160 litros de gasolina, armazenados em quatro recipientes de 40 litros — mais do que o suficiente para levá-los a Woodbury, além de alimentar os geradores de emergência. Levam ainda dois walkie-talkies de brinquedo, operados à pilha, que alguém encontrara na gôndola de promoção do departamento infantil da Ikea. Lilly decide que ela e Musolino se comunicarão pelo rádio de brinquedo. A qualidade do áudio dos dispositivos de plástico é inferior, mas eles não têm alternativa.

Exatamente às 5h11 da manhã, hora do leste, a caravana parte pela rampa sul da garagem subterrânea da Ikea. Tommy e Musolino haviam ateado fogo em duas grandes caçambas de lixo, em cantos opostos da rua, para afastar a população de errantes da porta aberta da garagem e criar um espaço pelo qual eles possam penetrar na cidade. A procissão sai das entranhas do prédio, um veículo de cada vez.

Primeiro vão Lilly e Tommy, na picape desconstruída; o esqueleto dianteiro está preso entre dois cavalos de carga, cada qual espumando um pouco. As duas crianças Dupree mais jovens — Bethany e Lucas — viajam na traseira, aninhadas entre os despojos da Ikea. Em seguida, vem Burt Stankowski, sentado na cabine de um velho furgão sem motor frontal, rodas dianteiras e para-brisa. O ex-caminhoneiro masca o fumo de um charuto, enquanto estala as rédeas sobre um outro par de cavalos. Quatro crianças vão na área de carga do furgão, metidas entre pilhas de roupas de cama e travesseiros, acompanhadas por vários jogos de tabuleiro e uma garrafa térmica cheia de suco Kool-Aid.

Depois deles segue Eve Betts, às rédeas de um vagão-plataforma, conduzido por mais uma dupla de cavalos. Boone está de pé atrás dela, com um fuzil pendurado no ombro e óculos de esqui que o fazem parecer um membro da série *Ratos do deserto*. Lilly descobriu o vagão-plataforma a algumas quadras da Ikea, capotado em uma vala, ao lado dos trilhos extintos da ferrovia Western and Atlantic. O veículo carrega agora uma pilha, de mais ou menos 3 metros, de caixas de plástico, todas transbordando de tesouros, amarradas com corda e outros materiais, de forma que essa monstruosidade puxada a cavalo mais parece ter saído de um livro do Dr. Seuss.

Um enorme reboque sem as rodas da frente e sem motor — também puxado por cavalos de carga — surge depois do primeiro veículo, tendo às rédeas Norma Sutters, parecendo uma pirata, com um lenço enrolado na cabeça e um facão metido na lateral do cinto, feito de uma das cortinas da Ikea. Atrás do reboque explode o Escalade fortemente armado de Musolino, compondo a retaguarda do comboio esfarrapado; ao subir a inclinação, o SUV ronca em meio a uma nuvem de fumaça gerada pelo escapamento.

Eles tomam o rumo de uma Northside Drive inundada, coberta pela luz cinzenta que antecede o amanhecer. Pelas correntes aleatórias das águas da enchente, flutuam destroços e restos humanos, como pedaços de bonecas inchadas. Esse lado da cidade fora bastante atingido pelo dilúvio: a maior parte das ruas está submersa, as sarjetas e os bueiros abertos ainda esguicham silenciosos sob a superfície do lodo. Os esgotos haviam vomitado tudo o que é animado e inanimado, criando um atoleiro que mais parece um guisado de carniça encharcada, uma cena que Lilly e seu grupo jamais tinham visto. O ar fede a uma decomposição putrefata e mofada. A profanação é tão palpável que Lilly a sente na pele, como uma fina camada de limo.

— Musolino, na escuta? — Ela tira o polegar do botão Talk.

Por meio da estática, chega uma voz masculina e fraca: "Estou te ouvindo muito mal, mas pode falar."

Lilly aperta o botão e mantém a outra mão firme nas rédeas. Olhando por trás das cabeças régias e afuniladas, os cavalos parecem nervosos, assustados, com medo do matadouro flutuante ao redor. Todos os arreios e trelas são caseiros, improvisados por Norma nas máquinas de costura da Ikea. Pelo dispositivo de brinquedo, Lilly diz:

— A água já chegou aos jarretes dos cavalos.

Pela estática: "Eu sei, parece ter quase meio metro."

Ela aperta novamente o botão.

— Se ficar mais fundo, vamos tentar a via expressa.

A voz responde: "A Abernathy está bem limpa e boa parte é feita de viadutos. Vamos ter que desviar um pouco do nosso caminho, para o oeste."

Lilly reflete, pressionando o botão logo em seguida.

— Tudo bem. Vamos pegar a I-20 para a Bowdon Junction, depois para o sul na 27 pela Newman. Fique atento aos nadadores.

A estática crepita e chia: "Copiado."

Lilly deixa o brinquedo no banco, entre ela e Tommy, e mantém os cavalos em movimento pelo infernal caldo escurecido. Eles passam pelas ruínas do Georgia Dome e veem que um dos lados da grandiosa cúpula havia afundado por causa das intempéries e do vento; as laterais da estrutura estão enegrecidas pelo kuzdu morto e desordenado e cobertas de trepadeiras oportunistas. A vasta extensão do estacionamento jaz debaixo de cerca de um metro de água — dessa distância, é difícil saber a profundidade exata. Algumas carcaças enferrujadas de carros vagam de cabeça para baixo, como tartarugas viradas. A luz fraca do início da manhã é suficiente para que o olho humano possa ver incontáveis objetos do tamanho de pequenas boias deslizando pela superfície da inundação. Lilly olha mais atentamente quando percebe que são cabeças de errantes, flutuando sem rumo pelo lodo.

Ela nota que Tommy está vidrado nessa visão surreal, enquanto estremece em meio ao ar pegajoso do pré-amanhecer. Ele então resmunga alguma coisa que Lilly não consegue decifrar.

— O que foi, Tommy?

— Aquilo é... São os telhados das casas? — Tommy aponta para além das cabeças. A cerca de 800 metros, vê-se uma planície alagada: as cumeeiras dos telhados projetam-se da água como icebergs, e a estrada que eles percorrem desaparece nas profundezas. O sol matinal começa a espiar do horizonte, criando frias partículas de luz sob a baixa neblina que encobre os bairros alagados. O vento açoita a superfície da água e assobia por placas de rua, postes telefônicos, cavaletes ferroviários e viadutos.

Lilly pega o walkie-talkie.

— Musolino, temos um problema.

Pela estática: "Copiei, eu vi, os outros também. O que você quer fazer?"

Ela olha pelo retrovisor rachado a sua esquerda. Brut Stankowski, atrás dela, puxa as rédeas, reduzindo a velocidade dos cavalos até parar na água estagnada da via expressa, tomada de destroços. Os outros freiam os cavalos e estacionam, seguindo o primeiro. Lilly faz o mesmo. Em segundos, toda a caravana havia estacado abruptamente.

— E o que você acha? — Tommy mantém os olhos na periferia, nervoso, verificando se nenhuma daquelas cabeças à deriva se aproximava da lateral do veículo. Ele coloca umas das mãos sobre o cabo do facão. Ouve o borbulhar da água batendo por baixo da picape e se pergunta: "E se os cavalos forem mordidos?"

Lilly reflete por um momento. Olha por cima do ombro, lembrando-se de vir a esse local para um churrasco, anos atrás, quando morava com Megan. Ela aperta o botão Talk do radiotransmissor.

— Mus, tem uma rua por onde passamos há pouco... Acho que o nome é Fairburn Road.

Ela tira o polegar do botão e ouve a voz fraca cortar a estática:

— É... Copiei, eu me lembro. Por acaso ela não corta a Chattahoochee?

Lilly aperta o botão.

— Se me lembro bem, cruza a 154 a uns três quilômetros daqui. Por lá, podemos contornar a inundação.

— Copiei.

Lilly curva-se pela janela aberta e gesticula para os outros, indicando-lhes que dessem a volta.

Em seguida, dá um puxão para a direita nas rédeas. Toda a carruagem improvisada range e geme, enquanto o par de cavalos gira 180 graus, puxando a geringonça rumo à direção de onde vieram.

Ash é a primeira a ver as hordas surgindo entre as árvores e, no início, pensa ser uma alucinação. Fosse por causa do estresse, da privação de sono, do cansaço de andar pela mata quase a noite toda, fosse pelos ferimentos que sofrera em seu violento confronto com Spencer-Lee, ela poderia muito bem estar vendo coisas. Ela estaca de repente e levanta uma das mãos.

— Sssshhhh... ssshhhhhhh! — Olha por cima do ombro e sussurra: — Todo mundo parado, e em silêncio. Não mexam um músculo.

Por um momento, crianças e adultos ficam subitamente petrificados, imóveis, lado a lado sob a luz clara da manhã, como se, em uma dança das cadeiras, a música tivesse terminado e não houvesse mais cadeira nenhuma. Durante grande parte da noite anterior, eles tatearam o caminho na mais completa escuridão, entre as colinas arborizadas e as lavouras extintas de tabaco, parando apenas quando uma das crianças precisou urinar. Agora estão em uma clareira estreita, cortada por feixes luminosos de luz solar. O céu da manhã, parcialmente visível através da chaminé formada de pinheiros, é de um azul-cerúleo, claro como cristal, pela primeira vez em semanas. As partículas de poeira e os insetos vagam pelos feixes de luz, conferindo à clareira um aspecto quase primitivo.

Nos segundos que se passam, todos na clareira se reúnem quase sem perceber. Os adultos cercam gentilmente as crianças, formando uma barreira humana. E durante esses momentos tensos e surreais — quando Ash ainda acredita que eles podem se fingir de mortos e esperar em silêncio pela passagem desse número sem precedentes de errantes — é revelada a verdadeira natureza da horda. Ash a encara, hipnotizada.

A cerca de 50 metros, atrás de camadas de uma mata densa, a vanguarda da horda vem na direção deles, como uma banda marcial embriagada. Cada morto se move esbarrando intermitentemente em seu vizinho, arranhando o ar, gemendo e babando com uma fome feroz. Eles andam com uma lentidão incessante, arrastando-se pelo tapete de folhas e húmus — um grande número deles, talvez centenas —, deslocando-se desajeitados, mas obstinados, numa direção meridional. Por causa das árvores, é impossível ver a extensão e a largura de todo o grupo, mas a sensação de Ash é de que seja imenso, vasto, e talvez contenha milhares deles.

— Ash! — O sussurro de Ronnie Nesbit arranca sua atenção de volta ao grupo.

A maioria deles havia se agachado e tem agora os olhos arregalados como moedas de prata, brilhando de terror. Ronnie Nesbit passou os braços ao redor dos dois filhos e da esposa, Dina, que treme descontrolada. Os outros se reúnem a centímetros de distância, as crianças Quinn, a família Stack. Ash aproxima-se deles, coloca uma das mãos sobre o ombro de Bobby Quinn, silenciando delicadamente o grupo. O menino parece quente, febril, doente de medo. O terror está estampado em cada rosto.

— Precisamos voltar. Eles são muitos — sussurra Ronnie.

— Não podemos voltar — responde Ash, tentando manter a voz baixa, enquanto os cabelos de sua nuca se eriçam diante do ruído terrível que se eleva em seus ouvidos. É um coro sobrenatural de gemidos enferrujados e crescentes e pés que se arrastam e se aproximam cada vez mais. O ar agora traz o fedor gorduroso da peste negra. Ash tenta ignorar os arrepios que percorrem suas costas. — Certamente vamos encontrar Dryden.

— É melhor encontrar um milhão de Drydens do que essa multidão de merda desfilando.

— Vamos dar a volta por eles.

— Dar a volta? — Ronnie Nesbit morde a face interna da bochecha enquanto pensa na ideia, vendo através das árvores a turba de mortos reanimados que se aproxima. Rapidamente, Ash avalia a mata circundante em busca de uma rota adequada que contorne a multidão de errantes. Ela calcula no olho a distância entre a clareira e a crista de um morro próximo, tão concentrada que é incapaz de perceber o diálogo íntimo que ocorre atrás dela.

No início, os sinais trocados entre John Stack e sua esposa Jennifer são não verbais. Ele a encara, olha para as filhas e, depois, para a horda através das árvores. Jennifer Stack olha por cima do ombro e vê o grupo de mortos se expandir em volta deles. Como uma imensa ameba que se divide e se multiplica, absorvendo cada célula pelo caminho, os flancos da horda se separaram para lados opostos, cercando a clareira.

Agora há incontáveis cadáveres ambulantes surgindo dos dois lados, próximos o bastante para que os Stack consigam observar seus rostos destruídos, seus olhos vidrados e foscos e suas bocas carcomidas abrindo e fechando infinitamente, mastigando sem cessar, impelidos pela fome eletrizante e insaciável. O barulho e o cheiro se tornam insuportáveis. John Stack dá uma última olhada nas filhas. Em seguida, algo de extraordinário acontece em seu rosto: suas feições decrescem por um momento, atravessadas pela resignação, mas se abrandam logo depois. Ele então toca a face da esposa, sorrindo calorosamente, com um olhar de pura devoção. Diz a ela, em voz baixa:

— Eu te amo. Lembre-se sempre disso, querida. Você é meu primeiro e único amor.

Jennifer Stack enrijece, os olhos se enchem de pavor e lágrimas. Atrás dela, as crianças, petrificadas, olham pasmadas e esbugalhadas para a cara dos pais. Jennifer começa a tremer.

— John, não. O que quer que esteja pensando. Eu imploro a você. Não faça isso!

A essa altura, Ash havia notado o diálogo. Ela lentamente se levanta. Vê a expressão nos olhos de John Stack e, de imediato, reconhece a importância daquele olhar. Ela conhece aquele olhar. Conhece muito bem. Ela o viu nos rostos de pessoas que acabam por aceitar o esquecimento, pessoas no fim de suas forças.

— John, o que está fazendo? Nós vamos dar a volta...

— *Vocês* vão dar a volta. — John Stack a corrige, endireita o corpo em toda a sua altura. Retorna para a margem da clareira e abre aquele sorriso beatífico. Pega um graveto. Bate em uma árvore. — Podem ir. Vão. VÃO! VÃO AGORA!

Jennifer grita.

— John, não faça isso... Que droga... NÃO FAÇA ISSO!

Kayla e Kourtney Stack começaram a chorar baixinho, quase em uníssono, sabendo exatamente o que está acontecendo, mas sem entender por quê.

John Stack bate na árvore e grita:

— VEM ME PEGAR!! A SOPA TÁ SERVIDA!! CARNE FRESCA!!

A partir de então, as coisas acontecem com muita rapidez, tanta que Ash tem dificuldade para acompanhar. Pelo canto do olho, ela vê os errantes mais próximos reagindo às vozes elevadas, às batidas; uma fila de homens mais velhos, com os rostos mutilados e a pele parecendo massa de pão estragada, parte cambaleando rumo ao barulho. Ao mesmo tempo, as crianças começam a gemer, lutam para fugir, e Dina Nesbit as abraça com força. Jennifer Stack grita, enquanto Ronnie Nesbit a abraça, impedindo que ela corra para o marido. Algumas crianças choram sobre a blusa de Dina. Ash percebe que eles têm poucos segundos para tomar uma atitude, antes que todos virem forragem para a horda.

— Por aqui! — exclama Ash, enquanto agarra a mãozinha pegajosa de Bobby Quinn, que está num silêncio atordoado, segurando uma das mãos da irmã.

Ash então arrasta as crianças pelo canto sudeste da clareira, por um espaço entre as árvores, e sobe o leve aclive de terra pedregosa.

Os outros a acompanham — apavorados e retraídos —, tentando não olhar para trás, para o homem do outro lado da clareira que, nesse momento, distrai a horda, grita palavrões, ataca os mortos com sua faca, brandindo a arma, tristemente insuficiente, contra todas as caras horripilantes e olhos leitosos de tubarão que caem sobre ele. Grande parte dos humanos que foge da cena vira a cara quando vê a primeira arcada de dentes podres se cravar na parte carnuda do pescoço de John Stack.

Em uma fonte de sangue, John desaba. Bate com força no chão, rola e tenta se reerguer. A mordida, porém, havia rasgado a jugular. Ele cai de bruços, tosse e arqueja em uma poça quente formada pelo próprio sangue, que se espalha pelas folhas. Tenta se arrastar para longe dali, mas o frio se espalha por seu corpo e lhe rouba as forças. Outras criaturas o atacam e enterram os dentes em suas coxas, seu tronco e sua nuca. Ele solta um berro que mais parece de um animal do que de um homem. A dor é tão imensa que ele perde e recupera a consciência, mas, de algum modo, consegue manter os olhos abertos.

Em seus últimos momentos de vida, avista as fracas sombras de sua família subindo o morro vizinho, correndo atrás de Ash, seguindo-a rumo à segurança. Abre aquele sorriso sereno e reverente pela última vez e pensa em dizer as derradeiras palavras aos errantes:

— Fodam-se... Essa nós vencemos.

A caravana está na metade da travessia de uma ponte sobre o rio Chattahoochee quando os cavalos que puxam o reboque adaptado de Norma atolam em 25 centímetros de lama fluida. Por um momento, ela apenas assiste, em um assombro mórbido, de seu poleiro no assento do veículo, os animais escorregarem e derraparem no lodo. Eles jogam a cabeça de um lado para o outro e bufam de frustração por vários instantes, as patas escorregando para trás, no limo.

Norma finalmente acena para os outros, e todos param no meio da ponte. Lilly coloca a cabeça para fora da janela aberta da picape e observa a confusão, avaliando o problema. Então diz algumas palavras a Musolino, pelo radiotransmissor.

— Eu resolvo! — grita Norma, motivando seus ossos cansados a saírem da cabine. Suas articulações reclamam e estalam enquanto ela desce do estribo enrugado do caminhão e, com um esguicho, pula na água parada e escurecida.

Norma Sutters vem de uma família de reumáticos e herdou uma miscelânea de enfermidades de idosos. O pai, um pastor batista de Jacksonville, tinha gota e artrite terríveis, e o lado materno apresentava osteoporose e diabetes. Logo que chegou aos 40, alguns anos atrás, Norma vem experimentando dor nas costas, tendinite, pés chatos, bursite e uma forte artrite reumatoide. Durante algum tempo, a ingestão regular de ibuprofeno combinado a goles de uísque de seu confiável frasco a manteve relativamente livre da dor, mas, desde o surto, é cada vez mais difícil conseguir os remédios, e qualquer bebida alcoólica digna de ser ingerida já foi tomada.

Agora ela anda pela água na altura dos tornozelos, tentando ignorar as pontadas de dor ao se aproximar da entrada do viaduto. O dilúvio dos últimos dias fez transbordar o Chattahoochee a ponto de inundar a maioria das ruas e pontes adjacentes. Esta é quase intransponível; a água sobe até a ponte, penetrando pelos espaços na madeira. As entradas de cada um dos lados foram reduzidas a buracos lamacentos, em que a dupla de corpulentos cavalos castanhos do reboque agora chafurda ruidosamente, escorregando inquietos e incapazes de obter alguma tração.

— Calma, garoto — diz Norma, em voz baixa, afundando as botas de borracha em 15 centímetros de lama ao cambalear na direção do animal maior. O cavalo relincha, nervoso. Ela acaricia e dá tapinhas delicados no flanco do animal, estala a língua e tenta descobrir como vai libertar do lodo um bicho de quinhentos quilos. — Não se preocupe, Tiger. Vou tirar você desse buraco de merda nojento.

Um espécime musculoso, com pelagem manchada e enorme cernelha elevando-se a pelo menos 1,5 metro de altura, o cavalo resfolega de nervosismo, balançando a cabeça, os olhos se esbugalham e se destacam como duas enormes bolas de gude. O outro cavalo também parece assustado, e Norma simplesmente deduz que a perda de tração no trecho de lama os havia deixado nesse estado de nervos. Ela ainda não percebe que os cavalos estão com medo do movimento nas árvores às margens da Valley Hill Road. Ela também não ouve a voz frenética de Musolino, que chama seu nome.

— Tudo bem, vamos fazer o seguinte... — informa aos animais como se eles formassem uma equipe da qual ela fosse a capataz. Norma então vê, imediatamente à esquerda, um ajuntamento de pedras plano, que corre pela extremidade da margem do rio. Parece uma antiga calçada que foi rachada em fragmentos e afundou um pouco com as intempéries e a idade. Se conseguir levar os animais para a calçada, eles poderão se libertar e soltar o reboque do atoleiro.

— NORMA!

A voz estrondosa de Musolino penetra o vento. Norma então vê, por cima do ombro, que o Escalade está a 25 metros dela, em ponto morto. Observa o grandalhão sair intempestivamente pela porta do motorista, com o AR-15 balançando no ombro, e imagina que ele vem ajudá-la. O musculoso português é um gigante gentil por quem Norma desenvolveu uma paixão secreta. Tarde da noite, sozinha em seu quarto, ela às vezes fantasia que ele a visita, que a envolve com aqueles braços grandes e fortes. Jamais contou isso a ninguém, nem pretende contar. Na verdade, nesse momento, Norma está meio constrangida por ele pensar que ela não é capaz de colocar os cavalos de volta nos trilhos sozinha.

— Está tudo bem, eu resolvo — grita Norma para ele, dispensando-o com um gesto. Vira-se para os cavalos e segura o arreio do animal maior. Estala a língua e lhe diz: — Vamos lá, grandão.

Norma não vê os errantes saindo do mar de escuridão atrás das árvores vizinhas — o sol havia se posicionado de forma que as sombras abaixo do bosque de pinheiros mascaravam completamente os cadáveres em movimento, até que eles estivessem bem na estrada, abrindo caminho para a luz do dia. Ela não vê que Musolino tropeça em um trecho escorregadio de lama, ao correr, determinado, em sua direção, tentando freneticamente avisá-la e protegê-la do enxame que se aproxima. Ela não nota que ele se esparrama no calçamento inundado, que a arma voa de seus braços e cai na água parada. Mais importante, Norma só sente os odores mortais de carne podre quando puxa os dois cavalos do lodo e os conduz à calçada submersa, na lateral da estrada.

Nesse momento, ela fica petrificada a centímetros da borda que acompanha a enchente do rio, ainda segurando os dois cavalos pelos arreios. Seus sentidos imediatamente são saturados pelos perturbadores detalhes que se acumulam — os gritos de Bethany Dupree, o horrível fedor de carne morta, Musolino berrando para ela, dizendo-lhe alguma coisa sobre a chegada de errantes, outras vozes, as portas da cabine de outras carroças se abrindo num guincho, outras vozes gritando. Tiros são disparados, o ar crepita de balas. Tudo isso se mistura em um borrão amorfo de pânico que percorre sua cintura como uma gélida corrente elétrica.

Por um momento, Norma fica parada e estupefata, segurando a trela dos cavalos, paralisada pelo atordoamento. Os animais são tão grandes que impedem que ela veja a horda que se aproxima. Norma sente o cheiro dos mortos, e pode escutá-los, enquanto ouve o tiroteio zunindo de um lado para o outro. Contudo, não consegue enxergar nada além de sombras se aproximando, do outro lado dos cavalos, até que é tarde demais.

O cavalo menor lamenta, com um relincho, enquanto a primeira arcada de dentes pútridos se enterra em seus quartos traseiros. O maior empina e escoiceia loucamente. O solavanco repentino puxa as rédeas das mãos de Norma. Ela agora vê os errantes do outro lado dos cavalos e percebe, de súbito, por que Bethany está gritando e por que Musolino vinha salvá-la quando escorregou e caiu, e por que as buzinas estão tocando e as armas, disparando, enquanto o ar se enche de uma névoa azul de podridão.

Nada disso, porém, impede que ela cometa um erro fatal.

Ela se vira para Musolino e dá seu primeiro passo na direção dele, quando avalia mal sua proximidade da beira da água mais funda. O pé esquerdo, calçado na mesma bota de trabalho estilo lenhador que vem usando desde o início da praga, escorrega na beira das pedras desgastadas e musgosas da calçada.

Ela mergulha na água, escorregando ladeira abaixo, a partir da margem que antes era terra seca.

CINCO

— Não, não, não... *merda*... não, não... *porra*... NORMA!... ah-merda-merda--merda... PORRA! — Desorientada em meio à fumaça índigo, contornando os restos macabros de errantes caídos, Lilly se arrasta de lado pela beira da água. Ela segura a .22 firmemente com as duas mãos, procurando loucamente por correntes agitadas às margens ventosas do rio Chattahoochee. Corre os olhos pelas águas distantes em busca de algum sinal da amiga. A mulher corpulenta simplesmente desapareceu. Só alguns pedaços embolados de destroços e troncos caídos vagam tranquila e ligeiramente para longe, descendo o rio com a correnteza da inundação.

Como um relâmpago atingindo seu mesencéfalo, uma lembrança fugaz pisca no fundo dos pensamentos aterrorizados de Lilly.

Norma Sutters sempre brincou que tendia a sofrer acidentes, era desajeitada, a primeira a escorregar em uma casca de banana. De acordo com Norma, tradicionalmente ela era a última garota escolhida para os times de *softball* e aquela que carregou uma série interminável de gessos e talas nos braços e nas pernas durante todo o colégio. Era um desastre na pista de dança e, na formatura, quase não havia conseguido subir os degraus do palco para receber o diploma, caindo na frente de uma fila de dignitários boquiabertos. Tudo isso flui pelo cérebro de Lilly, obrigando-a a conter o impulso dominador de mergulhar no Chattahoochee inundado e queimar cada caloria de suas forças em busca da ex-regente de coral, que se tornara o obstáculo de Lilly, sua voz da razão, sua oposição leal. Ela sobe à beira da parte mais funda da água, contrai o corpo, prepara-se para pular, quando leva um susto devido a um barulho alto e repentino.

O ar atrás de Lilly explode diante dos tiros de Boone, Eve, Tommy e Musolino, que eliminam os membros restantes do enxame que, instantes atrás, tinha saído da mata como de um ninho cheio de tarântulas. Musolino já havia concluído a trágica tarefa de sacrificar o par de cavalos do reboque, disparando tiros à queima-roupa nas garbosas cabeças dos animais. Nesse momento, sem humor para atos de heroísmo, corre até Lilly e a segura pelo braço.

— Ei, ei! Para, Lilly, para!

O grandão a puxa de lado, levando-a para um local privado, atrás do Escalade.

Lilly se contorce, tentando se livrar da mão dele.

— Eu estou bem. Está tudo bem comigo, ok?

— Diga que você não estava prestes a mergulhar.

— Ela é minha amiga, tá legal? Eu precisava fazer alguma coisa para...

— Ela é amiga *de todo mundo*, Lilly, mas você não pode fazer uma coisa idiota dessas.

— Mus, não podemos perder outra...

— Não podemos perder *você*! — Ele aponta o dedo para ela. — Entende isso?

— Sim. — Ela o encara, suas emoções sobem pelas entranhas até a garganta. Os olhos ardem. Ela olha fixamente o rosto moreno e cinzelado de Musolino, o bigode se tornando prematuramente grisalho. A camiseta grudada no peito volumoso, molhada de suor e estresse. Os olhos de Lilly se enchem de lágrimas. — Eu entendo. Tá legal?

— Escute aqui. Norma se foi. É uma merda. Isso está me matando. Mas não temos o luxo de nos despedir. Se não, *todos nós* vamos morrer. Entende o que estou dizendo?

— Sim.

— Temos de superar e seguir em frente. Principalmente você, Lilly. Você é a chefona. É a porra do Moisés. Você é a líder do Êxodo.

— Entendi. — Ela controla as emoções. — Só estou tentando...

De súbito, Lilly se cala, sendo interrompida por uma voz que surge às suas costas.

— Lilly? — Tommy Dupree deu a volta pelo outro lado do Escalade e parou bem ali, nervoso, passando uma das mãos pela coronha de sua escopeta .12 enquanto a língua varre compulsivamente os lábios. — Está tudo bem?

Nos últimos meses, desde que os levantes em Woodbury mergulharam Tommy e as irmãs no caos, o garoto desenvolveu o nervoso hábito de passar a língua no lábio inferior. O ato é tão frequente agora que seu queixo se tornou rachado e avermelhado de irritação. Sempre que Lilly percebe que uma parte da pele abaixo do lábio está inflamada, seu coração se parte.

— Estamos bem, Tommy, está tudo bem — diz ela ao garoto, e percebe que lacrimeja. — Não, não está. — Ela baixa a cabeça, e a tristeza a domina. As lágrimas pingam no chão encharcado a seus pés. — Não está tudo bem.

Tommy se aproxima. Musolino se remexe, pouco à vontade, de olhos baixos, voltados para qualquer coisa, menos para Lilly. Ela nota que ele nunca a havia visto chorar. Só o que ele viu foi a guerreira durona que Lilly se tornou. E a verdade é que *houve mesmo* uma época em sua vida em que ela teria ficado constrangida com essa exibição lastimável. Porém, não mais. Ela não se importa com *quem* vê e *o que* vê.

Estoura outra saraivada de tiros de pequeno calibre, assustando Lilly e os demais. O fedor de proteína de carne putrefata acompanha o tiroteio e provoca uma descarga de adrenalina pelas veias de Lilly. Ela enxuga o rosto. Levanta a cabeça e fala:

— Vamos dar o fora dessa merda.

Por um único instante, que parece durar uma eternidade, Norma Sutters escorrega pelo escuro frio e vazio. Seu corpo é tomado de calafrios; os seios nasais e a boca enchem-se de um fluido gorduroso. Ela tenta prender a respiração e bater os pés, ou talvez remar contra a corrente, porém mal consegue se mover. Só consegue vagar à deriva. Sua sanidade mental está por um fio. Não sabe o que é em cima ou embaixo. Só sabe que vai morrer. Vai encontrar o Criador. Enfim. Vai para a Glória e tocará a fímbria de Seu manto. Louvado seja Jesus! Aleluia, ela irá para casa! Glória, glória, glória a Jesus... *Mas espere aí.*

Espere.

Meu Deus, o que é isso? Sua visão periférica registra um objeto, no início desbotado como uma aquarela, girando no alto, vislumbrado por entre camadas de lodo, enquanto seus pulmões puxam o ar e ardem com as reservas minguantes de oxigênio. Acima dela, no vazio, alguma coisa flutua, a princípio branca e difusa demais para ser identificada. A essa profundidade parece sólida, mas é difícil ter certeza. O fluxo e a distorção das correntes a mascaram como uma simples mancha de cor em um oceano de escuridão sem cor alguma. Meu Senhor, será um anjo? Será o arcanjo Miguel que veio levá-la ao Paraíso?

Norma se sente dividida por impulsos contraditórios. A força irresistível da correnteza a puxa, deslocando-a para os cordões de serpentina do rio, em um transe mortal. A sensação é quase inexorável, como se duas correntes estivessem presas a ela, puxando-a para baixo, para baixo... para sua sepultura na água. Ao mesmo tempo, porém, o objeto retangular tremula acima, talvez a 3 metros, acenando com seu brilho líquido. Através das águas enlameadas e mucosas do rio, ela vê que a coisa tem um tom alaranjado e está se balançando na superfície, salpicado com os punhados opacos e dourados do sol, que agora pontilham a terra acima dela. "Meu Deus, se esta for a Tua vontade, então que assim seja", pensa, enquanto começa a nadar com a energia que lhe resta.

Em minutos, ela desmaiará por falta de oxigênio, e seus pulmões serão invadidos pela água. E então afundará como uma pedra, morta, no momento em que a correnteza decidir depositá-la no fundo do rio. Contudo, nesse momento, o Senhor está com ela. Norma quer alcançar aquele objeto enferrujado e sólido que paira no alto. Reanimada pelo espírito, sente um raio de energia fluir pelo corpo, mesmo com os pulmões explodindo diante da agonia de uma dor lancinante. Ela abre a boca, tragando involuntariamente uma golfada de ar e inalando água. Seu corpo entra em convulsão, o choque da água fria e gordurosa quase a faz afundar. Porém, sem nem sequer ter consciência disso, seus braços e pernas estiveram remando, debatendo-se e esperneando no último minuto, movidos por cada centelha de força que lhe resta.

O objeto cresce, mais próximo, e agora está a centímetros de distância. A granulação de suas tábuas revela uma porta de madeira ou um pedaço externo de uma casa-barco boiando na enchente. Em ângulos agudos, raios de luz penetram as camadas superiores do rio inundado. Ela estende o braço para a porta com tudo o que lhe resta.

Sua mão escorrega do canto. Ela afunda. Seu grito silencioso acompanha uma segunda tentativa, gerando uma sucessão de bolhas. Remando, batendo as pernas como uma tesoura, ela consegue segurar o canto do objeto, que, com o peso considerável de Norma, afunda e volta a flutuar na superfície. Sua última explosão de energia lhe permite impelir a cabeça para fora da água e subir no escombro.

Norma puxa uma colossal e arquejante golfada de ar e, em seguida, expele vômito por toda a superfície da porta flutuante, principalmente água suja misturada com bile. Tosse sem parar, e, por um momento, parece que a tosse pode jogá-la para fora da balsa, de volta ao abraço da morte. No entanto, de algum modo, em meio a todo o ofegar, a rouquidão e os tremores, ela consegue segurar a porta flutuante com firmeza, a princípio nem sequer consciente da rapidez com que vaga pelo Chattahoochee inundado.

Durante décadas, astronautas da Nasa relataram o estranho fenômeno de andar no espaço em velocidades orbitais. Embora viaje a cerca de 110 mil quilômetros por hora, quem caminha no espaço tem a impressão de sair de casa para um tranquilo passeio no parque. Como a espaçonave viaja na mesma velocidade, eles estão relativamente "estacionários". Norma Sutters vive a mesma sensação surreal nesse exato momento, ao flutuar sobre as correntes aceleradas do rio transbordado. Nem ao menos consegue reparar na paisagem que corre dos dois lados do Chattahoochee, os cavaletes de pontes passando pelo alto. Restos humanos flutuam ao seu redor, por todos os lados, raspando na lateral da porta e eventualmente se chocando contra a frente da balsa improvisada.

Norma leva algum tempo para se orientar. Como um rato encharcado, impele o corpo para o meio da porta e desaba de bruços, com o vento e o sol no rosto. O ar é carregado da podridão viscosa e rançosa da morte. A mata dos dois lados do rio forma densos baluartes de folhagem e mato emaranhado, por onde se infiltra a luz do sol, lançando no rio uma luz verde e sinistra. À medida que a mente começa a clarear, Norma passa a perceber também outras coisas. A porta sobre a qual agora flutua, graças a Deus, tem a palavra COZINHA gravada em um dos lados da superfície polida.

O rio transborda de carniça inchada — principalmente mortos-vivos, calcula Norma —, cuja maioria roça sem parar as laterais da balsa. Nesse ponto, o Chattahoochee tem apenas 40 metros de largura, e algumas áreas são tão repletas de cadáveres e partes de corpos humanos que uma pessoa poderia andar de um lado a outro do rio sem tocar na água. Norma engole a bile que arde na garganta, enquanto um ruído áspero invade seus pensamentos. Parece que uma colmeia boia perto da balsa.

Pela beirada da porta, Norma observa a superfície da água. Quando vê a origem do barulho, vomita pela segunda vez.

Uma cabeça decepada passa flutuando pela balsa, com a cara virada para cima, os olhos arregalados como pequenas lâmpadas, cobertos por cataratas brancas e cerosas. A boca cheia de dentes podres se movimenta, emitindo um zumbido que se assemelha a um metal sendo raspado. Os olhos de tubarão vasculham o céu como se, em algum lugar, respostas cósmicas estivessem à espreita.

A balsa ultrapassa a cabeça medonha. Norma a vê recuar em meio à correnteza atrás de si, até desaparecer de vista como uma pequena boia abandonada por um pescador. Ela não consegue tirar os olhos da cabeça. Começa a se formar em seu íntimo a ideia de que este é o fim do fim — o último capítulo, o último sopro de humanidade — e de que ela está à deriva nesse purgatório eterno porque é uma pecadora. O bom Deus a deixou ali para assar sob o sol, nessa balsa melancólica, até sua carne romper em rachaduras, seus ossos se tornarem pó e, por fim, ela toda reduzir-se à poeira. Olha para a superfície viscosa da porta; as lágrimas se misturam com a água metálica do rio.

Durante a hora seguinte, Norma vaga vários quilômetros para o sul, fraca demais para remar até a margem, exausta demais para se importar. Na escola, nunca foi muito boa em geografia e agora se pergunta se o grande rio Chattahoochee deságua, ao fim, no golfo do México... Ou quem sabe no Mundo de Oz. Não importa. Ela não tem água potável, nem comida, nem armas, nem esperanças. Estará morta na manhã seguinte.

É quase reconfortante saber que seu tempo está chegando ao fim. A melhor parte é que Norma tem a consciência limpa. Deus sabe que ela não é perfeita. Ela pecou tanto quanto qualquer outro, mas não tem remorsos. Não tem medo da morte. Sabe que o bom Deus fará com ela o que for honrado e justo. Tem uma fé inabalável em Seus desígnios misteriosos. Enquanto pensa nisso, Norma tosse sangue; a cabeça está tão pesada que ela mal consegue erguê-la da balsa.

Deitada de lado, reza para que Ele a tome em Seus braços logo.

O rio se alarga, a vegetação é cada vez mais silvestre e indomada. É como se a mata tivesse enlouquecido; as raízes esqueléticas de enormes carvalhos estendem-se das margens inundadas e mergulham na água como serpentes petrificadas. Lustres de barba-de-velho pendem tão baixo que roçam a água. O crescimento caótico de kuzdu criara trepadeiras furiosas e nodosas em cada superfície, cada tronco de cada árvore, cada pedra e tronco caído, numa interminável tapeçaria verde. A água se arrasta repleta de lamentáveis pedaços e restos humanos, que ainda se contorcem animados pela energia amaldiçoada da praga. Mãos ainda presas a braços decepados passam flutuando por Norma, seus dedos pastosos e inchados abrindo-se e fechando-se furiosamente, como se pudessem agarrar o impossível. Pés humanos sem corpo balançam pela superfície, trazendo uma semelhança macabra com boias de pesca.

Quanto mais ao sul, mais frequentemente ela percebe que as cabeças flutuantes parecem boiar *para cima*, encarando o alto, quase como aves que se esticam para fora da água. De súbito, as costas de Norma são tomadas por arrepios, ao notar que as cabeças estão presas a *corpos*. Não são decepadas e flutuam olhando para cima como que por milagre; são errantes inteiros e intactos arrastando-se pelo leito do rio. Faz sentido, porque, pelo que Norma se lembra das excursões de pesca na infância, a profundidade do Chattahoochee é notoriamente pouca nessas paragens. Isso a deixa desperta e motivada.

Ela pesca um galho que flutua na água, parte ao meio e improvisa uma arma.

Um instante depois, um dos errantes submersos se aproxima o bastante da balsa, a ponto de registrar a presença de Norma. Estende-lhe os braços, as unhas escurecidas arranhando a borda da balsa. É um espécime maior, há tanto tempo na água que seu gênero foi apagado pelo intumescimento e pela decomposição, assumindo agora a aparência horripilante de um gigantesco bebê com dentes afiados feito navalhas que, nesse momento, mordem o ar com a fúria de uma tartaruga agressiva.

Norma empurra com tanta força a ponta afiada do galho na cabeça da coisa que o graveto penetra o material gelatinoso de um dos olhos e penetra o lobo pré-frontal atrás dele, emitindo o ruído horrendo de uma faca de cozinha ao se enterrar em um pé de alface. Ela solta o graveto. Despeja da cavidade ocular rompida um jorro de fluidos cerebrais escuros, escurecendo a água em torno da figura, que subitamente afunda e desaparece.

Apesar de sua humildade em face da morte, do amor e da devoção ao Senhor, de sua profunda fé em uma vida após a morte e do respeito por todas as coisas vivas e não vivas, ela cospe na água onde as bolhas ainda espumam.

Ashley Lynn Duart e seu bando de crianças e pais haviam andado menos de um quilômetro e meio, entrando no condado de Coweta, quando os errantes atacaram de todos os lados, como um megaenxame infiltrando-se na parte mais profunda da mata, em um borrão de figuras esfarrapadas e mortas cambaleando das sombras primordiais. Explode o pandemônio. Garotinhas gritam de pavor, enquanto os adultos atacam os monstros, grunhindo pelo esforço.

Um uivo lamentoso soa atrás de Ash. Ela se vira e vê Ronnie Nesbit espremido entre dois parrudos errantes. Eles rasgam seu pescoço com o fervor de porcos que cavam e desenterram uma trufa da terra dura. O sangue já começou a jorrar do pobre Ronnie, e sua esposa Dina apavorada, combate duas mulheres com uma tábua, a cerca de seis metros adiante. Ela então deixa cair a madeira e grita.

Ash agarra a criança mais próxima — Chelsea Quinn — e berra para os outros:

— NÃO OLHEM!... Bobby! Kourtney! Todos vocês... Não olhem! Venham comigo! Por aqui... Jennifer, você também! Vamos, se quiserem sobreviver, vamos por aqui! E NÃO OLHEM PARA TRÁS!

Com um último olhar por cima do ombro, Ash vê Ronnie e Dina Nesbit serem mutilados pelos mortos. Ronnie já perdeu a consciência e, prostrado, se contorce em seus estertores, enquanto os monstros devoram o que resta dele, em uma orgia de entranhas reluzentes e sangue hemorrágico. Dina luta no chão, ao lado dele, resistindo a um errante, enquanto meia dúzia de outros se aproxima por todos os lados. Seu derradeiro grito ofegante é a última coisa que Ash ouve, antes de se virar para conduzir as crianças sobreviventes, e uma Jennifer Stack catatônica, para longe dos horrores da floresta, na direção da clareira e dos vastos e planos campos de soja além dela... sem saber que os leva para a perdição.

SEIS

Lilly estala as rédeas e conduz o par de cavalos por uma estrada rural sinuosa, em direção à divisa do condado de Coweta. Ouve a batida das outras carroças que vêm atrás e sente o impacto dos cascos, que chegam a fazer tremer o chão ao seu redor. Todas as carroças carregam agora parte do volume retirado do reboque de Norma.

A enchente havia recuado nessa área, a ponto de deixar as estradas de terra relativamente secas e limpas, com nada além de poças aqui e ali, e alguns desmoronamentos menores nas áreas mais baixas. O condado de Meriwether, lar da amada Woodbury de Lilly, fica a aproximadamente 30 quilômetros. Com sorte, eles chegarão lá em algumas horas.

Lilly sente o caldeirão de emoções que arde em seu ventre; a perda da amiga ainda a deprime, mas seu pulso acelera diante da proximidade cada vez maior de sua cidade e de seu regresso iminente.

Ao longe, ela consegue ver o coração do condado de Coweta abrindo-se no horizonte, milhares e milhares de hectares de um emaranhado de lavouras de soja, mato e terra amolecida pela chuva, interrompidos apenas por uma ocasional cerca de madeira ou estrada de acesso em ruínas. Desse ponto de observação, parece um deserto de Mojave verde, composto de campos agrícolas descuidados. Uma estrada de asfalto de duas pistas, castigada pelo sol, corre por seu centro como uma coluna vertebral petrificada. A estrada parece quase livre de escombros, e só alguns errantes dispersos pontilham a pavimentação ou se amontoam perto de ravinas e valas adjacentes.

— Quase em casa — diz Lilly, numa voz baixa tragada pelo barulho constante dos cascos, enquanto estala as rédeas e conduz a geringonça para a artéria de asfalto.

Tommy está sentado ao lado dela, olhando a imensa planície. Passa os dedos nervosos na coronha de sua escopeta e corre os olhos pelo horizonte.

— Espere! — O garoto aponta o horizonte a cerca de 800 metros, a paisagem ondulando e nadando nos raios quentes do sol de fim de tarde. — Mas o que é aquilo?

— Onde? — Sob o brilho do sol, Lilly estreita os olhos para conseguir enxergar. — O que você está vendo?

— Gente!

— Gente viva?

— É, olha... Bem à frente... Entre aquelas duas cercas. Tá vendo?

Lilly localiza o grupo de almas humanas, tão distantes que parecem partículas de poeira flutuando no sol. Porém, quanto mais examina essas partículas, mais reconhece que Tommy Dupree tem razão. As partículas são adultos e crianças, correndo em fila única pelo campo acidentado.

— Estou vendo — diz enfim Lilly. — Talvez seja uma família grande, com crianças.

A picape adaptada chocalha cada vez mais rápido pelo declive. Lilly instiga os cavalos, estalando as rédeas e a língua, e conduz a geringonça rumo aos adultos e crianças em fuga. Logo, chega perto o bastante para ver que são duas mulheres correndo ao lado de um grupo de crianças. Como um todo, o grupo corre irregularmente, debilitado, como se alguns estivessem traumatizados ou feridos.

— Você não vai acreditar nisso — anuncia Lilly a Tommy. — Mas a mulher que lidera o grupo me parece familiar.

— A baixinha?

Lilly olha os adultos.

— Não, a alta, aquela de cabelo preto.

— É aquela...? — Tommy parece paralisado pela mulher mais alta, que aparentemente lidera o grupo.

— Não, não pode ser. — Lilly apressa os cavalos por um cruzamento largo e pega o asfalto central de duas pistas que atravessam os campos. Eles levantam espumas idênticas de água ao deslizarem pelas poças de escoamento, aproximando-se do grupo de sobreviventes fugitivos. — Não pode ser. Tommy, pode me chamar de louca, mas aquela parece...

O walkie-talkie crepita, interrompendo suas palavras. A voz de Musolino penetra a estática. "Lilly, o que está havendo? Por que tentamos bater uma porra de recorde de velocidade de uma hora para outra?"

Lilly pega o dispositivo de brinquedo e aperta o botão.

— Você não vai acreditar nisso, Mus, mas eu acho...

— Ah, meu Deus! — Agora Tommy reconhece o físico alto e magro de nadadora da mulher que lidera o grupo pelo campo. — Você tem razão! Estou vendo!

Lilly lança um breve olhar a Tommy.

— Não estou louca, é ela, não é?

Eles estavam a 50 metros dos humanos em fuga. Podem ver a velha amiga de Haralson liderando um grupo de sete crianças e uma adulta pela terra leprosa e encharcada.

— Vá para o lado deles! — Tommy se inclina pela janela lateral e grita a plenos pulmões. — ASH!

De início, a mulher que lidera o grupo não reage, talvez desconfiada do misterioso comboio que troveja para ela em plena luz do dia. Só continua correndo, gritando algo para as crianças; sua expressão — mesmo a 30 metros — é salpicada de pavor. Lilly espicaça os cavalos para se aproximar o máximo possível do grupo, sem colocar ninguém em perigo.

— ASH! — Dessa vez quem grita é Lilly, colocando-se ao lado da mulher alta.

A tão curta distância, talvez uns 5 metros, fica evidente que a mulher tem a expressão amedrontada, de uma forma que Lilly nunca havia visto antes no rosto de um companheiro humano. Não é mais a

Ashley Duart dos almoços prolongados e das noites tranquilas no cabo, na escuna do marido. A mulher alta agora parece encharcada da cabeça aos pés, ou da chuva da noite anterior, ou de transpiração, ou das duas coisas, os braços magros riscados de ferimentos nos pontos arranhados por árvores e espinhos. O cabelo está espetado, parecendo eletrocutado, e as olheiras são fundas. Ela levanta a cabeça ao ouvir a voz de Lilly, como se tivesse sido tocada com um bastão, retraindo-se, quase cambaleando, com o andar abalado pelo choque de uma voz conhecida que chama por ela.

Lilly puxa as rédeas. Os cavalos empinam e estacam súbita e violentamente, em um esguicho de água suja.

Atrás dela, a carroça mais próxima — o furgão recortado de Burt Stankowski — quase capota, e então os cavalos são puxados abruptamente, evitando o choque com a traseira da picape de Lilly. Os outros veículos, que seguem o de Burt, também param, em uma mistura de ruídos de cavalos que bufam e espumam com a aquaplanagem dos pneus.

Enquanto isso, Ash cambaleou e parou, quase desmaiando pela respiração muito acelerada. As crianças e Jennifer Stack se reúnem em volta dela, um grupo de aparência heterogênea, em roupas esfarrapadas e sujas e com os rostos queimados pelo vento. Alguns têm respingos de sangue, enquanto outros estão ofegantes e parecem prestes a ter uma parada cardíaca.

— Ah, meu Deus, Ash! — Lilly desce do banco da frente da picape, pula na terra molhada, avançando pelo campo de leguminosas em direção à amiga. — Ash!

Ash está recurvada, tentando recuperar o fôlego. Com as mãos apoiadas nos joelhos, murmura:

— Graças a Deus... Graças a Deus. — Ela levanta a cabeça com um sorriso cansado, sofrido e torto. — De onde você surgiu?

As duas mulheres se abraçam, numa fusão de suor e desespero. Todo o medo, a fúria e a tristeza coletivos levam lágrimas aos olhos.

Por um momento, nenhuma delas diz coisa alguma, apenas se abraçam no meio do campo de soja banhado pelo sol, enquanto os outros se reúnem em volta. Algumas crianças menores choram, agarradas aos irmãos mais velhos. As adolescentes Stack colocam-se perto da mãe, cada uma de um lado, segurando as mãos de Jennifer Stack. Bobby Quinn tenta bancar o adulto, mas não contém o choro; as irmãs estão ao seu redor, agarradas à camisa do garoto.

O grupo de Lilly se aproxima, a uma distância respeitosa, de vez em quando olhando por cima do ombro, verificando as margens do pântano para checar se não há nenhum inimigo retardatário nas proximidades. Burt Stankowski gira 360 graus, correndo os olhos pelas árvores; a pistola .9 ao seu lado, apontando para baixo, pronta para qualquer coisa. As quatro crianças do furgão reúnem-se atrás de Burt. As gêmeas Slocum chupam os polegares; os Coogan tentam manter a frieza, mas revelam a tensão no olhar.

Ash olha nos olhos de Lilly e abre aquele sorriso torto que lhe é peculiar.

— Pensei que nunca mais veria você.

Lilly examina os ferimentos de Ash e olha para os outros.

— Mas o que foi que aconteceu com você? Onde está Quinn?

Ash solta um suspiro infeliz e exausto.

— É uma longa história. Nem sei por onde começar.

Eve Betts surge por trás de Lilly e para ao lado de Burt, com a .12 de cano serrado aninhada nos braços, enquanto os olhos percorrem os campos desertos ao norte e a estrada vizinha ao sul, em busca de qualquer sinal dos mortos. Boone contorna por trás de Eve, tirando os óculos, aparentemente desconcertado com todo o reencontro choroso.

— Você está bem? — Lilly pergunta a Ash.

— Estou me aguentando.

— O que houve?

— Fomos apanhados por um filho da puta louco, Lilly, raptados, eu e os filhos de Quinn.

Lilly sente um punho se fechar nas entranhas. O vento traz o cheiro de errantes, e o fedor acre faz seus olhos lacrimejarem. Do outro lado da clareira, os cavalos se mexem e resfolegam. Lilly olha as nuvens distantes acima do Chattahoochee.

— De novo, não... meu Deus. O que está acontecendo com a gente? — Lilly não dá explicações. Por "a gente" ela quer dizer a humanidade. A raça humana. As pessoas de modo geral.

— Não é o que está pensando. Fomos colocados na geladeira.

— Geladeira?

— Como uma prisão, Lilly. Uma loucura. Aquele doido achou que estava... nos mantendo a salvo. Aquelas pobres crianças, elas viveram um inferno.

Lilly meneia a cabeça, solta um suspiro, tenta compreender a situação. O ronco do Escalade de Musolino invade seus pensamentos.

O veículo para, derrapando no acostamento da estrada, e a porta do motorista se abre um pouco. O grandalhão salta, pegando o fuzil M16 embaixo do banco da frente. No sol baixo da tarde, ele parece um monólito de pele morena, os músculos volumosos por baixo da camiseta sem manga, o rosto português esculpido e os olhos escuros atentos e vigilantes enquanto anda até as duas mulheres, com o fuzil no ombro.

— O que há? — Ele franze a testa. — É loucura parar aqui, no meio do nada, ficar exposto desse jeito. Tentei falar com você naquele radiotransmissor de merda. — Ele se interrompe, notando todas as crianças. — Ah. Me desculpem. Perdoem meu linguajar.

— Johnny Musolino — diz Lilly, fazendo um gesto grandioso para o homem exuberante com sua camiseta sem mangas —, esta é Ashley Duart.

Ash sorri para ele e aperta sua mão.

— Também conhecida como Ash.

Musolino assente, sorrindo educadamente para ela.

— É um prazer, Ash.

Lilly vira-se, apontando para os outros, apresentando-os um de cada vez.

— Estes são Tommy, Boone, Eve, Burt... e os menores são Tyler, Jenny, Tiff e Mercy. E aqueles anõezinhos na traseira da picape, fingindo que você não consegue vê-los, são Bethany e Lucas. — Lilly volta-se para o grupo de Ash. — Parece que temos crianças suficientes para montar um time de beisebol só nosso.

Ash começa a apresentar todo o seu pessoal, quando é interrompida por um som estranho, um estalo abafado, como uma ratoeira armada embaixo da água.

Lilly vira-se rapidamente para a direita — na direção do barulho — no instante em que um respingo de sangue atinge seu rosto. Musolino atira-se para a frente, como que empurrado por uma mão invisível, e um ferimento de bala surge, quase que por mágica, pouco abaixo do pomo de adão, lançando, da parte da frente do pescoço, um sopro de sangue e fragmentos de ossos, como o estouro de uma rolha de champanhe.

Em seguida, ecoa o disparo de um rifle de alto calibre, vindo das colinas, centenas de metros ao norte.

PARTE 2

Bem-vindos à Arena do Terror

Agora vão, ataquem os amalequitas e destruam tudo que lhes pertence.
Não os poupem; matem homens, mulheres, crianças.

— Samuel 15:3

SETE

Armas portáteis como revólveres .38, pistolas .22 e semiautomáticas .9 têm velocidades de disparo bem abaixo da velocidade do som. Mas fuzis de *sniper* de grosso calibre — como aquele disparado no grupo de Lilly Caul das árvores acima de Calister Hill, na margem norte do condado de Coweta — mandam projéteis, revestidos em espiral, que atingem quase o dobro da velocidade das ondas sonoras. É por tudo isso que a bala pareceu atingir seu alvo — o grandalhão de camiseta sem manga — bem antes de o estouro da carabina M1 ter chegado aos ouvidos dos que estavam a seu redor.

O atirador mantém por vários minutos o olho — a única parte do rosto que não está coberta de ataduras — pressionado contra a mira depois de atingir o alvo. O ar em volta está surpreendentemente parado enquanto ele observa o caos silencioso que se desenrola no campo de soja a 400 metros dali. Agora, só o que pode ser ouvido perto do atirador é o zumbido de mosquitos e o som da própria respiração pesada e mucosa pelas frestas nas ataduras do nariz.

Pela mira, ele vê que todos os adultos quase involuntariamente se jogam no chão e se arrastam em busca de proteção. Então, alguns, sobretudo as mulheres, percebem que as crianças estão paradas ali como silhuetas em uma galeria de tiro ao alvo — chorando, chupando o polegar, boquiabertas de pavor. As mulheres entram logo em ação, levantam-se e vão até as crianças. Usando, heroicamente, o próprio corpo como escudo para proteger as mais novas enquanto empurram todas de volta para as carroças modificadas.

Tudo isso leva cerca de um minuto, embora o atirador tenha certeza de que o intervalo de tempo deve parecer muito maior para aqueles que correm para se proteger na lavoura de soja. Na mira de sua arma, ele vê as pessoas em tamanho miniatura voltando para suas carroças improvisadas e veículos modificados, gritando e amparando freneticamente as crianças nos compartimentos traseiros e de carga. Alguns adultos tentam revidar, os pequenos floretes de luz de suas armas são visíveis por uma fração de segundo antes que as balas passem zunindo, impotentes, pelas árvores a 1,5 quilômetro e os disparos resultantes ecoem no céu.

Uma das mulheres — uma mocinha durona de rabo de cavalo ruivo e jeans rasgados — arrasta o corpo da vítima para a traseira de sua picape serrada ao meio, contando com a ajuda do cúmplice adolescente. A vítima se contorce, agarra-se à vida ao ser levada pelos dois até a área de carga. Eles fecham a porta e correm de volta à frente da cabine e permanecem abaixados, conscientes demais da ameaça que agora vem dos morros. Os cavalos, inquietos, sacodem a cabeça enquanto a mulher se abaixa no banco e estala as rédeas, e a picape modificada subitamente se põe em movimento.

O *sniper* então vira a mira para a amazona alta apelidada de Ash, que neste momento abre a porta do Escalade, coloca as crianças na traseira e atira-se atrás do volante. O ódio arde nas entranhas do atirador por aquela ingrata horrível, aquela esnobe arrogante. O ressentimento, o nojo, e até certa pena, agitam-se nele por aquela alma narcisista e desorientada. Ashley Lynn Duart. O som desse nome reverbera em seu cérebro como o eco de um grito, como unha raspando gesso. Ele a odeia e sente pena dela em igual medida. Ele lhe dará uma lição, nem que seja a última coisa que faça na vida.

Spencer-Lee Dryden solta o ar e baixa a mira, recuando da sua posição de tiro. Ajoelha-se, escora-se na pedra musgosa a sua esquerda e solta um suspiro. O leve latejar de suas queimaduras e lesões faciais pulsam nas terminações nervosas como um trovão de verão distante e abafado. Ele se anestesiou com drogas e antibióticos suficientes para acalmar um hipopótamo, mas sua fúria dá comichões no sistema nervoso, acende fogos de artifício de agonia no crânio. Não esperava que seus foragidos fossem resgatados desse jeito. Pelo amor de Deus, só o que ele queria era caçar a mulher que o atacou, matá-la e recuperar as crianças. Ele não tinha previsto a interferência de terceiros, mas que assim fosse, então.

Ele olha por cima do ombro, espiando pelos galhos de abeto. A 50 metros dali, seu comboio de seis caminhões médios de diferentes modelos e funções — alguns queimados e danificados pela fumaça — estão em ponto morto, com o motor ligado, aguardando novas ordens no ar úmido de uma tarde na Geórgia.

Pouco mais abaixo do morro, parado no acostamento de uma estrada com asfalto todo esburacado, os trailers modificados estão sob a sombra de pinheiros antigos. Alguns foram tão danificados pelo fogo que perderam as anteparas quase inteiras; os interiores sujos de fuligem são visíveis pelos buracos abertos. Outros exibem apenas riscos de fumaça elevando-se das janelas, do lintel e do alto das portas. Cada trailer foi preso a outro à frente por um acoplador improvisado, como um pequeno trem, e toda a cadeia é puxada por um enorme Kenworth com um potente motor frontal, que agora também está em ponto morto, roncando profundamente e expelindo uma baforada de fumaça preta pelo escapamento. Sally Dryden está ao volante do Kenworth, com sua camisa de trabalho — um protótipo do catálogo da Dickies, SEU NOME AQUI num bolso do peito, O NOME DE SUA EMPRESA AQUI no outro — e um lenço da moda envolvendo o cabelo grisalho. O rosto é um mapa de cólera, como se uma máscara tivesse sido retirada, revelando a verdadeira personalidade por baixo.

Spencer-Lee usa suas forças para se levantar em toda sua altura de mais de 1,80 metro na sombra das árvores compridas que ladeiam a saída panorâmica. Com uma vida inteira de caçador, ele aprendeu a atirar com o pai nas caças ao faisão nas colinas ao norte da floresta nacional de Talladega. Agora ele pendura a carabina no ombro e desce com cautela a estrada íngreme, sua linha de visão drasticamente reduzida pela atadura grossa e manchada de Betadine que cobre 90% da cabeça. As queimaduras que sofreu pelo ataque de Ashley Duart agora latejam numa constante, uma fervura baixa de agonia que, de um jeito estranho, ele aprecia. Isso o mantém atento, alerta, focado. É duro ser um patriarca. Não se pode permitir que problemas com a raiva toldem a capacidade crítica. Não se deve deixar que a fúria seja extravasada, como costumava acontecer nos dias de bebedeira de Spencer-Lee. É preciso ser justo, mas ao mesmo tempo implacável nos atos de disciplina. Às vezes os adultos precisam aprender uma lição da mesma forma que as crianças.

— As raposas estão fugindo, rapazes! — Ele grita para sua turma ao se aproximar do círculo de caminhões. Sobe na cabine dupla de um Ford F250 acoplado a um trailer blindado Airstream Flying Cloud, assentindo para o homem que está ao volante. Spencer-Lee olha o trailer reluzente pelo retrovisor lateral. Pontilhado de manchas de ferrugem, a maior parte devastada pelo incêndio, o trailer retrofuturista tornou-se o santuário de Spencer-Lee e agora será seu posto de comando nessa missão perigosa, porém necessária.

Em um estrondo de escapamento e barulho, a caravana de veículos queimados retumba ao sair da área panorâmica e começa a descida da estrada sinuosa que leva à vasta planície fértil do condado de Coweta.

Oito quilômetros a leste, nos arredores da cidade fantasma antes conhecida como Newnan, na Geórgia, jazem as ruínas de um imenso trevo rodoviário que liga a rodovia 85 com as estradas rurais 34 e 127. Grande parte do viaduto afundou, as camadas superiores agora derrubadas em grandes fragmentos de cimento musgoso esfarelado pelo cruzamento abaixo. O que resta é um único pedaço do viaduto, partido ao meio, destacando-se nas ruínas do trevo como uma sacada, terminando em tentáculos de vergalhões enferrujados e expostos.

Neste momento, três homens fortemente armados estão na beira desse afloramento e notam algo estranho na distância nebulosa.

— O que você acha que é *aquilo*? — pergunta um dos homens, retoricamente, vendo pelo binóculo uma fila distante de veículos (longe demais para serem identificados) ganhar velocidade ao cruzar o horizonte. O mais novo dos três espectadores, com o cabelo preto e comprido preso num rabo de cavalo e um cinturão de balas atravessando o peito da camisa de brim, segura o binóculo bem firme. — Acha que tem alguma coisa a ver com...?

A pergunta é feita com fadiga, enrugando o rosto jovem do homem de cabelos e olhos pretos. Magérrimo, queimado de sol e abatido pelos dias intermináveis passando um pente-fino pelo sul do estado, Jamie Quinn vem procurando pela mulher e pelos filhos há tanto tempo que quase não consegue pronunciar seus nomes em voz alta. Ele baixa o binóculo.

— Ash e as crianças? — completa a frase o homem logo a sua direita. Um ex-paisagista de 50 e poucos anos de Arkansas, Frank Steuben tem a constituição de um sedã alemão (todo redondo, robusto e prático), com uma enorme barriga dobrando-se sobre os jeans e braços grossos como troncos de árvores, de passar a vida toda levantando sacos de 25 quilos de turfa. — Não sei. — Ele usa um lenço para enxugar o pescoço grosso e coriáceo. — Já estamos na reserva, e é uma distância considerável.

— Mas é estranho — comenta o terceiro homem. — As pessoas queimando tanto combustível, viajando naquela velocidade. — Um homem magricela, baixo e musculoso, com uma pistola .45 no coldre de cada quadril, Caleb Washburn é um ex-corretor de seguros de Louisville e tem o olhar nervoso de um furão. — Tem algo acontecendo lá embaixo, isso é certo.

Quinn leva de novo o binóculo aos olhos. Observa o drama se desenrolar a distância, os participantes numa corrida silenciosa — a cavalo e motorizados — avançando rapidamente para o sul, levantando nuvens cada vez maiores de poeira, água e escombros. É difícil saber desse ponto em que está, mas Quinn começa a ver pequenos indicadores que sugerem que não é necessariamente uma *corrida;* mais parece uma *perseguição.* Ele vê dois grupos distintos de veículos — aquele na frente majoritamente a cavalo, e o outro que o persegue em grande parte motorizado — e, mesmo a essa distância, é evidente que os veículos a motor estão ganhando daqueles puxados por animais. Mais uma vez, Quinn baixa o binóculo e olha para o homem à direita.

— A que distância acha que estão essas pessoas?

Frank Steuben solta um suspiro longo e cansado e aperta os lábios.

— Não sei... talvez uns dois quilômetros, três no máximo.

— Quinn — diz Caleb —, se quiser checar, é só falar.

Quinn dá de ombros.

— Já chegamos até aqui, parece loucura não fazer.

Frank Steuben balança a cabeça, cético.

— Detesto ser o advogado do diabo, mas não sabemos que ninho de vespas vamos encontrar por lá.

Caleb começa a protestar.

— Frank...

— Além disso, nem sei se temos gasolina suficiente para voltar a Haralson — acrescenta Steuben. — Que dirá se meter numa caçada estapafúrdia e inútil.

— Sem essa, Frank. — A voz de Caleb é rouca, escaldada pelo estresse e o cansaço. — Estamos falando dos filhos de Quinn.

— Estou ciente do fato, Caleb. Só digo que não faremos um favor a ninguém se...

Ele para subitamente quando o disparo distante de um fuzil de alta potência penetra a quietude da tarde, deixando sobressaltados os três homens. Quinn se agita, ansioso. Eles se olham. O estouro sônico do tiro parece durar uma eternidade até desaparecer no vento.

Quinn se vira e desce às pressas a escada de serviço embutida no viaduto de pedra.

Por um breve instante, os outros dois continuam no alto daquele trevo arruinado, entreolhando-se, momentaneamente perplexos.

Por fim, olhando de lado para Frank, Caleb vira-se para partir.

— Parece que você é voto vencido, meu irmão.

Outra saraivada de tiros crepita no ar, e uma das balas de grosso calibre abre um buraco de 7 centímetros no retrovisor lateral da picape quando a carruagem modificada dá uma guinada para uma reserva florestal distante.

O impacto faz Lilly puxar as rédeas. Ela pisca como se acordasse. Até este momento, esteve perdida em uma névoa de pânico, confusão e tristeza — vacilando diante dos horrores do tiro em Musolino. Aconteceu com tanta rapidez; o homem que ela secretamente admirava em quem pensava tarde da noite, fantasiando cenários amorosos que, ela sabia, jamais se realizariam, agora devastado pelo impacto repentino de um projétil de grosso calibre que lhe atravessou o pescoço.

Desde os primeiros dias do surto da praga, Lilly Caul viu muitos entes queridos caírem em circunstâncias igualmente trágicas, como num pesadelo. Viu o pai, Everett, ser devorado pelos mortos ao tentar se espremer para dentro de um ônibus. Testemunhou o amante e protetor, Josh Hamilton, ser baleado na parte de trás da cabeça por um dos discípulos psicóticos do Governador. Viu a melhor amiga, Megan, pendendo de uma corda, um suicídio cometido na esteira das maldades do Governador. Assistiu com um pavor mortificado ao namorado, Austin, se entregar em sacrifício à horda diante de uma prisão. E compartilhou os últimos momentos de Bob Stookey na Terra, segurando o ex-paramédico nos braços, perto o bastante para ouvir o sussurro de seu definhar. Cada uma dessas mortes arrancou um pedaço de sua alma — a ponto de ela começar a se perguntar se lhe restava alguma. Mas hoje, depois da queda de Musolino, ela vive uma desconexão estranha e repentina. Sua mente se voltou para dentro, em colapso, mergulhando em um estado de choque catatônico — uma dissociação tão evidente como a perda de um sinal de televisão.

Os cavalos galopam a toda, a pouca distância à frente dela, sua saliva espumando no vento, espirrando no rosto de Lilly, os cascos levantando torrões de terra molhada. A picape modificada se balança e bate no terreno acidentado.

Pelo retrovisor lateral quebrado, agora perfurado por um projétil de 7,62 mm capaz de atravessar blindados, ela vê um reflexo borrado da armada despencando sobre ela. Naquele pedaço estreito de espelho rachado, os agressores parecem um bando de piratas futuristas, com as torres de armas improvisadas como cestos de gávea no teto dos caminhões e a cadeia decrépita de trailers como galeões espanhóis formando a retaguarda para saquear e pilhar.

Houve uma época em que Lilly Caul teria se perguntado por que, em nome de Deus, um sortimento tão variado de pessoas estaria gastando tanta energia, sangue e tesouros. Por que chegar a tal ponto para matar Ash, pegar as crianças de volta e destruir qualquer pessoa, lugar ou coisa que estiver no caminho? Houve um tempo em que Lilly teria tentado se comunicar com essas pessoas, negociar com elas e pensar numa solução que fosse benéfica a todos. Mas já se foram os tempos de comunicação, negociação e solução dos problemas na base da conversa para evitar derramamento de sangue.

— Não consigo estancar o sangramento! — A voz de Tommy Dupree vem da pilha de engradados e caixas na área de carga. Lilly olha por cima do ombro.

Por uma portinhola recortada na traseira da cabine — não era maior do que a escotilha de um submarino —, Lilly vê o caos se desenrolar na área aberta de carga, ironicamente iluminada pelos raios oblíquos, quentes e serenos do sol de fim de tarde. Musolino está deitado de costas no piso de ferro duro, em convulsão, enquanto Tommy Dupree curva-se sobre ele, agachado, segurando uma toalha na ferida. O sangue flui em riachos em volta do tecido de Tommy, o piso da área de carga já encharcado de sangue do grandalhão.

As duas crianças mais novas — profundamente calejadas e endurecidas por testemunharem tantas cenas igualmente horrendas nos últimos quatro anos — estão sentadas junto da lateral e observam de cara amarrada, com o vento batendo em seu cabelo de querubim. Lucas chupa compulsivamente o polegar, um hábito patológico, ainda aos 7 anos. Bethany, nervosa, brinca com uma mecha de cabelo, encarando os procedimentos horripilantes com o tédio despreocupado de uma criança que espera na fila da lanchonete.

— Mantenha a pressão! — A voz de Lilly soa distante e abafada aos próprios ouvidos, como se estivesse embaixo da água. — Pressione bem forte!

— Estou apertando ao máximo, mas o sangue continua saindo!

— Só mantenha a pressão!

Lilly ouve outra rajada rápida de tiros da metralhadora .50, em seu flanco esquerdo — um barulho inconfundível que parece um chocalhar de correntes, a ruptura dos elos — o que chama sua atenção para o retrovisor quebrado.

Pelo reflexo quebrado, ela vê Burt Stankowski em seu furgão recortado a cinco veículos de distância, manobrando loucamente enquanto balas .50 metralham o chão perto de seus pneus. Burt faz fracas tentativas de revide, disparando tiros a esmo com sua .9 pela janela, enquanto os salteadores encurtam a distância e aumentam a quantidade e a frequência dos disparos. Lilly repassa freneticamente em sua cabeça — como numa lista — quais veículos levam quais crianças. Os filhos dos Quinn e os dos Nesbit estão no Escalade com Ash. Kayla, Kourtney e Jennifer Stack estão com Burt. Os filhos dos Coogan e as gêmeas Slocum viajam no enorme vagão plataforma com Eve e Boone.

Lilly engole o medo. Concentra-se no par de cavalos. Estala as rédeas, instigando-os a acelerar o máximo possível, e afunda no banco.

Um homem atarracado como um hidrante está sentado ao volante do Chevy Kodiak, 250 cavalos de potência no motor rugindo abaixo dele, bebendo biodiesel enquanto o veículo ribomba pelos campos escabrosos, estreitando em cerca de 400 metros a distância dos vira-latas em fuga em suas carroças a cavalo. O segundo passageiro do Kodiak é parcialmente visível de cima, pelo teto solar improvisado, manejando a Browning.

O motorista, com o braço direito enfaixado de queimaduras de terceiro grau, esticado quase do punho ao ombro, funga para outra onda de coceira dolorosa e profunda por baixo dos curativos. Ele quer muito causar um estrago na vaca magricela responsável pelo incêndio.

Mas ainda espera pelo sinal do Chefão. É o que o motorista faz de melhor. Ele faz o que mandam.

Antes zelador do prédio do Legislativo da Geórgia, a careca tomada de crostas como um míssil assentado na plataforma de lançamento do pescoço grosso, Barret Deems aprendeu a ouvir com atenção o grande Spencer-Lee Dryden. Quando a Mãe Natureza enlouqueceu e a praga estourou, era natural que Deems se tornasse o braço direito de Spencer--Lee, em parte guarda-costas, em parte pau para toda obra.

Agora ele vê os quatro veículos modificados a meia distância — pouco mais de 400 metros, três deles presas fáceis com suas duplas de cavalos esgotados — e pode sentir o gosto da vingança como uma bebida agridoce. Quer tanto ver aquela magricela da Ash virar cinzas; depois, talvez, dar seus ossos queimados de comer aos errantes. Cada onda de dor, cada chama fantasma que ainda lambe o braço de Deems alimenta sua fome de vingança.

Ele reprime a agonia e segura com mais firmeza o volante, alterando ligeiramente seu curso para o Escalade, que agora está na retaguarda da caravana vira-lata. Algumas rajadas de .50 darão um jeito naquela piranha de uma vez por todas.

De súbito, o radiotransmissor preso ao painel crepita com uma voz:

— Barret, o que está fazendo? Eu disse que ela é minha.

Deems pega o transmissor, aperta o botão e fala:

— Desculpe, Spence, pensei que...

— Não pense! — A voz corta a estática com uma fúria frágil. — Só faça o que eu mando.

— Claro — diz Deems ao microfone. — Que você quer que a gente faça?

Pelo alto-falante, Spencer-Lee Dryden explica a formação de ataque, a importância de poupar a vida das crianças e a necessidade absoluta de fazer tudo isso de forma rápida e decisiva. Deems ouve com atenção, depois desliga e dá uma guinada para o leste.

Lilly instiga os cavalos para oeste, desviando-se de uma obstrução que cresce diretamente à sua frente — uma pilha de troncos caídos —, quando vê algo terrível se desenrolar no reflexo do retrovisor lateral. Ela está prestes a lidar com isso quando uma voz penetra seus pensamentos caóticos.

— Lilly! — Tommy chama da traseira. — Lilly, eu... acho que ele está...!

— Estou de mãos cheias aqui, Tommy! — A mente de Lilly se encharca de pânico, sobrecarregada pelas informações que fluem de toda a parte. — Mantenha a pressão!

Pelo espelho, ela vê que caminhões inimigos se aproximam dos dois lados, rugindo em vetores diagonais na direção de seu veículo lamentavelmente lento puxado a cavalo. Ela bate as rédeas, mas os cavalos já correm a todo galope e Lilly não sabe quanto tempo vão aguentar *esta* velocidade. Ela quer entregar as rédeas a Tommy e ir para o lado de Musolino, tentar salvar o homem, fazer o que puder por ele. Mas também vê os problemas evoluindo pelo retrovisor.

Ela grita para Tommy:

— Mantenha a pressão na ferida!

No reflexo rachado a sua esquerda, Lilly vê o Escalade a cerca de 150 metros, vários carros atrás do enorme caminhão puxado a cavalo de Eve e Boone. Algo prateado se agiganta atrás de Ash e o SUV como uma valquíria lunática, o sol ofuscante brilha em seu acabamento opaco. Lilly não sabe quem está no trailer retrofuturista, mas, seja quem for, está em rota de colisão com o Escalade, 50 metros atrás dele e cada vez mais próximo. Quarenta... trinta... vinte... até Lilly ter certeza de que a cabine do caminhão que puxa o trailer está prestes a bater na traseira do SUV.

Então ela se lembra do walkie-talkie de quinta. Pega o aparelho no banco desocupado a seu lado e aperta o botão para falar.

— Ash! É Lilly! Atenda à merda do walkie-talkie! Pegue agora! Está me ouvindo?! Ash! Pegue a porra do walkie-talkie e fale comigo! ASH! ASH, ESTÁ ME...

Pelos estalos da estática:

— Lilly? Que foi? O que está acontecendo?

Lilly aperta o botão, boquiaberta ao olhar o retrovisor e o Airstream que se atira sobre o Escalade.

— VIRE RÁPIDO PARA A ESQUERDA! AGORA!... UMA GUINADA!

No reflexo, o Escalade dá uma guinada bem a tempo, a cabine do Airstream avançando sobre ele, errando por centímetros sua traseira. O cano de um fuzil de assalto se projeta de repente da cabine frontal do Airstream. O cano cospe um fogo de magnésio prateado, acompanhando uma rajada de tiros de grosso calibre, que abre uma série de buracos no painel traseiro esquerdo do Escalade.

— Ainda está aí, Ash? Ainda está comigo? — Lilly grita no walkie-talkie. — Os filhos da puta pegaram seu tanque, estou vendo o combustível vazar!

Pela estática:

— Porra... PORRA! Por muito pouco não acertam uma das crianças!

— Preste atenção, Ash. Pise fundo. Acelere o máximo que puder, tente chegar perto da minha carroça!

Estática:

— Tá legal... vou fazer. Pisei fundo. A caminho.

— Lilly! — Da área de carga da picape vem a voz frenética de Tommy. — Não consigo parar a...!

— Que foi? Qual é o problema? — Ela olha de esguelha por cima do ombro e vê o garoto sobre o corpo convulso e contorcido de John Musolino. — Tommy, o que foi? Está pressionando a ferida?

— Não consigo parar a hemorragia!

Lilly só é capaz de tirar os olhos dos cavalos por alguns segundos de cada vez. Caso contrário, eles podem facilmente bater em uma das cercas de madeira que de vez em quando aparecem pelo caminho. Para aumentar a dificuldade, existe o fato de que o retrovisor foi retirado no processo de cortar a frente da picape, e assim não há como ver a traseira, apenas olhando por cima do ombro. O que ela faz neste momento.

O que ela vê provoca calafrios por sua coluna. Abaixo de Tommy, Musolino está deitado de cara para cima no chão, em convulsão e tremendo, ensopado no próprio sangue. Tommy aperta a mão encharcada de sangue no ferimento do pescoço, valentemente estancando a perda sanguínea, mas parece grave para Musolino. Seu rosto é uma máscara mortuária raiada de sangue. Ele tem a boca aberta, estrangulado como um peixe arrancado da vida e jogado no convés seco de um barco.

Agora Tommy pressiona com as duas mãos o ferimento de saída com toda a sua força, curva-se sobre ele, aperta mais forte.

— Ele não está mais respirando. — Tommy levanta a cabeça, mortificado, de olhos arregalados e em brasa. — Lilly, o que eu faço? Ele não está respirando!

— Conhece RCP?

— Se eu conheço *quem*?

— R-C-P! R-C-P!... É uma coisa que você aprende na aula de natação!

— Tipo quando alguém se afoga?

— Isso! ISSO!

— Acho que sim, quer dizer, acho que me lembro de aprender na academia!

— Tudo bem, então...!

Um tiro em seu flanco esquerdo assusta Lilly, desviando sua atenção para os cavalos.

Os animais parecem prestes a estourar os vasos sanguíneos, os pescoços musculosos são imensos pistões disparando, as ancas sacolejam enquanto os cascos trovejam sobre a terra encharcada e maltratada pelo tempo. Lilly sente que o terreno muito gradualmente começa a descer em um vale.

Bem ao longe, a leste e a oeste, abaixo de um céu azul, elevado e sem nuvens, grupos de figuras escuras e maltrapilhas se materializam como baratas saindo da mata e das ruínas de antigos celeiros e das cascas vazias de casas de fazenda, atraídos pelo barulho e pelo caos da perseguição que deles se aproxima. Lilly faz uma série de cálculos instantâneos.

A planície à frente será tomada em questão de minutos, e o núcleo dessa mega-horda estará diretamente no caminho deles. Não há escapatória, não há saída. A leste, a mata é densa demais para ser percorrida com os cavalos, as árvores são muito compactadas. A oeste, é a mesma história. Agora os pinheiros existem em tal profusão, com a proliferação pós-praga, que o dia vira noite atrás da primeira fila, a copa das árvores antigas raspam o céu.

A pulsação de Lilly engrena uma marcha mais alta, ela tem a percepção de que o único jeito de escapar é eliminar a ameaça, destruir o inimigo pelos meios que forem necessários. Ela já passou por outros apertos, que a seus olhos eram desastrosos, mas nada parecido com isso. No intervalo de um único instante, que parece se desenrolar com uma lentidão glacial, ela pensa em suas preciosas crianças e na fragilidade da vida delas, *e no imperativo absoluto de sua sobrevivência.* Enquanto os agressores se aproximam dos dois lados e o trovão do tiro de grosso calibre estoura no céu, Lilly Caul desce àquele lugar frio, escuro e silencioso — àquela parte primordial, ancestral e límbica do cérebro.

Ela tem uma ideia, naquela calma de naja, no olho da tempestade.

Agora ela sabe exatamente o que fazer.

OITO

— Lilly!... LILLY!!... O que você quer que eu faça?! — A voz de Tommy chama a atenção de Lilly para a área de carga, onde Musolino agora está imóvel, quase não lhe resta nenhum tique nem contração, enquanto as duas crianças mais novas olham o irmão tentando manter pressão sobre o ferimento mortal que já não escorre mais.

— Tudo bem, então, esqueça a ferida. — A voz de Lilly é quase serena aos próprios ouvidos, uma voz que vem de outra pessoa. — Amarre o pano no pescoço dele! Não aperte demais, só o bastante para estancar qualquer sangramento extra!

Tommy envolve o pescoço com o tecido ensanguentado.

— Tudo bem, e agora?

— Tá legal, então, faça pressão no meio do peito dele, com força, coloque a mão uma por cima da outra, com força e rápido... e faça isso várias vezes.

Tommy palpa o esterno.

— Quantas vezes devo fazer isso?

— Pelo menos trinta!

— E depois?

— Vire a cabeça dele de lado e...

Uma bala faísca no teto da picape, assustando Lilly.

Ela vê pelo retrovisor que o padrão e a formação dos agressores se altera. Um caminhão Kodiak avança direto para ela pelo flanco esquerdo, com uma torre de metralhadora no teto, o operador disparando tiros calculados na picape. Parece que eles procuram os pneus dela, mas o terreno acidentado atrapalha a mira do atirador. Lilly vê o Escalade aproximando-se depressa de seus flancos, passando pelo furgão de Burt e o trailer de Eve.

O sinistro Airstream pode ser visto perseguindo o Escalade, e o cano de uma arma se projeta na lateral da cabine; a boca do cano pisca, as balas faíscam e ricocheteiam no chão atrás do SUV. Outros dois caminhões se aproximam do furgão de Burt Stankowski, os agressores chegam a centímetros de cada lado. Tiros de automática chiam de ambos os lados. O furgão rabeia, com buracos de bala perfurando os painéis traseiros. As portas traseiras do furgão de repente estalam, abrindo-se ao vento. Lilly vê caixas e caixotes escorregando pela beira, todos os seus tesouros da Ikea caindo do furgão de Burt — os lampiões, caixas de cereais, sacos de carvão e grelhas portáteis —, espalhando-se pelo campo encharcado. Alguns caminhões dão guinadas para evitar as obstruções surpresa. Um dos salteadores perde o controle, seu caminhão roda violentamente, as junções do enorme chassi se separam.

Voltando sua atenção para Tommy, ela grita:

— Você precisa abrir as vias aéreas! Levante o queixo dele para cima, Tommy! Faça isso agora! — Por um momento frenético, Lilly olha por cima do ombro e vê o garoto virando para trás a cabeça do fisiculturista. Lilly assente. — Agora tape o nariz dele e respire em sua boca. Faça isso, Tommy!

Tommy respira fundo, tapa com os dedos o nariz do homem e sopra ar em sua boca.

— Agora procure ouvir se ele está respirando, encoste o ouvido em sua boca.

Tommy obedece enquanto uma salva de tiros chama a atenção de Lilly para a dupla de cavalos suados, barulhentos e a galope na frente dela. No turbilhão, balas perfuram o canto frontal da picape, faiscando na cortina de fogo. Eles estão apontando para os cavalos. Lilly pega sua Ruger no banco, manuseia e revida com a sua .22 pela janela lateral.

Depois puxa a rédea direita e os cavalos se separam da caravana, disparando para o oeste.

Isso lhe dá tempo suficiente para olhar mais uma vez por cima do ombro.

Pela pequena abertura, ela vê que Tommy está abatido, os olhos marejados, balançando a cabeça enquanto paira sobre o fisiculturista sem vida.

— Tommy? — Ela vê que o garoto passa a língua pelos lábios e alcança sua faca Buck. — Tommy! — O garoto retira a lâmina da bainha que tem na coxa. — TOMMY! — Lilly grita para ele. — NÃO FAÇA ISSO!!

— Preciso fazer — diz ele em voz baixa. — Por Musolino. — Ele agora segura a faca com ambas as mãos acima do crânio do morto. — Ele teria feito o mesmo por mim.

E o garoto está prestes a enterrar a ponta da faca no crânio do homem quando a voz de Lilly penetra o transe infeliz do garoto:

— Mas que droga, Tommy, preste atenção! NÃO DESTRUA A CABEÇA DELE!!

Tommy olha para cima de repente, com a faca ainda nas mãos, as irmãs boquiabertas de choque do outro lado da área de carga. O garoto encara Lilly. Por um momento, a faca fica onde está — posicionada em pleno ar, a centímetros do rosto exangue do grandalhão —, como se o funcionamento interno de Tommy tivesse sido interrompido.

— O quê?

— Preste atenção! Entende o que estou lhe dizendo? Estou dizendo para *não* destruir o cérebro dele! Mexa a cabeça se você me entendeu!

O garoto larga a faca, a lâmina cai com barulho no piso de metal da picape. Tommy baixa a cabeça e começa a tremer, abalado pelo choro.

— Precisamos fazer isso... Não podemos deixar ele...

— Tommy! Sai dessa! Pegue as rédeas! Está me ouvindo? VENHA PEGAR A PORCARIA DAS RÉDEAS, TOMMY... AGORA!

O garoto enfim desperta de seu momentâneo estupor de tristeza.

— Tá bom, tá bom... — Ele então atravessa a abertura.

Ela, que hesita, está perdida. A tagarelice do refrão tem um eco incessante na cabeça de Lilly enquanto ela passa a toda pela abertura para a área de carga traseira e atulhada da picape. Tommy pegou as rédeas das mãos dela e agora as estala furiosamente, mantendo a todo vapor os cavalos suados. Nos últimos segundos, o caminhão Kodiak se aproximou ainda mais de seu lado esquerdo, a metralhadora prestes a rugir de novo.

Lilly não hesita. Na área de carga tomada de ventos e sacolejos, ela engatinha para onde jazem os restos mortais de Musolino em um amontoado ensanguentado, de braços e pernas abertos, uma perna dobrada por baixo da outra. Sua pele tem a cor de cimento molhado. Os olhos ainda estão abertos. Lilly baixa a mão e carinhosamente fecha suas pálpebras. Depois desenrola o pano do pescoço. Torce o tecido em uma corda e o transforma numa mordaça, metendo-a na boca de Musolino e amarrando um nó pequeno em sua nuca. O nó é fundamental.

Pelo canto do olho, ela sente as duas crianças mais novas paralisadas por todas essas horrendas minúcias, como se assistissem a algum ritual, o que talvez estejam fazendo mesmo. Lilly põe o corpo de Musolino sentado e encostado em uma pilha de caixas. A cabeça dele tomba com uma guinada da picape.

Lilly olha as crianças espremidas em um esconderijo entre duas caixas. Bethany Dupree, de 11 anos — uma figura solitária, resiliente e invisível, renascida neste mundo da praga como uma miniatura corajosa e durona de um SEAL da Marinha —, abraça bem forte o irmão de 7 anos, Lucas. Ambas as crianças estão vidradas e silenciosas.

— Ele era um bom homem. — Lilly garante a eles, atenta aos olhos do morto. — E já sentimos sua falta. Mas eu prometo. A morte dele não será em vão.

As duas crianças assentem e não dizem nada.

Lilly os olha com dureza.

— Os dois sabem o que quero dizer com isso?

De novo eles concordam com a cabeça.

— Ótimo — diz ela. — Agora quero que sejam corajosos, aconteça o que acontecer. Igual ao Sr. Musolino. Ele sempre foi corajoso.

Eles concordam.

A coisa que no passado era John Musolino abre os olhos e revela córneas pálidas como ovos brancos de pardal aninhados nas cavidades.

— TOMMY! — grita Lilly por cima do ombro, colocando-se entre o monstro e as crianças. — CHEGUE O MAIS PRÓXIMO POSSÍVEL DA TRASEIRA DO CAMINHÃO... AGORA!

O Chevy Kodiak se aproxima pela esquerda da picape, encurtando a distância para 20 metros, agora 15, agora 10. O atirador, no alto, amarrado à parede corta-fogo com equipamento de escalada, inspira e aponta o cano da Browning para os cavalos. Naquele breve momento tumultuado antes de apertar o gatilho, o homem solta uma gargalhada histérica — entre um riso e um grito de guerra — que mais parece um latido ou um berro. No que ele estava pensando, atirando na merda dos pneus?

Um ex-prisioneiro alto, desengonçado e musculoso com uma cicatriz de faca correndo pela lateral do pescoço e uma tatuagem de arame farpado no outro, Antoine Spanic segura a alavanca de armar com uma luva Carnaby e a puxa depressa, carregando a arma e injetando uma bala na agulha. Ele agora vê com muita clareza as caixas e engradados — muitas com a logo amarela da Ikea — numa pilha de 3 metros de altura na traseira da picape, forçando a integridade de suas amarras a cada solavanco. Ele acredita que tem passageiros escondidos ali pela carga, mas agora o mais inteligente a fazer é focar nos animais.

Aqueles cavalos ficaram esgotados, e o jogo acabou para os filhos da puta.

Spanic grita para Barret Deems, o baixinho atarracado ao volante:

— BEAR! Me coloque o mais perto que puder!

— Tudo bem! — A voz grave responde com um berro que mal pode ser ouvido com o barulho dos motores, dos cavalos e das rodas no chão acidentado.

O caminhão ruge e se aproxima, e o atirador centra a mira no cavalo mais próximo. Com o barulho dos pneus radiais blindados e do vento assobiando pelas janelas abertas na cabine abaixo, Spanic consegue ouvir os grunhidos e bufos ritmados dos cavalos de carga, e o ruído desperta um misto profundo de fúria e ressentimento em Antoine Spanic. A visão e o som desses animais majestosos, sua pelagem brilhante de suor se revirando com a enorme peristalse dos músculos, agitam algo essencialmente feio em Antoine Spanic — sua infância perdida, os dias na colônia penal, o cheiro de bosta de vaca e feno mofado, os espancamentos, os maus-tratos da guarda — e ele está prestes a disparar o tiro mortal quando algo em sua visão periférica chama a atenção.

O adolescente que conduz os cavalos puxou a rédea esquerda com toda força, levando a parelha a empinar em pleno galope e dar uma guinada acentuada para a esquerda.

De súbito, Spanic vê toda a geringonça que antes era uma picape se lançar para o Kodiak, os cavalos relinchando e agitando a cabeça. Spanic percebe que a coisa vai bater na lateral da carroceria. Tenta disparar uma saraivada de tiros, mas antes que consiga apertar o gatilho, o lado da picape bate no Kodiak, jogando Spanic de lado e rompendo seus arreios. Alguma coisa se mexe atrás das caixas da Ikea.

Spanic fica petrificado quando de súbito as caixas se separam, alguém as empurra de lado. Uma enorme figura masculina aparece atrás delas, oscilando, erguendo-se na beira da área de carga da picape.

Isso acontece naquele movimento onírico acelerado de um filme que passa na cabeça de Spanic. Pelo mais breve momento, a coisa que antes era John Musolino fica de pé ali, amordaçado, pálido como alabastro, uma baba escura batendo no vento, os olhos parecendo chamas piloto brancas, os dentes roendo quando ele rosna para Spanic da traseira da picape acelerada. No início, o atirador não vê a mulher de nome Lilly Caul parada atrás da criatura, segurando o monstro como se ajudasse um amigo bêbado a chegar em casa. Ela firma a coisa no vento, segurando o nó atrás da mordaça enquanto a criatura estende as mãos para Spanic.

E então Lilly Caul joga o enorme errante na traseira do Kodiak.

A submetralhadora Browning escorrega da mão de Spanic, o cano longo da .50 é virado para o alto, girando em seu tripé lubrificado. Barret Deems grita algo de baixo, mas só o que Antoine Spanic pode fazer é cambalear para trás, tomado de pavor, quando o errante enorme pousa de bruços a centímetros dele na carroceria do Kodiak. Spanic tenta se afastar, mas a coisa que antes falava um português fluente e divertia as crianças Dupree com imitações de personagens dos Muppets agora estende as unhas em garra e pega uma ponta da camisa de brim de Spanic.

Antoine Spanic consegue colocar a mão no punho da Taurus 380 de cano curto metida atrás do cinto, mas, antes que possa levantar o cano e disparar no crânio da coisa, um raio de agonia imensa explode em sua perna. A Coisa-Musolino já enterrou os dentes no tecido da calça jeans de Spanic centímetros acima do joelho — na parte carnuda da coxa. Os dentes mortos penetram a carne abaixo do tecido e se cravam na artéria femoral do atirador. Um gêiser de sangue jorra no vento e se pulveriza em uma névoa fina.

Em sua dor convulsiva, Spanic deixa cair a pistola e quase por instinto tenta rolar pela carroceria. Mas o monstro agora tem as duas mãos cravadas na cintura do atirador, enganchadas naquele cinto, mantendo-o ali. Spanic grita. A Coisa-Musolino se alimenta, rasgando a perna do atirador, devorando o jeans e escavando até a carne de sua virilha. Os gritos de Spanic sobem uma oitava, ele quase parece uma criança que nasce, enquanto os incisivos da criatura se enterram em sua genitália.

Tiros de arma de fogo soam da cabine, da parede corta-fogo brotam buracos do revólver .357 de Barret Deems, com o Kodiak dando guinadas. As duas figuras rolam em um abraço mortal pelo chão, batendo na antepara oposta. O monstro é atingido em três lugares — ombro, quadris e costelas — e nada disso tem efeito.

Em convulsão, sob o peso da enorme criatura, Spanic fica ofegante, debate-se, perde sangue aos baldes, mas de algum modo invoca forças suficientes para levantar o braço e fazer uma valente tentativa de segurar a cabeça da Coisa-Musolino. É como lutar com um triturador de madeira tamanho industrial, e este é o último ato consciente de Antoine Spanic na Terra. A criatura morde os dedos do atirador com a indiferença de quem chupa a carne de um churrasco de costela, e a dor é tão grande, tão intensa, que Spanic desmaia.

A essa altura, a escuridão misericordiosa reclama Antoine Spanic para a eternidade.

Outros tiros estouram na frente, mais buracos são abertos na divisória de aço do Kodiak. O caminhão oscila e dá guinadas como louco, afastando-se da geringonça puxada a cavalos de Lilly Caul.

Na cabine do Kodiak, atrás do volante, Barret Deems se torce freneticamente numa tentativa inútil de apontar a arma para o monstro. Esvazia o que resta do tambor em uma enxurrada de estampidos, depois luta para recarregar com o carregador rápido. Suas mãos grossas estão escorregadias pelo suor do pânico, gordurosas no volante, o corpo atarracado é ensopado pela transpiração. Os rosnados e grunhidos da criatura se elevam, chegam a seus ouvidos como uma sentença de morte. Ele se vira para a direita, depois a esquerda, mas não vê nada pela janela traseira e estreita, que está suja do aerossol de sangue do atirador. Mas onde está aquela merda de mordedor gigante?

As mãos de Deems se atrapalham com o carregador rápido, que emperra, depois escorrega, espalhando as balas pelo tapete do piso. Ele sente o fedor rançoso e mortal encher a cabine e ouve o grunhido baixo da criatura, mas ainda não consegue ver o maldito.

Ele se abaixa e tenta pegar uma das balas, a maioria rola pelo piso. E, naquele instante terrível, o caráter ridículo de sua perdição é registrado em algum lugar no fundo do mesencéfalo. Toda a vergonha, culpa, insegurança e ódio por si mesmo inundam sua consciência. Em uma única fração de segundo, ele está de volta a seu trabalho de varrer o prédio do Legislativo depois do horário, tentando se provar para o grande Spencer-Lee Dryden.

Ele olha o para-brisa e seus olhos praticamente saltam da cabeça.

O imenso emaranhado de madeira morta e troncos velhos e caídos de uma cerca destruída pela tempestade cresce em seu caminho, e ele só tem tempo de gritar e girar depressa o volante. Deems é sugado na força centrípeta da curva e se segura, preparando-se para capotar. De algum modo o caminhão consegue ficar sobre duas rodas por algum tempo, depois bate as outras duas no chão. Ele prende a respiração ao tirar o caminhão da derrapada. As rodas traseiras rabeiam, depois aderem, recuperando a tração.

Barret Deems está soltando um longo suspiro de alívio quando a mão morta se estende da janela e agarra uma parte de sua camisa.

— Puta merda... PUTA MERDA! — Tommy Dupree levou os cavalos a descreverem um arco amplo para a direita, batendo as rédeas com toda a força, a espuma e o suor dos animais soprados em seu rosto, quando ele ouve um grito se elevar acima do barulho atrás da picape. Ele lança um olhar para o retrovisor e vê o veículo mais próximo, o caminhão Kodiak, rabeando como louco. E então Tommy vê a criatura enorme e maltrapilha, antigamente conhecida como John Musolino, subir na cabine do Kodiak e devorar o motorista, vê o sangue escorrer pelo lado interno do para-brisa. A essa distância, é difícil discernir quaisquer detalhes, mas parece que a criatura está comendo a cara do homem ao volante.

— Ah, meu Deus, ah-meu-deus-ah-meu-deus! — Tommy vê o Kodiak entrar em outro giro louco. — Lilly... LILLY!

No intervalo de alguns segundos, os dominós caem em uma violenta reação em cadeia que nem Tommy, nem Lilly podem impedir de forma alguma. O Kodiak virou de lado, apoiado em duas rodas, a gravidade fazendo o caminhão rodar. A Browning é arrancada de seu tripé e jogada no espaço; o cadáver eviscerado do atirador é catapultado no ar, despedaçando-se em uma exibição sanguinolenta. O que resta do caminhão capota, esmaga as duas figuras na cabine e as transforma em uma polpa.

Quem vem acelerado atrás do Kodiak é o furgão recortado e canalizado de Burt Stankowski, os cavalos empinando quando dão uma guinada para evitar os escombros. O furgão gira loucamente. Burt tenta evitar a derrapagem pela mera força bruta, puxando loucamente as rédeas, quando todo o furgão de repente vira, levantando os cavalos do chão e batendo o veículo modificado de lado. A geringonça, assim como os cavalos, desliza 50 metros na turfa molhada, lançando Burt 100 metros pelo campo, batendo-o em uma massa embolada de troncos caídos. O impacto o mata na mesma hora.

Outros dois veículos fazem tentativas inúteis de se desviar do Kodiak capotado e do furgão destruído. O primeiro, um pequeno caminhão de mudança com uma metralhadora instalada no teto, desvia-se do Kodiak, depois roda, mas o motorista compensa demais, levando todo o caminhão a um giro que arranca dois de seus pneus, esmaga os ocupantes e deposita os restos amassados em um leito de rio seco vizinho. A segunda colisão envolve um enorme Chevy Silverado ocupado por três atiradores, cujo motorista entra em pânico e trava os freios, fazendo o veículo rabear, descontrolado. O Chevy desliza de lado por um trecho inundado da lavoura de soja, derruba uma cerca e atira pelo ar cada um de seus passageiros para a perdição. O caminhão enfim para em um amontoado amassado e fumarento, de cabeça para baixo no mato alto, suas rodas ainda girando furiosamente.

Ao mesmo tempo, outros três veículos envolvidos na perseguição evitam por pouco o desastre. Em um flanco, o Escalade, com Ash ao volante e cinco crianças amontoadas no banco traseiro, consegue dar uma guinada ampla o suficiente para passar raspando pelos caminhões e furgões descontrolados e acelerados. No flanco contrário, quase 300 metros a leste, o Airstream turbinado — puxado pelo enorme caminhão — descreve um arco amplo, lança-se em uma estrada de terra e contorna por pouco a desastrosa reação em cadeia.

O terceiro veículo a sobreviver à reação em cadeia é o enorme vagão plataforma puxado a cavalo comandado por Eve Betts, com Boone no estribo e quatro crianças encolhidas na traseira, protegidas por caixas, abraçadas. Infelizmente, apesar de Eve conseguir virar para o leste com rapidez suficiente para evitar o perigo, o movimento repentino faz com que a maior parte dos tesouros da Ikea sejam atirados da beira da traseira. Alimentos embalados, aparelhos movidos a energia solar, roupa de cama, ancinhos, pás, sacos de terra vegetal, pequenos geradores e vários lampiões e acessórios variados caem no campo encharcado, espalham-se pela paisagem com o que resta das esperanças e sonhos de Lilly de um futuro civilizado.

Nos caóticos segundos que se seguem, Lilly atravessa com dificuldade a janela da picape modificada e assume seu lugar no banco ao lado de Tommy, com a pulsação acelerada ao ver o que enfrentarão agora. Ela não tem tempo para viver o choque da perda repentina de outro amigo íntimo, Burt Stankowski. Não pode passar outro segundo absorvendo o trauma de ver o furgão de Burt desabar, sem dúvida esmagando e matando instantaneamente as mulheres Stack que estavam na traseira. Lilly nem mesmo tem o luxo de parar por um momento para lamentar, gritar ou chorar de raiva, ou expressar qualquer emoção. Só o que pode fazer agora é reprimir o pânico e continuar naquela zona de hiperfoco ao olhar o caminho que se desintegra rapidamente a sua frente.

A visão da mega-horda é quase um feitiço, uma onda de mortos do leste e uma onda do oeste que convergem para o campo como marés opostas de um oceano escuro e gorduroso entrando em choque. A essa distância, as nuances de cada errante são um borrão, as figuras pequenas como soldados de chumbo arrastando-se feito bêbadas em uma reencenação de alguma batalha arcaica e esquecida. Porém, quanto mais a picape se aproxima, mais Lilly consegue enxergar as infinitas variações. Ela vê os mais velhos com a carne mosqueada se descascando, as faces encovadas e os trajes de domingo em farrapos. Vê aqueles arrebanhados de sua juventude, muitos sem um membro ou uma parte do rosto, os olhos iridescentes como refletores no sol. O jato de ar que passa pela cabine aberta da picape tem o fedor da morte, de podridão e de amônia. Tem o cheiro do fim do mundo, e Lilly tenta expulsá-lo dos sentidos.

Ela se vira para Tommy e está prestes a dar a ele a ordem seguinte quando ouve os estalos do walkie-talkie. Em explosões de estática, a voz de Ash é ouvida, grita algo que quase não pode ser decifrado com aquele barulho, "Lilly!... você pegou... não... olhe... está indo para...!!"

Enquanto isso, Tommy Dupree segura firme as rédeas, conduzindo os cavalos diretamente para a multidão com uma intensidade que deixa os nós dos dedos brancos e os olhos enormes de pavor.

— Lilly, qual é o plano? E agora, o que vamos fazer?!

— Mantenha o curso até eu dizer outra coisa! — Lilly ouve a voz de Ash deturpada e tragada pela estática, mas não consegue encontrar o walkie-talkie. Ela consegue ouvir o grito, mas não o vê no banco. Procura no piso. Sua mão roça o dispositivo plástico embaixo do banco. O radiotransmissor de brinquedo deve ter caído ali durante o tumulto dos últimos minutos, e agora Lilly o apanha e aperta o botão.

— Ash, repita! Não copiei!

A estática crepita.

— Lilly, tem um errante na sua picape!

— O quê? Como assim?!

Através da estática:

— Você! Tem! Um! Errante! Na! Traseira! Da...!!

Ela não precisa terminar. A mão fria, pálida e lívida de um grande cadáver masculino já abriu caminho para a cabine pela janela aberta de Lilly. Lilly recua, mas não antes que as unhas escurecidas, grandes e sebosas se enganchem em sua camiseta da Georgia Tech.

NOVE

Por gerações, as lendas urbanas têm sustentado que o cabelo e as unhas continuam a crescer depois da morte. Imagens de demônios como velhos encarquilhados com unhas do tamanho de adagas povoaram os filmes de terror durante anos, mas a verdade é que o corpo humano não produz mais cabelos ou unhas depois de expirar. Talvez o mito tenha começado porque os patologistas há muito estudam, pela dissecação, o fenômeno do "crescimento aparente". Nas horas que se seguem à morte, a pele perde umidade e retrocede, expondo mais pelos e fazendo as unhas parecerem maiores.

O jovem errante que conseguiu se agarrar na traseira da picape puxada a cavalos — e agora de algum modo conseguiu avançar um pouco no estribo da área de carga, no vento e com as forças gravitacionais cambiantes da perseguição — morreu recentemente. Talvez tenham se passado apenas dias desde que a coisa se transformou. Seu cabelo comprido ainda brilha muito, a carne está lisa e intacta, a barba ainda é escura. Pela aparência das roupas de brim e dos emblemas de gangue, era membro de alguma turma de motoqueiros. Suas unhas são tão compridas — as bordas afiadas como tesouras de poda — que Lilly, por acidente, rasga metade da camiseta ao se afastar.

Ela põe as mãos na Ruger no exato momento em que o errante parrudo avança para sua jugular. Lilly afasta a coisa com um pontapé e o impele para a janela aberta. Dentes amarelos batem no ar a centímetros de seu tornozelo. Ela ergue a arma e aperta o gatilho.

A pistola estala, impotente. Arma errada! As palavras brilham em néon no cérebro de Lilly enquanto ela golpeia a criatura, agora com a pistola vazia, usando o cano de aço para espancar, batendo-o repetidas vezes no crânio da coisa. Sua fúria serve de combustível para a potência dos golpes. Mas esse errante é novo, seus ossos e membranas ainda têm força para suportar o impacto da borda rombuda. Ele tenta arranhá-la, engolfando-a em seu fedor escuro.

— SAI!

A voz de Tommy chama sua atenção, e ela se abaixa no exato instante em que o garoto dispara um único tiro da Ruger carregada. A cabeça da coisa é jogada para trás, o ferimento de entrada abre um buraco acima da sobrancelha esquerda, provocando uma névoa cor-de-rosa no ferimento de saída no couro cabeludo, o sangue e os fluidos aerando-se no vento.

A coisa despenca no turbilhão, caindo no vento e no esquecimento.

Mais uma vez, Tommy tirou os olhos do caminho à frente no momento mais inoportuno e agora, quando se volta para a dupla de cavalos, vê um objeto escuro assomar imediatamente a sua esquerda e solta um grito que mais parece uma vocalização animal do que humana. Lilly vê o que ele vê e tira a arma da mão dele. Aponta para os cavalos e dispara. Porém, sem que ela soubesse, os dados já foram lançados. É tarde demais para salvar os animais.

— Ah, meu Deus! — Ashley Lynn Duart, ao volante do Escalade em disparada, vê pelo menos quatro cadáveres ambulantes agarrados ao par de cavalos agitados de Lilly. As criaturas se alimentam quase por acaso dos cavalos, seus membros mortos se embolaram nos arreios e nas trelas, cada monstro varrido pela inércia da geringonça em movimento. Agora as criaturas começaram a se alimentar — mesmo enquanto os animais robustos ainda puxam a picape modificada — e tudo se deteriora em um frenesi de sangue, pelos e gritos embaralhados em um pavoroso pesadelo em movimento.

— Lilly, tem uma ponte à frente! Conheço esta região! — Ash agora grita no walkie-talkie. — Tente chegar lá antes de perder os cavalos! Está me ouvindo?!

Ash ouve a estática, sem resposta nenhuma. Ela vê Lilly à frente, no banco do carona da picape, disparando inutilmente nos atacantes.

— Lilly! — Ash tenta de novo, gritando no dispositivo de plástico. — Está me ouvindo? — Nenhuma resposta. — Lilly! Pegue o rádio! — Só a estática crepita do aparelho barato de fabricação japonesa. — Porcaria!

Ela joga o transmissor no banco ao lado. Pelo retrovisor, vê seus cinco passageiros na traseira como pequenas bonecas russas espremidas nos espaços entre as caixas — Bobby, Chelsea e Trudy Quinn, e as duas crianças Nesbit, Cindy e Teddy —, agachados numa postura defensiva, algumas na área do assento auxiliar atrás, outras no chão da segunda fila. A maioria parece petrificada, de olhos esbugalhados pelo tumulto da perseguição. Em um estranho compartimento da memória de Ashley Duart, ela se lembra dos filmes de treinamento de "abaixar e se esconder" da época da Guerra Fria. Lembra-se daqueles filmes bregas em que a inutilidade de se proteger contra um ataque nuclear é ignorada em favor de salvaguardas ridículas, como crianças correndo para debaixo das carteiras escolares.

— Crianças, prestem atenção — diz Ash a eles. O Escalade ganhou terreno, encurtando a distância até a picape de Lilly para um carro. A picape agora falha, reduzindo a velocidade a uma taxa alarmante. — Vou precisar da ajuda de todos vocês, entenderam?

As crianças concordam com a cabeça e depois se olham, em seguida olham para Ash.

Ash vê que a picape de Lilly ficou ainda mais atolada na terra encharcada, seus cavalos titubeiam, os errantes como sanguessugas gigantescas no dorso dos animais, o sangue jorrando e espiralando no vento pelo frenesi de alimentação. Os cavalos balançam a cabeça e emitem horríveis barulhos nos estertores da morte, mas, de algum jeito, ainda puxam a picape, apesar da velocidade cada vez menor.

Ash grita para as crianças:

— Vou precisar que vocês comecem a jogar caixas pela janela traseira! Andem logo! Joguem tudo para fora! Todas as caixas! Rápido, crianças, FAÇAM ISSO AGORA!!

Bobby Quinn, de 9 anos, com a carinha sardenta franzida de intensidade e emoção, passa a jogar engradados pela janela traseira aberta do Escalade; as outras crianças, seguindo sua deixa e formando uma espécie de brigada de incêndio, entregam uma caixa depois de outra ao garoto mais velho. Pelo retrovisor lateral, Ash agora vê a carga caindo, espalhando-se pela terra atrás do SUV em movimento em nuvens de poeira e escombros encharcados.

Ash volta a olhar pelo para-brisa e vê Lilly, à esquerda, disparando loucamente nas criaturas que infestam seus cavalos, derrubando uma delas. As três restantes ainda devoram a carne do cavalo como carrapatos gigantescos, trazendo um fim ignominioso à fiel e resoluta dupla de cavalos de carga.

Ainda pelo retrovisor lateral, Ash vê o louco na cabine do Airstream aproximando-se depressa atrás de Eve Betts, o cano rombudo do que parece uma Uzi se projeta da janela do carona do caminhão. Boone, na plataforma com as outras crianças, levanta-se de vez em quando atrás da cobertura de pallets de carga e dispara uma saraivada intermitente de balas de grosso calibre de seu AR-15, e alguns projéteis ricocheteiam em grandes floretes de faíscas nos cantos superiores do Airstream, fazendo com que a fera prateada se desvie como louca.

Só por um instante, Ash nota a imensa cadeia de trailers interconectados cerca de 400 metros atrás do Airstream. Há algo errado com o motorista do imenso Kenworth que puxa os trailers — mesmo desta distância, fica evidente que há um problema —, toda a série de veículos oscila descontrolada sem nenhum motivo aparente, e o cano de descarga do Kenworth solta no ar nuvens imensas de fumaça preta.

Ash pega o walkie-talkie e aperta o botão.

— Lilly, está me ouvindo?

Pelo silvo de estática, uma série de palavras e expressões desarticuladas:

— Merda!... Tommy!... Feche a portinhola!... Pode falar, Ash!

— Lilly, vou tentar me aproximar o bastante para você transferir as crianças para o Escalade!

Pelo alto-falante, a voz de Lilly:

— Tudo bem, tá legal, tanto faz, mas é melhor correr, porra, porque vamos ficar até a cintura de errantes em uns dez segundos.

— Prepare-se!

Ash dá uma guinada para a picape capenga, o frenesi de alimentação nos cavalos agora atrai outros errantes, a mega-horda vem de todos os lados. O cheiro da morte, os gritos decrescentes dos animais que expiram, o rio de sangue que agora flui em imensos mantos pela turfa encharcada em volta da orgia medonha — tudo isso representa um farol para a massa de mortos-vivos. Toda a mega-horda parece se deslocar na direção da picape empacada como uma tempestade que avança.

O Escalade ronca para a picape sem tração, batendo na turba de errantes que infestam os restos dos cavalos mortos. O impacto catapulta meia dúzia de errantes, troncos, braços, pernas e cabeças decapitadas atirados no ar, jogados na horda que se aproxima, derrubando outras dezenas, como dominós.

Eve Betts — atrás das rédeas de seu enorme vagão plataforma — aproxima-se da picape e do Escalade numa velocidade alta demais.

O veículo derrapa na gordura da argila inundada e ensopada de sangue da Geórgia.

Tudo acontece ao mesmo tempo, rápido demais para Eve definir ou reagir em seu estado frenético. Ela ouve o ronco do motor do Ford F250 que puxa o trailer Airstream aproximando-se vertiginosamente atrás dela, o zumbido coletivo dos mortos se elevando como um coro de loucos por todo lado. Ela vê os vastos campos de soja à frente escurecerem de tantos errantes, de muitas formas, tamanhos e graus de mortificação, que a própria paisagem parece doente da praga.

Numa reação exagerada, Eve Betts puxa as rédeas com brusquidão excessiva na direção contrária da derrapagem e os cavalos arremetem de repente, dando uma guinada de praticamente 90 graus. A mudança súbita na gravidade faz com que todo o vagão plataforma vire de lado.

Eve é lançada para fora do banco e bate no chão com tal força que logo perde a consciência. As pilhas restantes de caixas e engradados amarrados à plataforma também se soltam e agora são espelhados por quatro hectares de terra arável.

Ao mesmo tempo, Martin Hatwood Boone, o fiel artilheiro e namorado de Eve, também é arremesado no acidente. Voa 6 metros pelo ar, a arma sai de sua mão, os braços giram loucamente, seu corpo descreve um arco sobre as hordas.

Ele cai com força em um trecho leproso de terra nua num impacto com intensidade suficiente para abrir o crânio em uma pedra musgosa. Os errantes mais próximos caem imediatamente sobre ele, escavando-o com o fervor de gigantescas formigas-soldados. O último pensamento consciente do homem — um fato que logo entrará em jogo na tarde turbulenta — é uma estranha gratidão, um agradecimento por uma vida bem vivida, e alívio por seu ato final antes da morte, muito possivelmente, vir a salvar a vida das crianças que ainda estão reunidas na plataforma daquele veículo virado. Os olhos de Boone se fecham pela última vez enquanto os monstros fazem um banquete em sua cintura.

O homem morre em paz, ciente de que se esforçou o suficiente para que cada uma daquelas crianças fosse bem amarrada a ganchos embutidos naquela plataforma.

Sally Dryden perdeu a maior parte da visão, não escuta muito bem com o ouvido esquerdo e tem seus pensamentos confusos em um nó de arrependimento e fúria desarticulado, mas, de algum modo, consegue ficar semiereta, arriada ao volante do enorme e potente Kenworth que puxa a série de trailers. A bala de ponta oca disparada em seu para-brisa, quase por engano, 15 minutos atrás — um tiro que pretendia atingir o caminhão pirata à frente dela — pegou-a pouco acima do esterno.

Ela ofegou como quem foi estapeada, e então, analisou a rodela mínima de sangue, uma lágrima escarlate que escorreu do decote e ensopou os protótipos de emblema em cada bolso; tudo isso como se estivesse fora do próprio corpo. A dor foi insignificante, considerando-se o fato de que a bala se alojou na cavidade de seu peito não muito longe do coração. Apenas lhe parecia que precisava tossir e não conseguia, a respiração era um tanto laboriosa, as costelas doíam um pouco quando ela puxava o ar. De imediato, pegou o radiotransmissor, pretendia fazer contato com Spencer-Lee e lhe contar a má notícia, mas algo a impediu.

Ela detesta dar más notícias a Spencer-Lee. Ele agora está ocupado demais, tentando recuperar sua família ampliada das garras daqueles vira-latas. Como pode incomodá-lo com algo tão banal no grande esquema das coisas? É um ferimento menor. Muito provavelmente ela ficará bem. Muito provavelmente. Não precisa falar nisso.

Assim, ela continua dirigindo, rugindo atrás do Airstream, puxando as famílias que ainda restam em custódia tutelar, todos adultos, não ficou nenhuma criança. O casal Weimann no segundo trailer, os avós idosos no terceiro, os Fordham no último trailer. Mesmo depois de sua visão começar a embaçar. Ela continua. Mesmo depois que a vertigem a dominou, seus braços ficaram entorpecidos e os ouvidos passaram a tinir... Ela mantém a pressão no pedal, mantém o grande caminhão Kenworth ribombando.

Agora ela percebe que devia ter dito alguma coisa, porque a dor que lateja no peito é imensa, como uma marreta que bate em suas costelas com a regularidade de um metrônomo. Ela estende a mão para o radiotransmissor, mas ele não está no banco ao lado. O banco ao lado está encharcado com o próprio sangue.

Com dedos desajeitados, Sally Dryden procura no estofamento pegajoso; o foco de sua visão vai e volta. Não consegue encontrar a porcaria do rádio. O que fez com ele? Precisa falar imediatamente com

Spencer-Lee. Não consegue mais respirar. Seus pulmões pegaram fogo. Ela tosse, ofega e tosse mais um pouco, a saliva ensanguentada pontilha o painel. Ela tenta enxergar pelo para-brisa e tudo se desacelera em sua visão decadente.

Ela começa a perder a consciência, a perder o controle das mãos, o volante gira sozinho. Como isso é possível? O volante gira e o enorme Kenworth se transformou em um carrossel, como aquelas gigantescas xícaras de chá que costumavam deliciar Sally quando era criança, rodando sem parar, levantando-a acima do pisca-pisca de luzes do parque de diversões da Geórgia.

Agora, o puxão gravitacional a leva para a outra porta, o peso de seu ferimento a pressiona no banco encharcado de sangue.

O barulho de metal torcido traga o súbito lamento de seu grito.

Se vistos de uma perspectiva aérea e divina de 3 mil metros acima das lavouras de soja, os 15 segundos seguintes se assemelhariam a uma cena deixada pelo ataque de birra do filho colérico de um gigante. Tudo acontece com tanta espontaneidade, tanta violência e tanta rapidez que só dessa altura seria possível compreender ou processar exatamente o que está havendo. Quando a corrente enorme de trailers — adaptados pelos Dryden como uma prisão móvel benevolente — enfim dá uma guinada e vira, o mundo na Terra literalmente se abala com a força do impacto.

A própria Terra parece tremer com as vibrações sísmicas extremas, ao mesmo tempo que a corrente embolada de veículos bate nas ruínas do vagão plataforma virado de Eve Betts, fraturando o enorme transporte em três pedaços e provocando uma reação em cadeia de colisões enquanto trailers acelerados se rompem, cada um deles lançando pedaços de metal que batem no veículo seguinte da fila.

Um dos trailers bate no Airstream, levando a fera prateada e seu caminhão a um giro descontrolado de 360 graus, triturando cercas de madeira e mastigando centenas de mortos ambulantes com a eficiência sanguinária de uma colheitadeira desgovernada.

O último impacto faz o Escalade virar de lado.

O SUV, então, desliza violentamente por 50 metros de turfa molhada e para em um miasma repentino, dissonante e nebuloso de silêncio.

Lilly fica prostrada ali por um ou dois segundos, suas costas gritam de dor. Ela sente que um corpo não identificado a pressiona, mas, no momento, não consegue mexer o pescoço para ver quem é. No silêncio do estado de choque, ela percebe várias coisas, e cada uma delas penetra sua consciência, uma de cada vez.

Primeiro, as crianças parecem estar inteiras, meio abaladas, mas, de modo geral, incólumes. Algumas — as mais novas — choram baixinho, enquanto outras, como Bobby Quinn e Bethany Dupree, correm o olhar febril pelos veículos virados de lado, tentando entender o que acaba de acontecer.

Segundo, fica evidente que há duas pessoas deitadas em cima de Lilly em um amontoado embolado — Tommy e Ash —, cada uma delas tentando desvencilhar braços e pernas do aglomerado. Por fim, Ash tira o braço de baixo de Lilly e fala:

— Lilly, querida, acha que consegue retirar seu joelho da minha bunda?

Lilly começa a formular uma resposta irônica quando lhe ocorre a terceira percepção.

O veículo está se mexendo. Ligeiramente. Mas não em linha reta — suas rodas estão de lado e ainda guincham e giram inutilmente. Porém, de vez em quando, um tremor atravessa a estrutura do Escalade como se levasse um cutucão de alguém. Depois fica parado de novo. Em seguida vem outro tremor, acompanhado por um raspar abafado, que cresce e se mistura com outros ruídos de objetos que roçam no SUV, fazendo-o tremer e ranger.

Lilly sente o denso manto do fedor da morte, acre e apodrecido como composto orgânico. Ouve as vocalizações baixas, triturando, de barítono, que vêm de toda a volta do veículo, um canto gregoriano lento e dissonante de rosnados, que, no passado, lembrava-a do som de alerta do fundo da garganta de um cachorro quando a violência é iminente, quando o animal é encurralado e ameaçado. Ela tenta enxergar pelo para-brisa do Escalade.

O vidro dos carros não costuma quebrar em grandes cacos como aconteceria com uma janela ou um copo. Ele se esfarela de modo uniforme com o impacto e, em geral, permanece intacto, como diamantes. Lilly olha por esse prisma fraturado e vê a multidão de mortos reunidos em volta do Escalade. No jogo de sombras distorcido de fragmentos geométricos, ela vê errantes altos, baixos, corpulentos, emaciados, alguns que são pouco mais que esqueletos recobertos de carne mofada, todos atraídos até o SUV acidentado. O coração de Lilly quase para. Ela não vê escapatória. Não há saída. Em questão de minutos, o Escalade será completamente engolfado. Será um desafio oferecer uma perspectiva positiva dessa situação para as crianças. Lilly já enfrentou probabilidades impossíveis, mas nada parecido com isso.

Retraindo-se com outro tremor que percorre o chassi, ela se vira para as crianças.

— Ssshhhhhhhhhh — sussurra. — Todo mundo precisa fazer muito silêncio. — Ela desliza delicadamente de baixo de Ash. — Vai ficar tudo bem. — Lilly consegue abrir um sorriso sofrido. Suas costas doem, a pontada lhe tira o fôlego. — Vamos ficar bem... se vocês... se prometerem ficar muito, mas muito quietinhos... e... dentro deste carro. Quero ver todo mundo concordar com a cabeça.

A maioria deles assente como um robô, remexendo-se, espremidos contra os outros nos bancos verticais estreitos. Lilly nota Tommy, a pouca distância a sua esquerda, enroscado em posição fetal, apavorado, vendo o enxame por um canto do para-brisa. O coro atonal de grunhidos se elevou a tal nível que é difícil ouvir um ao outro.

— Tommy, você está bem? Tommy?

Ele não responde. Está enfeitiçado. Lilly nota que Ash retira seu corpo com cuidado de baixo do garoto e pega o AK-47 de Musolino. Ela verifica a arma, puxa com toda a cautela a alavanca de carga, faz o mínimo barulho possível.

Lilly olha para ela.

— Ainda temos oito balas na Mossberg de Tommy.

— Eu tenho 12 balas no pente. — Ash apalpa a perna direita, procurando pela bainha de couro. — Também tenho a faca Randall.

O SUV se sacode, uma das crianças na traseira geme baixinho de terror. Um número cada vez maior de criaturas bate no chassi, raspando as laterais, em busca de pontos fracos. O veículo virado de lado oscila, o interior estofado se fecha sobre Lilly como um caixão luxuoso, claustrofóbico e sufocante, enquanto é engolfado por um número cada vez maior de criaturas. Ela assente para Ash.

— Tem um machado dentro de um engradado em algum lugar, Musolino deixava à mão. Procure embaixo do banco.

Ash se contorce e se agacha, desajeitada, estendendo a mão embaixo do banco vertical. Coloca a mão em volta de um machado de jardim de um metro, novo em folha, da Ikea.

— Vai servir bem — resmunga ela, mais para si mesma do que para Lilly. — Vamos fazer o maior silêncio possível.

Lilly verifica a pistola .22.

— Ainda tem um pente cheio para a Ruger...

— Que ótimo! — A voz de Tommy penetra a tensão como um picador de gelo. — Deve haver balas suficientes para dar um tiro na cabeça de cada um de nós!

— Tommy! — Lilly fala com ele num silvo, não exatamente furiosa, apenas zumbindo de adrenalina e emoção, e talvez até meio irritada, porque ela sabe que ele tem razão. Não existe narrativa em que eles saiam dessa lutando. — Guarde isso para você, está bem?

Ele meneia a cabeça.

— Tanto faz. — Ele a olha, seus olhos brilham. — Desculpe. É idiotice minha. — Uma lágrima aparece no canto do olho. — Para falar a verdade... não quero morrer agora.

Ela toca de leve na lágrima, enxuga o rosto dele.

— Nem eu, garoto. Por isso vamos tentar não morrer.

— Você mente muito mal — diz ele com seu típico sorriso torto.

Ash olha para Lilly.

— Uma coisa é certa. — Ela enxuga carinhosamente uma lágrima do rosto de *Lilly*. — Se morrermos, vamos morrer juntos, e vamos fazer isso com estilo.

Lilly a olha.

— E vamos levar o máximo que pudermos desses filhos da puta.

Ash assente para ela e olha para Tommy, que agora está numa calma pétrea. O jovem assente para Ash, depois se volta para Lilly.

— Prontos? — diz ela. — Vamos sair pelo teto solar.

Os outros dois concordam com a cabeça, nervosos, nem remotamente preparados.

DEZ

Parece um mergulho em um matadouro, o ar úmido e pegajoso, os odores acobreados de sangue e vísceras que os pressionam. Lilly se espreme pelo teto solar, batendo no chão e rolando por certa distância, caindo em meia dúzia de errantes desprevenidos, derrubando-os como pinos de boliche. Ash vem atrás dela, mergulha e rola com os ombros para outro lado. Tommy atira-se atrás das duas, soltando um grito de guerra desarticulado, de imediato colocando-se de pé e atacando com o facão.

Lilly começa pela fileira mais próxima de cadáveres eretos, dando um golpe de revés no crânio do primeiro com a faca Buck de 28 centímetros, abrindo um sulco fundo no osso craniano, na dura-máter e na massa encefálica, provocando um jorro de sangue pelo ar. Ela gira o corpo e golpeia outro com a faca, e mais um, e ainda outro. Ela logo fica salpicada, pontilhada e borrifada de sangue e já perde de vista seus camaradas. Seus olhos se recobrem de um manto vermelho e viscoso, como se um filtro tivesse sido puxado sobre o campo de visão. A coluna arde, a dor pungente lhe tira o fôlego. São criaturas demais aproximando-se dela por todos os lados; ela começa a executar um giro controlado, apunhalando um crânio depois do outro. Os corpos cambaleiam e caem, um após o outro, lançando borrifos enegrecidos de fluidos corporais lodosos e um longo ejaculado de fluidos cerebrais em espiral pelo ar.

Na visão periférica, Lilly tem apenas vislumbres nebulosos de Ash e Tommy em flancos opostos, esfaqueando, cortando e atacando.

Por um momento glorioso, Lilly tem a impressão de que eles de fato podem vencer as probabilidades e abrir caminho, lutando contra esta turba paralisante de mortos. Mas as ondas continuam chegando, chegando, chegando, seu tamanho e sua intensidade aumentam.

De súbito, Lilly se vê cercada por duas dúzias de homens parrudos numa formação ao acaso, aproximando-se dela com uma sede feroz de sangue, aos rosnados. Alguns dos mais velhos exibem trajes fúnebres grudados à carne em decomposição, seus rostos cadavéricos cheios de marcas apodrecidas e incisivos amarelados e irregulares que brilham no sol do fim de tarde. Alguns mais novos vestem couro furado e esfarrapado, com bordados indecifráveis de esquecidos clubes de motoqueiros.

Tommy e Ash progrediram no lado oposto da clareira, abrindo um talho de pelo menos 15 metros de largura pela investida, mas agora a dupla se meteu em apuros, encurralada por uma salva inesperada de criaturas provenientes do outro lado do SUV virado. É quando Lilly ouve os gritos das crianças.

Ela olha por cima do ombro. Só por um instante. Tempo suficiente para ver a *blitzkrieg* dos mortos que cercam o Escalade, um número incontável deles, em todas as fases de deterioração, alguns eviscerados, alguns tão mutilados que não podem ser reconhecidos como humanos, alguns arranhando estupidamente o para-brisa quebrado e as janelas laterais, grande parte deles empurrando-se no veículo com pressão coletiva suficiente para fazê-lo balançar de lado. Lilly está longe demais para fazer algo a respeito, e o reconhecimento desse fato, bem como a pausa momentânea em seus movimentos de ataque, tira-lhe o equilíbrio, e ela tropeça nos próprios pés.

Ao cair no chão, batendo a parte sensível da base das costas em uma raiz exposta, Lilly solta um grito involuntário de agonia. A dor aguda e escaldante dispara por sua coluna e lhe tira o fôlego. A faca escorrega da mão, a arma desliza pelo chão. Ela a procura loucamente, às apalpadelas, mas a perde no sol.

Alarmes disparam em seu mesencéfalo. Ela pisca, agora a visão é baça, mal consegue registrar as figuras borradas e indistintas que assomam nela. Ela procura pela arma, tateando. Algo pressiona uma perna e ela percebe de repente que está sendo atacada. Uma das criaturas — agora de quatro, recurvada sobre a perna esquerda de Lilly — abaixa-se para dar uma mordida na parte carnuda da coxa.

Naquela fração de segundo antes de a coisa afundar os dentes na artéria femoral de Lilly, ela segura a criatura pelos lados da cabeça.

Chame isso de instinto de sobrevivência, ou chame de memória genética, mas, seja qual for a origem, naquele momento Lilly ignora as chances astronômicas contra ela e mantém o aperto de ferro na cabeça da criatura, dando pouca atenção aos outros cadáveres maltrapilhos que agora descem sobre ela. Desconsidera o odor dominador que a engolfa, o fedor seboso, sombrio e rançoso de carne podre. Na verdade, não pensa nada no fato de que será devorava em questão de segundos.

Naquele momento, no terrível instante antes de as demais criaturas caírem em cima dela, ela se concentra unicamente naquelas duas pupilas leitosas e brancas que a encaram de cima, do fundo de cavidades oculares ocas. O olhar de Lilly ainda é implacável, firme como uma rocha. Ela encara aqueles olhos ferozes, vazios e sem compreensão com um desafio quase sereno. *Você nunca vai nos impedir*, diz ela com aquele olhar. *Sou apenas uma entre muitos.*

O pensamento ecoa em sua mente enquanto ela fecha os olhos e espera pela morte.

O estrondo de um fuzil de alta potência se perde no devaneio final de Lilly. Mas, quando o borrifo frio e molhado de sangue cai em seu rosto, ela abre os olhos.

No início, ela não confia no que vê. A mente prega todo tipo de peças quando a corda se parte, quando a morte é iminente. Esqueça a luz no fim do túnel. No fim, o cérebro produzirá alucinações nítidas. É por tudo isso que Lilly não consegue acreditar que a mesma cabeça que esteve segurando em um aperto de torno entre suas mãos suadas literalmente explodiu.

Um gêiser vertical de sangue jorra de um buraco de 5 centímetros acima da ponte do nariz da criatura, e o corpo da coisa enrijece subitamente com aquela estranha corrente elétrica fantasma. Lilly ainda segura a cabeça da criatura enquanto o resto dela fica flácido em suas mãos. Tomada de pânico, petrificada pela expressão quase tranquila que atravessa a face do monstro, Lilly finalmente a solta.

O agressor desaba no chão ao lado de Lilly em uma poça crescente de fluidos. Soam outros tiros. Lilly se senta. Voltando a se orientar por etapas, ainda tonta do evento de quase morte de um minuto atrás, ela vê imagens oníricas de cabeças jogadas para trás em uma momentânea câmera lenta, esguichando uma névoa cor-de-rosa a toda volta. Corpos viram, caem, tombam no chão em amontoados. Os cadáveres vestidos de couro, os homens antes velhos com roupas risca de giz esfarrapadas e furadas, as mulheres inchadas e afogadas, as vítimas da enchente, adolescentes em que faltam pedaços no tronco, sua cintura derramando um jorro de intestinos como que apanhados em fitas de mastros — cada um deles agora desmorona em pilhas desajeitadas.

A esta altura, Lilly colocou-se de pé e recuperou os sentidos o bastante para ver a origem de seu salvador de grosso calibre.

— ASH! — A voz explode 100 metros ao norte, emana de um homem de cabelos pretos, de pé no banco traseiro de um Jeep Wrangler empoeirado. Estacionado em uma clareira ao lado de um celeiro estropiado e danificado pela enchente, o Jeep está em ponto morto em uma nuvem da própria fumaça do escapamento. Seus outros dois ocupantes colocam-se em lados opostos do veículo, cada um deles empoleirado em um estribo, um com uma Remington 700, o outro com um fuzil tático M24. Cada homem dispara à vontade, derrubando uma criatura depois de outra, limpando aos poucos o meio hectare que cerca o Escalade.

No banco traseiro do Jeep, Jamie Quinn tira os olhos só por um momento da mira do fuzil semiautomático AR10. Ainda lhe restam nove balas no pente e não há tempo a perder. Mas neste momento ele precisa estreitar os olhos contra o sol poente a fim de ver se eles estão lhe pregando peças.

Mesmo desta distância, ele reconhece facilmente a mulher no chão que agora há pouco empurrou o cadáver flácido para longe e luta para se levantar — o cabelo ruivo desbotado, o rabo de cavalo, as miçangas e os jeans rasgados. É Lilly Caul, e ainda luta. Graças a Deus. Mas Jamie Quinn ainda vê a figura inconfundível de uma mulher escultural do outro lado da clareira infestada de errantes. Está com uma blusa sem mangas preta e esfarrapada e calça de brim suja de sangue, a faca Randall chora, despachando um monstro atrás do outro. Ele vê seu corpo de nadadora característico e os músculos dos braços compridos.

— ASH! — ele grita mais uma vez, a voz se perde nos ventos. — ASH!... *ASH!*

Ele leva a mira novamente ao olho, vê outro grupo de criaturas se aproximando de Lilly e abre fogo. Seis disparos ribombantes consecutivos, as cápsulas cuspidas da câmara, tinindo e tilintando no chão. Outros errantes caem por trás da mira, um depois de outro virando como garrafas em queda, um estouro de rolhas, uma névoa de sangue efervescente como bolhas de champanhe rosé. Mas onde estão as crianças? Onde estão seus filhos — Trudy, Chelsea e o pequeno durão Bobby? Onde eles estão, merda?

— Alguém está vendo as crianças?! — Quinn grita para seus companheiros sem tirar os olhos da mira. — Acham que eles estão naquele Escalade virado?

— Não sei, talvez sim. — Frank Steuben puxa o mecanismo de armar de sua Remington. — Agora temos mais errantes indo para o garoto... às nove horas... à esquerda. Está vendo? Logo atrás de Ash!

Os três atiradores desferem outra saraivada de tiros na clareira a 100 metros de distância e Quinn acaba com as balas restantes no pente. A barragem estrondosa dos fuzis dos outros homens continua inabalável enquanto Quinn ejeta o cartucho usado, pega um pente novo no cinto e o encaixa no receptáculo abaixo da coronha. Puxa a alavanca de carga e dispara outra meia dúzia de tiros, com o olho na mira, prendendo a respiração, observando as criaturas distantes se debaterem, rodarem e caírem em halos de névoa cor-de-rosa mais radiante pelo ângulo crepuscular do sol.

No campo de visão estreito da mira, Quinn vê que a situação com Ash e os outros muda depressa. A clareira encharcada de sangue, envolta em densa fumaça azul e partículas de poeira cintilando nos raios de sol, está quase livre de mortos reanimados — pelo menos no momento —, a segunda onda ainda sai da floresta vizinha a uns 400 metros. E agora parece que Ash enfim reconheceu a origem do fogo amigo, ou pelo menos volta sua atenção para ele. Fica imóvel por um momento, olhando bem à frente, a expressão é contorcida de confusão, ela olha diretamente a mira.

As entranhas de Quinn se retraem de emoção quando ele a vê acenando, o rosto dela se iluminando com a revelação de que seu homem voltou. Ele ouve seu chamado distante, a voz tão bonita, densa como mel, e rouca.

— AH, MEU DEUS, QUINN?! QUINN! O QUE...?!

Atrás dela, o garoto — Quinn não se lembra bem se o nome é Tommy ou Timmy — virou-se e correu de volta ao Escalade com Lilly. Os dois passam a balançar com fúria toda a monstruosidade virada de lado, com a maior força e rapidez que podem, numa tentativa frenética de colocar a coisa sobre suas rodas. Quinn baixa a mira e acena loucamente para ela.

— SIM!... ASH!... SOU EU! FIQUE AÍ, ESTAMOS CHEGANDO!!

A empolgação de Quinn distraiu os três homens a tal ponto que ninguém ouve os rumores de errantes saindo da mata mais profunda atrás deles, pelo menos 25 criaturas adultas e grandes, atraídas pelo tiroteio. Enquanto os homens voltam para o Jeep, nenhum deles nota os dois ex-agricultores — agora decompostos em cadáveres enrugados e desidratados, de macacão de brim sujo e puído — avançando para o Jeep no momento em que o veículo se move, as rodas traseiras espirrando lama no ar.

A maior das duas criaturas consegue prender a garra ossuda da mão em volta do tornozelo de Caleb Washburn. O ímpeto para a frente do Jeep de imediato arranca o errante do chão e o carrega com o veículo. Caleb solta um grito que quase parece canino, uma explosão de choque involuntário que o faz bater como louco a perna direita enquanto ele procura a arma.

O monstro pega o pé de Caleb com os dentes. Incisivos putrefatos penetram o couro da bota de trabalho de Caleb. Quinn vê tudo isso se desenrolar e tenta dar uma guinada para lançar a criatura para fora do Jeep. Mas isso só faz Caleb Washburn escorregar da beira de seu banco e passar por cima do estribo, esparramando-se no chão ao lado do Jeep, com o errante ainda preso a ele.

Quinn dá meia-volta e ronda até Caleb e o errante, jogando uma esteira de húmus encharcado das rodas traseiras, enquanto Frank Steuben dispara quatro tiros rápidos de seu revólver Taurus 44 nas duas figuras no chão a uns 10 metros. Empurrada pelo Jeep rabeando, a mira de Frank é desviada e as balas eram o alvo por centímetros, perfurando o ombro e as costelas do agressor, pouco fazendo para retardá-lo.

Enquanto isso, abaixo da criatura, Caleb se contorce e luta enquanto o monstro procura seu pescoço, rasgando-o com uma fome feroz. Por fim, Caleb segura a Glock .9 na mão direita e pressiona a boca do cano ao lado do crânio da fera. Um único tiro faz cuspir massa encefálica do outro lado da cabeça da coisa, fazendo-a arriar instantaneamente e desabar em cima de Caleb, depois escorregar dele para o chão.

Parada em meio ao campo de batalha de restos de errantes desfigurados e contorcidos, com a pulsação acelerada, o corpo parecendo um diapasão vibrando de adrenalina, Ashley Lynn Duart fica tão animada com o aparecimento de Quinn que deixa de prestar atenção em seus arredores. Mal registra o fato de que Tommy e Lilly estão bem ao lado dela, balançando loucamente o Escalade, tentando com todas as forças virá-lo sobre as próprias rodas. Só o que Ash consegue perceber é o Jeep de Quinn correndo na direção deles, atravessando o campo e estreitando a distância a cada segundo que passa.

Ash nem mesmo nota a segunda onda de errantes que vem das sombras compridas dos pomares irregulares a oeste. Nem percebe o homem ferido no Jeep de Quinn à medida que ele se aproxima, a pobre alma agora se contorcendo de dor na traseira, o pé esquerdo, a perna esquerda e a parte inferior do abdome sangrando profusamente pelo ataque do errante. Ash também não nota Frank Steuben tentando com valentia estancar a hemorragia de Caleb com um pedaço de sua camisa, como um torniquete improvisado. Mas esses são acontecimentos banais se comparados com a coisa mais importante que passa despercebida a Ash.

Ela não vê o caminhão Ford amassado e coxo que vem do norte na direção do Escalade, puxando um trailer Airstream prateado e pontilhado de ferrugem, triturando uma fila depois de outra de mortos ambulantes.

— Mais devagar, Daniel, por favor... *bem* mais devagar. — O homem inclinado para fora da janela do carona quebrada e recortada da cabine fala com uma calma sinistra por trás da gaze manchada das ataduras faciais, apesar de seu cérebro arder de cólera, tristeza e dor. A esposa de 32 anos está morta, seus sonhos de um mundo melhor — um lugar seguro para viver, crianças bem alimentadas, dias tranquilos — tudo isso literalmente virou fumaça. Seu complexo foi destruído. Todos os seus filhos e sua família ampliada ou morreram, ou foram sequestrados. Seu corpo e sua alma foram frustrados por uma mulher cruel — a mesma agora visível nas ondas de calor distantes e no sol minguante, lutando para colocar um SUV virado sobre suas rodas antes do avanço do próximo regimento dos mortos.

Spencer-Lee Dryden fica muito calmo enquanto o caminhão e o trailer param numa derrapada, criando ondulações pela estrada de terra inundada a 50 metros do Escalade — surpreendentemente calmo, em vista da agonia incessante que se irradia de suas queimaduras faciais de terceiro grau por baixo dos curativos. Ele se vira para o motorista.

— Deixe ligado, Daniel.

— Espere aí, hmm... tá, mas... e depois...? — Daniel Klouse, nervoso, coloca a marcha do Ford na posição de estacionamento e olha por cima do ombro a população ambulante de mortos que se arrasta por uns 3 quilômetros quadrados de mata emaranhada, lavouras murchas e terras agrícolas inundadas. Um ex-presidiário nodoso e desengonçado, com uma camisa de flanela sem mangas e óculos escuros Oakley, e uma cornucópia de tatuagens enfeitando a musculatura marmórea, Klouse costumava jogar xadrez na prisão. Lembra-se de ter sido ensinado por um dos melhores — um incendiário velho e grisalho — que martelava na cabeça de Klouse a diretriz principal dos grandes mestres do xadrez: sempre calcule pelo menos quatro movimentos à frente de seu adversário. Por isso agora Klouse não consegue parar de pensar que eles precisam dar o fora dali sem perder mais um segundo.

Quatro movimentos à frente do atual provavelmente envolverá Klouse e qualquer outro ser humano no raio de 1,5 quilômetro a virar jantar para o segundo enxame escandalosamente imenso que neste momento sai das ravinas e barrancos dos charcos circundantes.

— Isto não vai demorar muito. — Spencer-Lee informa a Klouse, olhando pelo para-brisa. Ele pega uma caixa retangular e comprida entre os bancos. A gravação em estêncil diz SOMENTE PARA USO TÁTICO DA SWAT, e a tranca mostra evidências de arrombamento. Até aquele momento, Spencer-Lee não pôde usar a arma que está dentro da caixa por causa do risco que representava para as crianças. Ele preferia morrer a colocar em perigo a vida de seus preciosos, meigos e inocentes filhos. Eles são tudo para Spencer-Lee. São tudo o que lhe resta.

Abaixo da tampa de metal amassada, Spencer-Lee encontra a arma lubrificada e brilhante aninhada em sua concavidade de feltro. Foi retirada anos atrás — perto do início do surto — do depósito tático da

SWAT no distrito congressional de Spencer-Lee. Seu congressista lhe devia um grande favor e trocou as chaves daquele depósito pela vida da própria família.

Agora ele retira a coisa rapidamente, monta a parte traseira e a carrega com um projétil. Klouse observa com um interesse mórbido. Ele viu essas coisas em filmes, mas nunca na vida real.

Enquanto isso, Spencer-Lee abre a porta da cabine e sai com a arma pesada e volumosa no ombro, como um jugo. Avança espirrando a água estagnada.

Ele vê a aproximação do Jeep — talvez ainda a 40 ou 50 metros — e se coloca sobre um dos joelhos. Aponta com atenção o RPG, colocando o Jeep bem ligeiramente na mira.

ONZE

Quinn e seus homens ainda estão a bons 30 metros do Escalade, contornando um trecho de terreno alagado — Ash, rindo, com as emoções vertiginosas de uma adolescente —, quando a granada com propulsão a foguete é lançada, pouco mais de 50 metros ao norte.

De um tronco próximo, um bando de corvos irrompe num voo com a explosão do RPG — uma mancha de tinta espalhando-se venenosamente para o alto, pelos tons pastel do sol poente —, anunciando o voo de um projétil feito pelo homem, decididamente mais perigoso.

O borrão do foguete com barbatana de tubarão risca o ar úmido, espirala para o Jeep e parece quase surreal, como se procurasse seu alvo móvel. Acontece com tanta rapidez e de forma tão inesperada que Ash simplesmente fica parada ali, a mão que acena ainda erguida, mas agora paralisada, imóvel. O Jeep explode a 25 metros do Escalade.

A força do estouro levita o veículo 3 metros no ar, e o estrondo sônico abala a Terra. A explosão secundária acontece quando o tanque de combustível se incendeia e a bola de fogo imola o Jeep, assim como os restos de todos os errantes jogados pelo chão em um raio de 50 metros.

A onda de choque arranca Ash do chão e a catapulta de costas por 6 metros, depositando-a em um trecho pantanoso e encharcado. A terra molhada e esponjosa deve ter salvado sua vida; se tivesse batido em algo duro, certamente teria morrido. Ao mesmo tempo, uma onda violenta de energia atinge a parte de baixo do Escalade, ironicamente colocando o SUV sobre as rodas — na posição correta —, enquanto Lilly e Tommy mergulham para escapar dos destroços, estilhaços e partículas que voam por todo lado.

Metal retorcido, lascas de plástico derretido e quente e uma supernova de cacos de vidro voa pelo ar, parte dela perfurando as laterais do Airstream, a 50 metros de distância, com a força de uma tempestade vertical. A corrente de ar joga Spencer-Lee Dryden no chão, e um pedaço irregular do diferencial do Jeep, afiado como uma lança, atravessa o para-brisa da cabine.

Daniel Krouse tenta se abaixar, mas não é tão rápido, e a extremidade pontuda do ferro empala sua cabeça, prendendo-o na parede corta-fogo atrás dos bancos.

Instantes depois, o ar chia após a explosão. Com os ouvidos tinindo, a dor latejando na coluna, Lilly Caul rola, coloca-se de costas e olha boquiaberta o firmamento que parece em choque com as cores sinistras pintadas no céu do anoitecer. O tinido nos ouvidos traga por um momento todos os outros sons ambientes. Ela se senta e percebe que agora o Escalade está na posição certa, sobre as quatro rodas, e começa a recuperar o senso de orientação. Vê as crianças nos bancos traseiros se mexendo, olhando pelas janelas, aparentemente incólumes. Onde está Tommy? Em seus ouvidos surdos, um assovio fraco e agudo se eleva acima do tinido.

Pelo canto do olho, ela vê o garoto de quatro a cerca de 6 metros dela. Parece que ele esteve vomitando, o rosto pálido é parcialmente queimado pela pólvora, o olhar se volta para baixo e está fixo na relva pantanosa. Ela consegue se colocar de pé, mas a vertigem ameaça derrubá-la. É quando vê o Airstream, 50 metros atrás de uma pilha de troncos caídos, ainda parado, o sangue espalhado pelo interior do para-brisa da cabine. Ela supõe que os dois homens na cabine bateram as botas, mas, pouco antes de virar a cara, tem o vislumbre de um sujeito parrudo e de meia-idade atrás do Airstream, deitado de costas no chão, contorcendo-se de dor, desorientado pela explosão percussiva do RPG, com o rosto coberto de ataduras.

Isso a coloca em movimento. Ela se apressa até o garoto, segura-o e o puxa, colocando-o de pé. Sua audição ainda é obstruída pelos efeitos traumáticos da explosão, os ouvidos ainda têm um chiado incessante, ela vê os lábios do garoto se mexendo, mas não escuta uma palavra sequer. Só o que ouve é o assobio agudo elevando-se acima do chiado como uma chaleira fervendo. Ela puxa Tommy para o SUV.

— Entra! Rápido! Precisamos sair daqui! AGORA!

Lilly mal consegue ouvir a própria voz, mas vê Tommy cambaleando para a porta do carona, segurando a maçaneta, abrindo-a e entrando. A porta se fecha com estrondo, mas Lilly escuta apenas aquele guincho fraco em falsete que parece vir da traseira do Escalade. Com muito esforço, a coluna rígida e dolorida, ela se equilibra no quarto traseiro do Escalade e apressadamente contorna a traseira.

Ash está ajoelhada atrás do SUV, tem os ombros arriados, o rosto é uma máscara de agonia, os olhos estão fixos nos destroços queimados do outro lado da clareira. Ela está gritando. Lilly se aproxima e coloca a mão em seu ombro.

— Ash! Precisamos ir! Agora! ASH! ASH!

Em todos os eventos trágicos e infelizes que aconteceram aos humanos por todos os anos da praga — e isso inclui grandes roubos, fome, torturas, sequestros, estupro, assassinato em massa, guerrilhas e todo tipo de brutalidades —, Lilly Caul ainda não tinha ouvido alguém gritar dessa maneira. O grito de Ash é um grito de horror existencial — um grito primal, puro e desenfreado de perda —, os olhos estão tão molhados de lágrimas e agonia que quase ficam luminosos. Suas lágrimas escorrem pelo rosto. O grito, enfim, se deteriora em um pranto estrangulado e convulsivo.

Lilly, com a audição parcialmente recuperada, puxa a blusa sem manga de Ash e fala:

— Ash, preste atenção. Escute. Se não sairmos daqui agora... e eu quero dizer *agora mesmo*... é muito provável que as crianças morram.

— Me deixa. Foda-se... Me deixa. — Ash olha para Lilly com uma tristeza de partir o coração em seu rosto. Sua voz falha. — Me deixa aqui, não quero ir a lugar nenhum, acabou, é inútil e acabou, a praga venceu, quem liga para esta merda...

Na visão periférica, Lilly vê a onda seguinte da horda — centenas, talvez milhares deles — vindo nesta direção, das sombras que se alongaram da floresta circundante e de lares arruinados. O crepúsculo quase deu lugar à noite, o céu agora tem a cor de uma ferida, rosa e salmão com riscos carmim. Bem ao longe, o horizonte tremula faíscas de relâmpagos, como se as tempestades dos últimos dias se recusassem a partir tranquilamente, um enorme motor que continua a rodar depois de ser desligado. A escuridão se aproxima.

A pulsação de Lilly se acelera, o foco se estreita, e aquele compartimento de aço reprime suas emoções. Ela dá um tabefe em Ash — não com muita força, apenas o suficiente para arrancá-la do trauma.

— Que merda. Não vou deixar você aqui e não acabou! Você vai se controlar pelas crianças! Entendeu? Responda com a cabeça! Se você entende o que estou dizendo, mexa a porra da sua cabeça. Olhe para mim, Ash! Olhe para mim! EU DISSE PARA MEXER A PORRA DA SUA CABEÇA!

Ash olha como se a cabeça pesasse 500 quilos, e assente, engole com dificuldade e assente mais uma vez, engole em seco de novo, com força. Mexe a cabeça pela terceira vez. Sua voz se altera, fica monótona, toda a emoção é removida:

— Vamos.

Lilly dirige. Tommy está sentado no banco do carona com a escopeta entre as pernas, seu olhar ansioso voltado para o retrovisor a seu lado. Ash está na segunda fileira, entre Bobby e Chelsea Quinn, abraçando as crianças, que se esforçam para não chorar. As outras crianças estão espremidas como bonecas russas, na segunda e terceira fileiras de assentos, nove pessoinhas agarradas umas às outras, comprimidas em uma catatonia suada, o medo mantendo-as imóveis.

Por um longo tempo, ninguém fala nada. É como se o coração e a mente estivessem se readaptando à perda, à nova dinâmica no Escalade de Musolino. As crianças testemunharam tudo nas últimas horas — cada episódio violento — pela janela estreita da traseira. Mesmo quando estavam caídas de lado, umas por cima das outras, viram cada troca de tiros, cada morte, cada arma afiada penetrar em cada crânio. Agora seu silêncio angustiado é perturbador para Lilly. Ela fica olhando pelo retrovisor, vê que as crianças a observam. A maioria tem as carinhas sujas exangues e pálidas de cansaço e trauma. Algumas têm riscos de sujeira correndo sinuosos pelas faces, onde as lágrimas secaram; outras chupam o polegar obsessiva e compulsivamente. Todas parecem ter caído em um torpor coletivo, como se o pavor e a incerteza queimassem fusíveis dentro delas.

Lilly encontra uma faixa de terra acidentada que antigamente servia como estrada de acesso para fazendas de tabaco e por ali entra, lenta mas decididamente rumo ao oeste, para longe das maiores concentrações da mega-horda, para longe da névoa invisível de fedor de morte, para longe do coro triturador contínuo que pode ser ouvido mesmo de longe, mesmo com o barulho de um motor de carro, como uma sinfonia dissonante de motosserras. Ela mantém a velocidade em 55 quilômetros por hora — rádio desligado, ar-condicionado desligado, faróis desligados — para economizar combustível. O painel mostra o tanque quase vazio. Eles taparam o buraco de bala no tanque com um pano, mas em breve vão precisar consertá-lo adequadamente e encontrar combustível.

As trevas emergem de todas as direções, o céu assume a cor de uma doença pulmonar escura, o ar esfria, a mata mais espessa ao norte cai em sombras densas, opacas como cortinas de veludo.

Lilly Caul conhece melhor do que ninguém esta extensa área rural ao sul de Atlanta, mas nem *ela* sabe onde está, a não ser quando dá com uma placa na estrada ou alguma referência na paisagem. Ela acredita que a perseguição fez com que eles se desviassem de Woodbury por vários quilômetros. Estima que estão pelo menos na metade do caminho para a divisa com o Alabama, isso se não se afastaram mais.

Eles têm de estar, pelo menos, a oeste de Luthersville, mas pode ser o oeste de LaGrange, e isso representará ao mesmo tempo vantagens e desvantagens. Ela se lembra vagamente de haver um motel em algum lugar por ali, se conseguir encontrar as ruínas do que costumava ser a rodovia 85.

Ao lado dela, Tommy lança incontáveis olhares para o retrovisor. Lilly descobre o que ele está olhando: as vastas fazendas infestadas de errantes atrás deles, os destroços fumarentos do Jeep de Quinn e aquele Airstream amassado recuando ao longe e escurecendo. Ela fica de olho naquele trailer prateado e em sua cabine também, mas não pelos mesmos motivos de Tommy. Tem as próprias razões e pretende revelar aos outros no devido tempo.

Cinco minutos depois, eles chegam aos restos arruinados do que antes era uma importante artéria de transporte na divisa Geórgia-Alabama. Agora, no breu e iluminada somente pela lua, a interestadual dividida em quatro pistas parece uma ruína antiga e escura saída das páginas finais de um guia de viagens a Roma — o Pórtico Perdido de Cimento, talvez, ou o Coliseu de Concreto de Pine Valey —, estendendo-se em ambas as direções até onde a vista alcança. Parte dos viadutos foi levada pelas águas ou desmoronou por falta de manutenção; só o que resta são colunas de suporte profanadas que se elevam ao céu como velas apagadas. Antigos escombros e carcaças de veículos estão irreconhecíveis pela ação do tempo.

Lilly pega a estrada e ruma para o norte, na direção das cidades fantasmas de Hogansville e Franklin e da floresta do delta do rio Chattahoochee depois delas. Dirige por mais ou menos um quilômetro e meio, costurando por entre as cascas viradas e enferrujadas de carros abandonados e os viadutos atapetados de kuzdu, quando, de súbito, sem aviso algum aos outros, reduz e para.

Ash já está olhando o trevo melancólico, confusa. Tommy, com um vinco marcando a testa, avista por cima do ombro uma placa na estrada crivada de balas onde se lê COLUMBUS 92 KM.

— Woodbury não fica para o outro lado? — pergunta ele, olhando para Lilly.

— Não podemos ir para lá agora. Ainda não. Temos que encontrar combustível em algum lugar, e tem uma coisa que preciso fazer antes de voltarmos para casa.

Ash se manifesta.

— O que foi? — Sua voz é rouca e cansada. — Do que estão falando? O que está aprontando, Lilly?

— Me dê um minuto — diz ela, retirando a pistola Ruger do estojo, puxando o *slide* para trás e verificando a agulha. — Prometo explicar tudo. — Ela abre a porta, para e olha as crianças. — Tapem os ouvidos, vocês todos, vai haver um disparo.

Ela sai do carro, aponta para o céu noturno e dá um único tiro. O cano berra e provoca um lampejo de luz prateada nas nuvens, um disparo ecoa pelo Chattahoochee.

Ela volta para dentro do carro e bate a porta. Bate com força.

Tommy a encara.

— Quer explicar que diabo está acontecendo?

Ash se intromete.

— Lilly, não sei se você lembra, mas deixamos um homem vivo lá atrás. O barulho desse tiro não vai atrair só os errantes.

— Eu sei, eu sei, e é exatamente por isso...

— Não, acho que você *não sabe*! Acho que não tem a menor ideia do problema que temos aqui. Aquele homem é um louco fodido.

O pequeno Teddy Nesbit bate as mãos minúsculas nas orelhas e grita:

— Parem de xingar!

Ao lado dele, Tiffany Slocum chora baixinho, as lágrimas se acumulam nos enormes olhos azuis. Isso desencadeia uma epidemia de choramingos e murmúrios nas duas fileiras de assentos. Mercy Slocum começa a chorar, e os polegares de muitos ali vão para a boca.

— Tá legal. Tudo bem. Todo mundo se acalmando. — Lilly se vira e olha todas as caras de coruja no brilho verde da luz do painel, as expressões de reticência, trauma, profundo cansaço e choque debilitante. Com delicadeza, ela coloca a mão no joelho do pequeno Teddy.

— Prometo que vamos evitar os palavrões. — Ela olha os outros. — Vou levar todos vocês de volta a Woodbury, sãos e salvos. Vocês têm a minha palavra. Tudo em sua hora. — Ela olha para Ash. — O caso é que eu *queria* que aquele feioso ouvisse a arma barulhenta.

Ash a encara.

— Por que, tia Lilly, você faria uma coisa tão... *boba*?

— Porque eu quero... atraí-lo para uma brincadeira, por assim dizer.

Tommy fica boquiaberto.

— Do que você está falando?

Depois de uma longa pausa procurando mentalmente outra forma de dizer isso, ela enfim responde:

— Nós vamos matá-lo.

PARTE 3

O céu sangra

Deste-me força para o combate;
subjugaste os que se rebelaram contra mim.

— Salmos 18:39

DOZE

A manhã surge luminosa e clara sobre as terras limítrofes, indomadas, a sudoeste de Atlanta. O sol afugenta a neblina da madrugada que se gruda às vias secundárias e florestas de pinheiros, limpando as planícies alagadas com a força de uma chama cauterizante.

Passaram-se apenas dias do advento da enchente histórica. Na ausência de uma agência meteorológica, sobreviventes locais batizaram a tempestade tropical da semana anterior de Scarlett, de Scarlett O'Hara, a arquetípica beldade sulista petulante, mimada e volátil. Mas agora, com o clima acolhedor do final de verão, muitas porções pantanosas das fazendas já começaram a retroceder ou, em alguns casos, secaram-se por completo. A única área que permanece quase intransitável é a longa faixa de 240 quilômetros de planícies, paralela às curvas serpeantes do inchado Chattahoochee.

O rio largo, lamacento e pré-histórico — que forma uma divisa natural entre a Geórgia e o Alabama — tornou-se o irmão menor do Mississippi, um tronco primitivo correndo como um circuito pelo sul do país. Começando sua jornada bem acima, nas montanhas Blue Ridge, o Chattahoochee cai para o sul nas planícies costeiras purulentas ao sul de Tallahassee, onde por fim deságua no golfo. Pelo caminho, alarga-se intermitentemente em uma série de lagos estreitos, correndo em louco zigue-zague a caminho do mar.

Os historiadores acreditam que os primeiros nativos americanos viveram, já em 2000 a.C., junto desses deltas e orlas verdejantes que ladeiam a parte intermediária de centenas de quilômetros do rio. Segundo evidências arqueológicas, as sociedades primitivas acreditavam que essas águas tinham poderes místicos — nem todos benéficos. Capitães de embarcações fluviais do século XIX escreveram em seus diários sobre fenômenos fantasmagóricos tarde da noite nos baixios, aparições de antigos xamãs em balsas improvisadas realizando rituais e cerimônias. Em 1828, o capitão da barcaça *Julia Swain* contou ter visto todo um trecho de 1,5 quilômetro rio acima de Franklin adquirir um tom vermelho-escuro, enchendo-se do sangue de gerações passadas que encontraram um fim violento pela faixa de água cinza-verme. O século XX também gerou sua parcela de folclore, desde supostos locais de desova de corpos rio acima e abaixo até célebres tesouros enterrados da Guerra Civil que com frequência vêm à tona.

Naquela manhã, junto dos fétidos pântanos de maré e deltas inundados do ramo norte do Chattahoochee, aquele mesmo sol intenso brilha em um fusca modificado puxado por um cavalo de carga pela água estagnada de uma estrada. A estrada em ruínas corre sinuosamente para o sul e a maior parte da pavimentação está seca o suficiente para ser transitável. No momento, os dois ocupantes da carroça improvisada conversam indolentemente — apesar da barreira da língua — sobre as descobertas que fizeram nas últimas 24 horas. Eles viram coisas perturbadoras — os restos de milhares de corpos, a maioria errantes, espalhados pelas fazendas, assim como baixas humanas, cavalos semidevorados e dezenas de destroços de veículos —, como se uma batalha de uma guerra maior tivesse acontecido muito recentemente naquelas paragens.

Agora esses dois amigos seguem para o sul em ritmo lento, porém constante; seu cavalo exausto, espumando um pouco, ensopado de suor e soltando vapor dos cinco dias seguidos de viagem.

Depois de um tempo, o homem nas rédeas rompe o silêncio momentâneo e fala com um tom estudado ao olhar as margens inundadas do rio.

— Acho que nunca vamos saber o que aconteceu por lá.

— Mas você viu alguma coisa, não viu? — diz o mais jovem com um forte sotaque, a pele escura e áspera como casca de árvore dos dias e mais dias passados no exílio. Não é um homem desprovido de atrativos — os olhos pretos cintilam de inteligência, o rosto juvenil é vincado de uma tristeza fatigada —, mas mesmo agora, depois de dias de camaradagem com o homem mais velho, cruzando compulsivamente a metade inferior do estado, ele ainda emana um ar de estrangeiro, um estranho em uma terra estranha. — Vi isso em seu rosto.

O outro dá de ombros.

— Não sei, pode não ser nada, ou pode ser... *alguma coisa*.

— E o que foi?

O homem nas rédeas não responde de pronto, apenas estala a língua para o cavalo, preocupado com a forma física do animal. Já entrado nos 60 anos, David Stern veste uma jaqueta de seda em farrapos e um boné dos Braves e tem um cavanhaque grisalho. As queimaduras na face, que cruzam uma série de cicatrizes severas, desbotaram, e ele agora entrega sua aparência-padrão, de um envelhecido treinador de futebol universitário. Tudo isso mascara a solidão desesperada e a necessidade de encontrar sua querida Barbara.

— Tudo bem — ele fala por fim. — Por muito tempo, estive convencido de que Babs e os outros foram levados para Atlanta. Ouvimos os sequestradores falarem de ir para o norte, voltar para a cidade... simplesmente deduzi que tinham um lugar por lá. Mas depois de rodar por aquela cidade infernal durante meses, escapando por muito pouco com a pele intacta, passei a acreditar que estava enganado. Eles devem ter acabado em outro lugar.

— Mas você não acha mais isso? Viu alguma coisa lá atrás que o fez mudar de ideia?

O jovem de pele morena parece fascinado com a possível pista relacionada às consequências horrendas da perseguição. Sempre curioso, Rafael Rodrigo Machado é um feixe de contradições. Ao mesmo tempo que era um notório piloto de avião de drogas jogando com os cartéis em benefício próprio, um sujeito durão que preferiu uma pena de prisão à deduragem, ele também tinha um jeito meio infantil. Em apenas cinco dias, se tornou quase um filho substituto para David Stern. E Rafael está convencido de que o sentimento é recíproco.

— Eu vi uma caixa — diz, enfim, David Stern. — Em um dos veículos destruídos.

— Uma caixa?

O homem mais velho olha o mais novo.

— Já ouviu falar da Ikea?

— Do quê?

— Ai-qui-a. Loja de móveis. Acho que é escandinava. — Ele gesticula. — Grande. Um lugar grande. Todo tipo de coisas. Coisas baratas. — Ele gesticula de novo. — Acessível... para estudantes, casais jovens. *¿Comprende?*

Rafael ri.

— Sim, eu *comprende*. Temos uma em São Paulo. É ótima para estantes.

David Stern ri.

— É verdade... É verdade... e as almôndegas também não são tão ruins.

— Acha que sua esposa pode estar no meio disso?

David dá de ombros.

— Não sei. É como uma cebola, você começa a descascar... Sei lá. Tem uma Ikea grande na cidade. Não consigo lembrar se passei por ela. A verdade é que parece uma coisa que agradaria a Babs. Algo que Lilly Caul faria.

— Você diz, ir para uma Ikea?

— Não só *ir* para lá. — David olha para ele. — Pense bem. Deve ter todo tipo de coisas por lá, pode sustentar um grupo durante anos. Notou aquelas coisas espalhadas pelo campo? Lampiões, geradores pequenos... Deus sabe o que mais. Esse tipo de coisa pode ter vindo da Ikea.

— Mas como você sabe que era sua esposa? Como sabe que eram eles?

Um suspiro fatigado escapa de David Stern quando ele olha, pensativo, para as poças de maré férteis e as massas de terra contorcidas e musgosas que aparecem da enchente a oeste enquanto o cavalo espadana por 15 centímetros de água estagnada. O rio chegou a um pico alguns dias antes, levando um número inaudito de mortos na correnteza turbulenta, e os carregou para águas mais profundas, onde alguns se debateram e afundaram em grupos, povoando as profundezas como cardumes de coridoras, à medida que outros foram recolhidos nos baixios, cercados de água e presos no lodo, rosnando, impotentes, para o céu desapaixonado. Agora, cortinas de mosquitos e insetos aquáticos giram em nuvens brilhantes acima da necrópole alagada. Por algum motivo, a visão do curso d'água infernal e tomado de errantes pesa em David Stern enquanto eles passam. Torce suas entranhas e dele escarnece.

— Não sei de mais nada — resmunga. — Talvez eu só tenha certeza de que vou continuar procurando. Ela está por aí, em algum lugar.

No silêncio repentino, Rafael concorda com a cabeça, sem dizer nada, olhando o horizonte ao sul.

Ainda precisam explorar esta parte do estado. Foram bem longe, até Augusta, a leste, e à divisa com a Flórida ao sul, encontrando muita devastação, enxames de mortos sem rumo e as ruínas do que antes eram vibrantes cidadezinhas. Parece que os assentamentos sobreviventes minguaram, ou por atritos, ou por morte, ou talvez o pessoal tenha sido impelido para os subterrâneos (em muitos casos, *literalmente* embaixo da terra). Os parâmetros de busca de David — em seu típico estilo rígido — seguiram um padrão com muita lógica. Eles varreram três cantos do estado sem encontrar um vestígio que fosse de Barbara e dos outros, e agora embarcam na última parte da jornada.

Eles viajam para o sul, na maior parte do tempo em silêncio, acompanhando as convoluções do rio transbordado por quase uma hora. Na maior parte desse tempo, Rafael dá a impressão de trabalhar mentalmente em algo, de vez em quando olhando para David, depois correndo os olhos pela paisagem destruída a oeste. Rafael Machado não tem namorada, os pais faleceram há muito tempo, não tem amigos nem familiares sobreviventes. Enfim, ele fala:

— Conta mais uma.

David Stern sorri consigo mesmo.

— Nunca pensei que ficaria sem elas. — Ele franze os lábios, estala as rédeas e instiga o cavalo por um trecho arruinado pela água. — Tudo bem. Aqui vai outra para você. — Ele respira fundo, a lembrança acendendo-se no fundo de sua mente, calorosa e um tanto tranquilizadora. — Éramos umas crianças. Isso foi na era pré-histórica, quando os telefones tinham discos e eu tinha todo o meu cabelo. Nós éramos estudantes em Vanderbilt e saíamos de vez em quando. Não era nada sério. Babs tinha outro namorado, acho. Não consigo lembrar o nome dele. — Ele dá de ombros. — Não importa. De todo modo, eu não tinha certeza sobre ela. O júri ainda não tinha decidido, para falar a verdade.

— O júri? — pergunta Rafael, sem entender bem.

David ri.

— Desculpe, outra expressão americana. Como um júri, eu ainda não tinha chegado a um veredicto a respeito de Barbara. Ela era uma graça. Sem dúvida. Mas eu não sabia se ela estava caída por mim tanto quanto eu por ela. Entende o que estou dizendo?

Rafael concorda com a cabeça.

— Sim, claro.

— Mas, então, uma noite, fomos a um bar... uma taberna em Nashville... e tomamos um porre. Quero dizer, ficamos chapados. Ficamos tão bêbados que mal conseguíamos sair dali andando. Assim, quando estávamos indo embora, fiquei desesperado para fazer xixi. Ela me disse: "É só virar ali no beco." Achei uma boa ideia e foi o que eu fiz. E estava parado ali naquele beco escuro, pensando na vida, urinando na parede, quando uma luz azul começou a piscar em volta de mim. Era uma viatura da polícia. E aqueles dois patrulheiros me encurralaram com a lanterna na cara e me disseram que tinham de me levar por atentado ao pudor ou coisa assim. Eu fiquei perplexo. Tonto. Confuso. E já estava saindo com eles quando aquela voz gritou.

Rafael está sorrindo.

— Era Barbara?

— Bingo. — David meneia a cabeça com a lembrança. — Lá vinha ela, andando pelo beco na nossa direção, bêbada feito um gambá, mas controlada. E acredite em mim quando eu digo, ela, na época, era uma beleza. Linda de morrer. Com o vestido leve, as curvas, os cachos louros e compridos e os olhos azuis... parecia uma pintura de Michelangelo. E ela diz aos policiais: "Com licença, mas este é meu namorado e de jeito nenhum vou para casa sem ele, e, aliás, isso é totalmente indigno de vocês, como agentes da lei."

Rafael sorri.

— Muito bom.

— É, bom... no início eu me retraí, pensando que eles iam me condenar. Mas então vi os dois policiais se entreolhando e foi como mágica. Ela os pegou. Na hora. Ela os conquistou. Eles abanavam a cabeça e tinham um leve sorriso, enquanto ela continuava: "E a propósito, se não estou enganada, os dois cavalheiros são de constituição masculina e provavelmente urinaram, vocês mesmos, muitas vezes nas portas, mais vezes do que se pode contar nos dedos. Se eu estiver enganada, façam o favor de acusar este homem. Mas se vocês têm alguma consciência, vão liberá-lo desta vez só com uma advertência, para que ele possa me acompanhar com segurança de volta a minha república, o que, como sabem, é o dever dele como cavalheiro, apesar de seus hábitos de higiene."

Dando uma gargalhada, Rafael assente e fala:

— É uma mulher e tanto, não?

David sorri.

— É verdade, é uma mulher e tanto. De fato, tenho de confessar que, naquela noite, naquele momento, percebi que estava caidinho por essa garota. Ela era tudo que sempre sonhei. Ela era... a minha garota. Daí em diante.

Rafael concorda e pensa nisso, e eles viajam mais algum tempo em silêncio.

Por fim, David Stern fala em voz baixa.

— Ela ainda é linda de morrer... você vai ver.

No fim da tarde, eles tinham atravessado quase 45 quilômetros de estradas alagadas e de terra que serpenteavam no vale inundado do rio Chattahoochee. No caminho, passaram por várias cidades pequenas e ribeirinhas — West Point, Fort Valley, Hemdale — que sucumbiram à enchente, seus pequenos chalés e gazebos, anteriores à Guerra Civil, embaixo de 6 metros de água, os diques e represas submersos ou destruídos pelas tempestades. David lembra que essa parte do rio tem uma represa mais ou menos a 1,5 quilômetro, na qual, em uma época mais feliz, as famílias gostavam de passear de barco e pescar.

Agora o dia ficou quente como uma fornalha acesa, nem uma nuvem no céu pálido — o sol é um deus furioso que atira a justa infelicidade nos pântanos de maré ferventes, nas hordas dispersas de mortos e nos vilarejos de pescadores decrépitos e sacudidos pelas tempestades. A visibilidade é quase ilimitada, o que deixa David Stern muito mais inquieto. Enquanto instiga o pobre cavalo de carga bem além de suas reservas de energia — o animal agora ofega e bufa a cada curva da estrada —, seu olhar nervoso se alterna entre o rio lamacento à direita e as vastas fazendas e barracos decrépitos das planícies rurais a sua esquerda.

— David! — A exclamação tensa de Rafael chama a atenção do homem mais velho. — Olha! Na água... Está vendo? Aquilo é uma...?

David Stern puxa as rédeas e faz o cavalo suado parar.

— Filho da puta, você tem razão! — O homem mais velho se vira e pega uma mochila no banco traseiro, procurando um pequeno binóculo de campo. Encontra, pega e olha pelos visores estreitos. — Quero ser mico de circo...

No campo de visão oval e estreito, David consegue divisar uma pessoa flutuando lentamente para o sul em um pedaço largo de madeira, deitada de bruços, de cabeça baixa, imóvel, à deriva na correnteza lenta. Nesta parte do rio, a linha da água se alargou a quase 300 metros de uma margem à outra, os errantes aquáticos também rarearam (David não tem certeza, mas este pode ser um dos muitos lagos internos que ligam o rio como uma série de contas em um enorme colar). David vê que a balsa é cercada de gravetos, lixo e mato que aparentemente aderiram a ela por Deus sabe quanto tempo. A pessoa na balsa não parece se mexer. Desta distância, David não tem como dizer se está simplesmente inconsciente ou morta.

Rafael fala.

— Acha que a pessoa ainda está viva?

— Não sei dizer. Mas se estiver morta, provavelmente já teria voltado a certa altura. — David mexe no foco. Seu estômago se contrai de empolgação. — Meu Deus do céu, não pode ser... não pode ser.

— Qual é o problema? Não pode ser o quê? Você reconhece a pessoa, David?

David pode ver que é uma mulher adulta esparramada naquela balsa periclitante, que parece ter ido ao inferno e dele voltado. A mulher é negra, corpulenta, com uma bandana na cabeça. A pele castanha está cinzenta e queimada de sol, e os pés grandes — ainda em suas botas caipiras características — estão pendurados da ponta da balsa, os bicos tocam parcialmente a água. David resmunga, nervoso, com os olhos ainda pressionados nos visores mínimos.

— Mas que merda, eu reconheço a pessoa!

David estala as rédeas. O cavalo entra num galope. Os dois homens afundam nos assentos da carroça enquanto o animal puxa a geringonça numa investida precipitada por uma curva da estrada. As rodas passam por cima de animais atropelados e espirram lama, o fusca chocalha tanto que parece que vai se desintegrar. David grita num volume maior do que o barulho:

— Veja se consegue achar aquela corda de náilon... aquela que usamos para amarrar o cavalo nas árvores à noite! Acho que está na mochila verde! Rápido, Rafael, o mais rápido que puder!

Enquanto Rafael manobra entre os bancos e vai ao abarrotado compartimento traseiro, David mantém a velocidade do cavalo com estalos constantes das rédeas e, ao mesmo tempo, acompanha a balsa que flutua pela superfície suja do rio. Pode ser sua imaginação, mas parece que a balsa ganha velocidade sutilmente ao se aproximar da extremidade sul do lago.

David vê a estrada à frente virar para a esquerda e puxa as rédeas, acompanhando o trajeto.

— Precisamos chegar à frente dela, o máximo possível! — Ele grita, acima do barulho dos cascos que batem na estrada de cascalho molhado e da carga que chocalha no banco traseiro do fusca.

Ele conduz o animal pela rua principal rachada, esfarelada e tomada de mato de outra cidadezinha. Parece que existem milhões desses pequenos ninhos de rato ao longo das intermináveis serpentinas do rio lamacento. Agora David mal percebe as modestas casas flutuantes e lojas de pesca, que passam em um borrão. No calor do meio-dia, o ar tem um odor relativo a peixe inimitável — uma mistura desagradável de mofo, podridão do rio e fedor de errantes.

— É essa? — Rafael voltou da procura no banco traseiro. Estende um grande rolo de corda de náilon usado para montanhismo.

— Sim... ótimo... obrigado... agora procure aquele segundo freio que preparamos para o cavalo!

— Aquele feito de cintos?

— É... aquele. Depressa. Estamos chegando no lago Harding!

Rafael assente, agitado, e não pergunta que diabos o lago Harding tem a ver com isso, e não procura saber a identidade do misterioso e solitário passageiro da balsa. Simplesmente larga o rolo de corda no banco, vira-se e mergulha de volta ao labirinto de engradados, suprimentos e armas de fogo guardados no banco traseiro do fusca.

Enquanto isso, David instiga o cavalo a fazer uma curva fechada e descer uma estrada transversal estreita, espirrando pela água mais funda. Ele vê o horizonte distante acima dos telhados de cabanas de barco meio submersas, uma ponte, talvez a 800 metros, e, pouco além dela, o mundo todo mergulhando na boca mais elevada do lago Harding. Seu sangue é bombeado numa velocidade cada vez maior enquanto procura freneticamente um jeito de se aproximar do centro do curso de água antes que a balsa alcance aquele horizonte distante.

Ele está cerca de 400 metros à frente da mulher na balsa.

Fixa os olhos na ponte e estala as rédeas, apressando o cavalo.

Seu *timing* terá de ser algo perto da perfeição se quiser salvar a vida de Norma Sutters.

É conhecida no meio geológico como Linha de Queda, uma espécie de pequena divisão continental que atravessa a Geórgia, de Augusta a Columbus. Simbolicamente, serve como divisa interestadual, uma fronteira como a linha Mason-Dixon entre o novo sul de Atlanta e as velhas e encantadoras fazendas de amendoim, nas profundezas de Valdosta e as antigas casas de fazenda mal-assombradas. Também é uma linha física onde a terra argilosa vermelha dá lugar a um solo mais arenoso e áspero, e os rios e regatos "caem" de terrenos mais elevados a outros mais baixos.

Nada disso é registrado pela mulher na balsa, apesar de ela ainda estar semiconsciente enquanto vaga cada vez mais perto do limiar do lago estreito de terra marrom. Nem uma única lembrança de suas aulas de geografia do ensino médio em Jacksonville lampejou pela mente, as lições que incluíram características topográficas do Sul, como a Linha de Queda, e seu impacto sobre as fazendas da península da Flórida. Nada nem remotamente parecido com o pânico se acende no íntimo da mulher enquanto ela flutua numa velocidade cada vez maior nas correntezas lamacentas para seu destino inexorável.

Desidratada, flertando com a insolação pela exposição prolongada, ensopada até os ossos de suor, vômito e água do rio, quase paralisada de choque séptico, ela mal consegue levantar a cabeça. Até as pálpebras parecem pesar uma tonelada. Deitada de barriga para baixo, com a respiração superficial e ofegante, as costelas doendo em agonia, Norma Sutters tem a impressão de que a face está colada na porta do barco viscosa e polida a que ela se agarrou nas últimas 36 horas. Ela ficou à deriva por mais de 53 quilômetros do rio inchado pela inundação, chegando perigosamente perto de ser devorada mais de uma vez, e tentou, sem sucesso algum, por três vezes distintas, remar para a margem e sair deste túmulo aquático. Ela rezou... falou sozinha... chorou... recitou o Salmo 23 vezes sem conta, em silêncio e em voz alta... xingou os errantes com um linguajar que faria ruborizar um estivador... cantou "Oh What a Friend We Have in Jesus" tantas vezes que a música a fez vomitar (duas vezes)... falou em voz alta o pai-nosso na ordem correta e de trás para a frente... pediu socorro aos gritos... tentou beber água do rio... vomitou de novo... teve alucinações com sereias em nado sincronizado de um antigo filme de Busby Berkeley, inclusive com a grande Esther Williams, circulando sua balsa... chorou um pouco mais... e também, para grande surpresa e prazer dela própria, viveu momentos de clareza impressionante e serenidade comoventes.

Até estas últimas 36 horas, Norma vivia de acordo com o pressuposto de que toda a beleza foi eliminada do mundo com o advento da praga. O universo, pensava ela, ficou feio como o diabo, e assim continuaria — era o que lhe parecia — pelo resto de seus dias, que agora pareciam estar contados, na realidade em um só dedo.

Mas ela estava enganada.

No último dia e meio, quando ela menos esperava, viu, ouviu, ou sentiu o cheiro de algo de uma beleza comovente. Perto de Bush Head Shoals, na primeira noite, ela flutuou por uma nuvem de vaga-lumes. Mais tarde, rolou de costas e contou as estrelas no céu noturno e cristalino, engolfada no aroma de gardênias. Sua mãe usava um buquê de gardênias para ir à igreja todo domingo, e a brisa perfumada no rio naquela noite acalmou Norma e lhe deu paz diante da morte. Depois, perto da embocadura do lago West Point, ela tentou remar para a margem e foi encurralada por um bando de errantes grotescos, inchados e presos a um atoleiro. Algo os distraiu, porém, na última hora, algo parecido com um grito, o que permitiu a Norma remar de volta para a água aberta. Minutos depois, ela percebeu que os monstros foram desorientados pelo grito de corujas. Ela flutuou pensando no destino, na sorte, na beleza de uma coruja e no bom Deus operando do Seu jeito misterioso. Pouco depois disso, na escuridão da madrugada, entrando e saindo de um sono inquieto, ela ouviu ao longe uma voz grave de barítono cantando um hino. Acreditou ter sido "A Closer Walk with Thee", vindo de algum lugar depois das árvores, e talvez tenha sido a coisa mais bonita que Norma ouviu na vida. Ou talvez tenha imaginado. Mas isso não importa mais. O que importa é que a água tornou-se seu refúgio, sua prisão e agora sua sepultura.

Naquele momento, ela consegue esticar ligeiramente o pescoço — ainda não consegue levantar a cabeça — e vê que se aproxima de uma ponte.

Logo depois da ponte enxerga a beira da água, talvez a 100 metros, reta como uma linha traçada a giz. No início pensa estar alucinando. Como a linha do horizonte à frente dela pode ser tão uniforme, tão reta, tão plana? Lembra a ela uma daquelas piscinas de borda infinita que viu anos atrás em *Lifestyles of the Rich and Famous with Robin Leach*. No episódio, Robin conversa tranquilamente com George Hamilton na varanda da sua luxuosa propriedade Brentwood. Norma se lembra de ficar fascinada com a enorme piscina de Hamilton, que parecia avançar sobre as montanhas San Gabriel, um istmo mágico e celestial no céu. Dava a impressão de que era possível literalmente pular da borda para uma nuvem.

Mas com a mesma rapidez com que lampejou por sua mente, a lembrança daquela piscina se desintegra como um floco de neve derretido, substituída por outra. Ela se recorda das aulas de geografia. Lembra-se dos piqueniques da igreja no Parque Estadual Ocawallee, ao sul de Augusta, e das caminhadas nos morros, e dos regatos balbuciantes percorrendo os declives em corredeiras estreitas e espumosas. Ela se lembra sobretudo das cataratas Ocawallee, seu avô explicando a ela a Linha de Queda. Agora sua pele se arrepia quando ela reconhece o dique do lago Harding — a morte à frente —, uma das maiores quedas--d'água que ela já viu. Não é um Niágara, mas é grande o bastante para mandá-la para a Glória. Para mandá-la àquele rio lamacento no céu.

Ao perceber isso, ela se prepara para morrer. Sua alma se contrai em uma semente minúscula no íntimo, e Norma fecha os punhos, assim como os olhos. Mentalmente, ela grita ao mundo e reza. Fala com seu Senhor e Salvador e pede a Ele que a receba como uma hóspede, e para ungir sua cabeça com óleo. Diz a Ele que sua taça transborda de bênçãos. E, em silêncio, rejubila-se porque Sua bondade e amor inabaláveis a acompanharão por todos os dias de sua vida, e ela viverá na casa do Senhor para sempre.

Amém.

Uma voz chama por ela, penetrando seus pensamentos e a escuridão dos últimos ritos.

— *Norma!*

No início ela a ignora, julgando ser uma alucinação auditiva. Nem mesmo abre os olhos. Esteve ouvindo coisas nas últimas 24 horas, coisas estranhas, maravilhosas e apavorantes. Por que não ouviria o próprio nome quando está prestes a entrar na casa do Senhor? Talvez seja são Pedro chamando por ela, talvez um anjo que a receba no paraíso.

— NORMA!

Ela abre os olhos. Pisca como quem desperta de um sonho.

Agora a balsa vaga para uma viga de ferro enorme e enferrujada da ponte. Ela consegue erguer os olhos à teia de vigas ao passar embaixo dela. Vê as pichações de muitas gerações subindo pelas pilastras grandiosas e musgosas que se elevam das profundezas lodosas. A balsa continua, passando pelas colunas intermediárias. O suave borbulhar da água batendo no contraforte, ecoando, a balsa vagando sem parar... vagando para a abertura do outro lado da ponte, um momento tranquilo antes da queda mortal.

— NORMA!... SOU EU, DAVID!

Isto não é alucinação. Não é uma voz em sua cabeça. É real, um homem gritando para ela da beira da ponte, a voz dele tem eco, reverbera pelos cavaletes de ferro — uma voz real, uma pessoa real.

Em um grande paroxismo ofegante, Norma é puxada de volta para o aqui e agora. *A porra do David Stern?!* De súbito ela quer ver a cara de cavanhaque grisalho daquele sujeito curvado sobre o ressalto. Ela quer viver outro dia para ver aquele velho ranzinza com sua jaqueta de seda, piadas infames e ditados em iídiche. Ela quer voltar no tempo, rebobinar a fita, arrancar a página e recomeçar outra nova!

Enquanto a balsa se aproxima da abertura, um emaranhado de correias marrom-escuras cai do céu como que retirado da cartola de um mágico.

— SEGURE AS CORREIAS!! — O berro de David Stern reverbera pela câmara de eco de ferro. Norma consegue levantar a cabeça. Vê o feixe de cintos de couro pendurado em uma corda a três metros e se aproximando, balançando-se no vento, quase a seu alcance. — SEGURE AS CORREIAS, NORMA!... PEGUE E SEGURE FIRME!... PEGUE AGORA!!

Norma se coloca sobre o joelho, a balsa balança e vira de repente. Ela só tem uma chance. Fixa os olhos naquele pêndulo de alças que se aproxima cada vez mais. A luz brilha em seus olhos enquanto a balsa chega à abertura. Ela estende a mão.

Segura o feixe de cintos com a mão gordurosa de suor.

Seja pela força da correnteza, por seu cansaço, pelas palmas escorregadias de suor ou pela estranha e forte inclinação da balsa, Norma sente a alça de couro escorregar das mãos assim que consegue uma boa preensão nela.

Ela perde o equilíbrio, a balsa vira e ela mergulha na corredeira fria e suja.

TREZE

Se estivesse pensando no passado — talvez escrevendo em um diário, ou contando suas impressões e experiências para a posteridade —, ela seria pressionada a lembrar exatamente como foi carregada para a beira daquela queda-d'água. Ela se recordaria de muito poucos detalhes do deslize pelos quase 5 metros de pedras musgosas e escorregadias, ou a subsequente queda de 8 metros pelas torrentes caóticas e agitadas, pousando às cegas e de traseiro no vórtice fervente de água espumosa na base da cascata. Provavelmente só se lembraria do barulho sinistro da queda em meio àquele zumbido de motor a jato, depois o mergulho no silêncio profundo e escuro.

De súbito sem peso e quase insana, ela cai no vazio pelo mais longo dos momentos. Com o corpo de chumbo paralisado pelo choque, entorpecido, hipotérmico, ela afunda como uma pedra. Seus olhos continuam abertos, entretanto nada enxergam, absorvendo apenas as trevas borbulhantes que redemoinham e a envolvem como um nimbus em sua descida.

Ela agora vê formas borradas que se movem a sua volta — escuras, frágeis e esfarrapadas como árvores doentes balançando-se na sinistra brisa subaquática —, enquanto se aproxima do sedimento no fundo do lago Harding.

Ao pousar no lodo espesso e gelatinoso, ela grita. Esse ato não tem lógica — abrir a boca nessa profundidade é suicídio —, mas

Norma não consegue evitar. É tomada de surpresa, a luz do dia da superfície penetra as profundezas o suficiente para lançar um brilho esverdeado no fundo do lago, iluminando algo como Norma nunca viu.

Sai dela uma erupção de bolhas e um grito atonal estrangulado e abafado.

Ela se vê cercada pelas versões mais lúgubres, atrozes e medonhas, dos cadáveres ambulantes que já viu — e isso não é pouco, considerando que a mulher tem um dom misterioso para a observação e esteve se esquivando de toda sorte de mortos-vivos nos últimos quatro anos. Estas criaturas ou caíram, ou vagaram no fundo da água durante muitos, muitos meses — anos, até —, algumas são antigas crianças, alguns antigos adultos e outros cidadãos idosos que devem ter morrido na enchente recente, todos alheios à prisão eterna que os encerra no leito do lago artificial. Seus corpos têm pouca substância ou capacidade de flutuação, a carne perdeu a cor, grande parte dela devorada por peixes, deixando restos esqueléticos com uma leve sugestão de pele. São pedras inumanas, frias e arruinadas como embarcações naufragadas, cancerosas e ambulantes. As extremidades ossudas e emaciadas debatem-se e arranham em um movimento lento e constante, como se tentassem remar para a comida. De certo modo, parecem uma fauna subaquática fina, algas com folhas decadentes e caules nus oscilando na correnteza lânguida. Apenas seus olhos, muitos apodrecidos até a cartilagem das órbitas, revelam o páthos dos restos humanos encharcados. As concavidades brancas como larvas ainda cobiçam, ainda imploram, ainda desejam algo que nunca viram, nunca compreenderam. Alguns roçam os dedos finos na carne fria da perna de Norma Sutters, intensificando seu terror, fazendo-a nadar freneticamente com o pouco ou nenhum oxigênio que lhe resta na corrente sanguínea, sem mais ar nos pulmões, que agora começam a se encher de água. As criaturas a cercam como um cardume de habitantes horripilantes e pré-históricos do fundo do mar, com presas viscosas afiadas pelo fluxo incessante da correnteza.

Norma começa a vacilar, entra e sai da inconsciência, contorcendo-se na luz ictérica, asfixiando-se no peso dos pulmões encharcados, chutando os monstros, voltando a sua doce animação suspensa como se não tivesse peso em algum planeta distante do espaço sideral. Ela não percebe o bruxulear de luz prateada em volta dela, o ronco de um fuzil de assalto automático disparando um tiro depois de outro no lago, de algum lugar acima. Norma não consegue enxergar nenhuma bala, nem sua trajetória — nem mesmo conhece a origem da introdução repentina de barulho e de luz —, mas enxerga um clarão depois de outro, como relâmpagos, acompanhados de um chocalhar cadenciado e abafado atrás da multidão de errantes subaquáticos.

O tumulto atrai a atenção dos monstros para longe de sua presa humana.

Uma nova forma aparece acima de Norma — aquela mesma presença angelical, talvez, que se materializou no alto da ponte —, que agora se aproxima cada vez mais, um ser celestial no meio verde do lago, que veio para conduzi-la ao paraíso. Norma arqueja e sufoca, agora se afogando, deitada de costas, testemunhando o milagre acima dela. A parte mais estranha é que o anjo que se aproxima dela não tem halo, nenhum querubim segura seu manto celestial, nenhum peitoral dourado de armadura sagrada. Este anjo é da Terra, visível até na luz turva ao vir até ela. Velho, grisalho, desengonçado, desgastado, bronzeado de sol, com uma jaqueta de seda esfarrapada muito familiar.

David Stern segura Norma pela nuca, levanta-a do fundo do lago como se retirasse um gato do lugar onde cochila. Norma fica flácida nos braços do homem, não respira mais, tão fria e entorpecida que mal sente ser levada para cima pelas camadas de lixo, frio e sujeira, para o alto, na direção da luz verde e forte, para cima, rumo ao... paraíso.

Norma perde a consciência quando chega à superfície e sente o vento no rosto.

Ela volta a si num solavanco, a cabeça latejando, deitada de costas em um terreno elevado acima da estrada de acesso, sentindo cheiro de pinheiros e do abominável tabaco do cachimbo de alguém. Ela também tosse convulsivamente. Nunca teve um acesso de tosse tão violento na vida, uma combinação de engasgo com vômito. Sua visão é borrada, encoberta pelas lágrimas, mas ela sente um homem adejando acima dela, pressionando seu peito entre os seios. Ela se engasga de novo enquanto mais água é forçada para fora dos pulmões.

O homem baixa o rosto cinzento e coloca a boca na de Norma, soprando ar para seus pulmões. Ela o afasta com um empurrão, solta algo como um latido de protesto — uma mistura de grito e guincho —, sem se lembrar de muita coisa além do pesadelo desperto de estar embaixo da água com demônios e anjos.

Ela rola de lado e vomita novamente, uma mistura amarela e viscosa de bile do estômago e água do rio. Não come nada há dias.

Um momento torturante depois, enfim, ela recupera o fôlego.

Norma rola de costas, recupera aos poucos os sentidos. Reconhece o homem que paira acima dela, mas ainda não consegue formular uma saudação. Lembra-se de flutuar naquele pedaço horrendo de madeira envernizada e pensar que ia morrer quando David Stern apareceu.

Enquanto isso, o homem de jaqueta encharcada curva-se para soprar mais ar em sua traqueia.

— Já chega! — grasna ela para ele e o afasta. — Você é um homem casado!

David sorri com os olhos marejados, mechas do cabelo grisalho e molhado caem em seu rosto.

— Graças a Deus, graças a Deus. — Ele acaricia a testa de Norma. Retira um cantil do bolso, abre com o polegar e com cuidado o encosta em seus lábios rachados e gretados. Ela engole a água. Tosse parte dela, mas segura a maior parte. Ergue os olhos e vê que David lhe abre um sorriso idiota. — Você voltou — ele se admira. — Você voltou, teimosa como sempre!

— É bom ver você também. — Sua voz é áspera. Sem sucesso, ela tenta se sentar. Sua cintura parece cheia de pregos enferrujados. O corpo irradia calor da exposição e das queimaduras de sol. Ela volta a se deitar com a cabeça latejando. Tosse e solta uma gargalhada histérica. — Mas se tentar me dar outro beijo de língua, vou meter o pé nas suas joias de família!

— Muito engraçado. — David balança a cabeça. Seus olhos ardem de urgência. — Você encontrou Barbara? Ela está bem?

— Uma longa história. Quem é esse seu amigo aí?

Norma evita a pergunta do outro. Nota um segundo homem — mais novo, de pele morena, vestido em um casaco de capuz e calça jeans — de pé atrás de David, olhando com ansiedade, torcendo as mãos.

— Este é Rafael. É um bom homem. Você vai gostar dele. É teimoso como você.

Norma assente e respira fundo, os pulmões e o lado esquerdo doem. Ela pode ter sofrido uma fissura na costela, ou não, durante a queda na cascata.

— É um prazer te conhecer, Rafael. Meu nome é Norma Sutters. Como foi que você acabou junto desse velho caquético?

Rafael Machado avança um passo, olha para baixo com uma expressão deferente.

— A gente se conheceu na estrada, por assim dizer.

David suspira, exasperado.

— O homem está sendo modesto de novo. Ele salvou minha vida em Thomaston. Eu estava prestes a virar o almoço kosher de uma convenção de errantes, e este homem apareceu do nada com um arsenal, faz a Série A parecer a liga juvenil. — Ele estreita os olhos. — Onde está Barbara, Norma? Ela está bem?

Norma olha para David.

— Ajude-me a levantar. — Com cuidado, David a coloca sentada. Ela tosse e enxuga a boca, depois gesticula para o cantil. — Posso molhar o bico de novo? — Ele passa o cantil para ela, e Norma bebe. Ela expira, sem fôlego, enxuga a boca, recupera o fôlego. Seus olhos ainda lacrimejam. Ela puxa o ar, preparando-se. — Vou te contar, eu achava que não tinha jeito de conseguir sair de lá. — Ela olha para David. — Por milagre, você me encontrou.

David passa a língua nos lábios e se ajoelha ao lado dela. Tem os olhos brilhantes de medo. Agora ele é um pacote de emoções.

— Você encontrou Babs ou *não*? Responda, Norma!

— Lilly a encontrou — diz ela, a voz mais suave ao examinar o rosto de David. — Ela estava com as crianças. Eles foram presos em um hospital antigo. Um médico louco estava usando as crianças para pesquisa. Acredita nisso? Estavam usando o sangue das crianças para descobrir uma droga de antídoto.

— Mas Barbara está viva... não é? Ela está bem... não é? Norma...?

Por um momento longo e agonizante, Norma olha o homem e procura as palavras certas. Quer explicar tudo. Quer contar a David como Barbara Stern morreu como uma heroína, que ela sempre colocou as crianças em primeiro lugar, que foi uma mulher dura na queda, que todo mundo — até os bandidos — respeitava, isso quando não a amava. Mas antes que possa pronunciar outro som, Norma nota a expressão de David Stern. Ele já deduziu a verdade. Pela linguagem corporal, está evidente que ele sabe que sua esposa morreu.

Ele vira a cara, olha para o chão, a expressão desmorona como se todo o ar escapasse dele. Ele coloca as mãos nos bolsos. Seus ombros arriam, e ele franze os lábios como se tentasse resolver um problema matemático.

Norma desvia os olhos. Fala baixo, enquanto examina a terra pedregosa.

— Lilly me contou como aconteceu. O hospital foi dominado. Barbara lutou até o amargo fim, tentou inclusive salvar alguns caras que a sequestraram. Ela era uma mulher muito especial. Era a bondade em pessoa. Também era uma lutadora.

David concorda com a cabeça e ainda olha fixo para o chão, mordendo a parte interna da bochecha. Lágrimas caem nas laterais de suas roupas, seus olhos se toldam de agonia.

Rafael olha timidamente, desesperado para ajudar de alguma forma. Tem uma toalha surrada na mão e decide oferecer ao homem. Aproxima-se com cautela, toca o ombro de David e lhe estende a toalha.

David Stern olha para a toalha nas mãos como se segurasse cocô de cachorro.

— Não preciso disso. — Ele a joga no chão. — Eu te pedi uma toalha? — Ele fixa o olhar cauterizante no pobre Rafael. — Não preciso de uma merda de toalha agora! Entendeu?

Sua expressão de súbito se desfaz com tristeza e cansaço e ele baixa os olhos, as lágrimas saem. Ele cai em prantos.

Norma solta um suspiro longo e angustiado. Não há mais nada a dizer ou fazer. Ela baixa a cabeça e espera que o pior passe.

— Eles podem estar em qualquer lugar. — Norma está sentada no lado do carona da carroça do fusca puxada a cavalo, enrolada em um cobertor, e bebe uma caneca de sopa instantânea que David preparou com seu confiável maçarico e água mineral. — Mas minha aposta é que voltaram a Woodbury. Pelo menos era para onde iam quando fiz minha elegante proeza de cair na porcaria do Chattahoochee.

— Não tem nada lá.

David dá baforadas tristes no cachimbo, vaga ali o cheiro de tabaco com cereja. O fusca está imóvel em uma plataforma elevada que dá para a floresta de pinheiros a oeste do rio, e o cavalo pasta no que resta da relva. A voz de David é rouca do choro; ele traz os olhos vermelhos. Mas de algum modo parece ter superado o choque inicial. Agora tem o olhar vazio de um soldado que viu serviço ativo em demasia.

— Woodbury é a casca de uma cidade... como todo o resto no mundo. As pessoas, as famílias, a vida em geral... essa merda toda é uma casca do que já foi.

De fora da janela do motorista, esculpindo despreocupadamente um galho pequeno com sua faca Buck, Rafael se manifesta.

— Essa Woodbury fica muito longe?

David dá de ombros.

— Não sei... talvez 30 quilômetros, talvez menos. Talvez 15. Mas por que se dar o trabalho de ir a Woodbury quando tem um monte de nada a ser encontrado *aqui*?

É a vez de Rafael dar de ombros.

— Só estou pensando... que mal pode fazer voltar? Ver se seus amigos voltaram ou não?

David fuma o cachimbo com tristeza.

— Pelo jeito que eu deixei o lugar, a essa altura deve estar apinhado de mortos. A barricada na Folk Avenue se foi, queimada com o resto do pátio de trens.

Norma toma sua sopa.

— E os túneis? O sistema de esgoto?

David faz que não com a cabeça.

— Parte do subterrâneo desmoronou por completo sobre si mesmo. No final da Main Street. Tem uma cratera, como se tivessem jogado uma bomba. Como uma pequena Hiroshima.

— O que aconteceu?

— Foi o fogo, eu acho. Talvez por causa de toda a atividade lá embaixo, tentando construir um lar naqueles túneis. Talvez tenha enfraquecido a estrutura original. Só o que posso dizer é que a maior parte do subterrâneo agora afundou ou está tomada de errantes. — Ele dá a impressão de que pode entrar em colapso de novo. Enxuga os olhos, reprime a dor e abre para eles um sorriso torto e sem humor. — Tirando isso, é um lugar perfeito para criar uma família.

Norma suspira. Toma outro gole e estremece. Num minuto sente calor, no outro, frio. Talvez esteja com febre. O lado do corpo dói a cada respiração.

— Existe *alguma* parte da cidade que ainda esteja inteira? Ainda habitável?

David Stern meneia a cabeça, fumando o cachimbo com ceticismo.

— Tem uma parte da Flat Shoals Road, da fila de casas, que ainda está de pé. Mas essa parte da cidade foi totalmente saqueada. Está bem feio, Norma.

— E as plantações, todo aquele trabalho que fizemos na pista de corrida? Lilly nos disse que parte da lavoura de milho podia voltar.

— Queimadas até o chão. — Ele tira o cachimbo da boca e cospe. — Nada vai voltar, Norma.

— E a horta pública de Lilly? Tudo que plantamos na praça?

— Acabou-se. Basicamente, terra queimada. Totalmente arrasada. Foi o único jeito de impedir que os doidões e os malucos se apossassem.

Norma termina a sopa, limpa a boca e coloca a caneca em uma mochila a seu lado. Respira fundo e pensa por um momento em Woodbury.

— Sabe de uma coisa? A verdade é que Lilly e os outros, até onde sabemos, talvez já tenham chegado lá e ido embora.

David a olha.

— Acha que eles podem ter voltado para a Ikea?

Norma solta um suspiro.

— Não, senhor, não acho que isso é uma possibilidade.

— Por quê?

Norma pensa no assunto.

— Porque a Ikea era só um arranjo temporário para Lilly.

— O que quer dizer?

— Simplesmente não é Woodbury.

David fuma e digere as informações.

— É, entendo o que quer dizer. Ela tem uma paixão por aquela cidadezinha miserável. Não tem?

— Paixão é pouco — diz Norma, com uma risadinha seca.

— No início, Babs e eu achávamos que ela era louca. Passamos por muita coisa, estávamos lá desde que o Governador tomou o poder. Meu Deus, quanto tempo faz? Três anos, três anos e meio? — Ele engole a melancolia, olha com tristeza a meia distância como se as lembranças ali vivessem. Livra-se da tristeza com uma sacudida e cospe de novo. — Mas, vou lhe contar, algo naquela cidadezinha enterrou um anzol em Lilly. Parece que passou a significar algo mais do que apenas um lugar para se isolar dos errantes.

— Nem me fale — diz Norma em voz baixa. — Nos últimos meses, desde que viu as ruínas, ela falava da cidade como se fosse um lugar mágico, uma Shangri-La que tinha de ser trazida de volta das cinzas. Deus sabe que tentei argumentar com ela. Tentei dissuadi-la de voltar para lá. Mas ela ficava com aquele brilho nos olhos sempre que alguém falava no lugar.

— Então, devo entender que você preferia ficar na Ikea?

— Nós *conseguimos* ali, David. Tínhamos comida, eletricidade, abrigo, e estávamos em um andar alto. Estávamos seguros lá.

David Stern bate o cachimbo na lateral da carroça, pensando na questão.

— Mas quanto tempo teria durado? Pense nisso.

— Olha. Nada dura hoje em dia. Nisso vou concordar com você. Mas se você encontra um lugar como aquele, segura pelo maior tempo que puder.

David olha para ela.

— Então, por que diabos você veio com ela?

Norma suspira.

— Lilly Caul tem um jeito de... vencer uma pessoa.

— Isso ela tem mesmo.

— Não me envergonho de confiar nela, eu acredito nela. A gente precisa acreditar em alguma coisa. Além disso, acho que até entendo quando ela diz que a Ikea é uma espécie de prisão. Por outro lado, uma cidade pequena, se você consegue fazer funcionar — ela se interrompe, olha para David, pensa, dá de ombros —, você consegue respirar, consegue se sentir quase normal.

David olha a mulher, realmente olha para ela, talvez pela primeira vez desde que se reencontraram.

— Talvez ela tenha razão, Norma. Quem somos nós para saber?

Norma dá de ombros de novo.

— Hoje em dia, dá para viver em muitos lugares piores do que Woodbury.

David coloca o cachimbo no bolso. Algo em sua expressão se altera. A mudança no início é sutil, mas a tristeza parece sofrer uma mutação. A testa franzida se estreita em algo mais parecido com determinação. Ele examina Norma.

— Basicamente, estamos começando do zero.

— Para onde mais podemos ir?

— Seria bem perigoso, Norma. Não sabemos o que encontraremos lá.

— O que vou fazer? Construir outra balsa e flutuar até o golfo do México?

— Seria um trabalho extenuante, e ficaríamos expostos por muito tempo, realmente expostos, a todo tipo de merda dos terrenos baldios.

— Se quer minha opinião, vale o risco.

— Precisaríamos de semanas só para consertar as barricadas, e teríamos de encontrar muito mais combustível do que temos naquele depósito.

Norma agita a mão roliça com desdém.

— Já estive em situações muito mais difíceis. Tente viver sozinho no coro da sua igreja por 18 meses quando o restante da congregação quer devorar as suas tripas.

David solta um suspiro aflito, vira-se e anda até a beira do morro. Refletindo, ele vê, por um espaço na folhagem, os deltas verdejantes do rio ardendo ao sol. O nível da enchente já baixou consideravelmente, deixando para trás emaranhados de troncos antigos e caídos, restos humanos, bolsões de errantes e mato crescendo com tal profusão que quase é possível vê-lo se espalhar nos cantos da paisagem. O ar tem um cheiro quase agradável de peixe decomposto e terra fértil. David baixa os olhos e fala tão baixo que a voz quase não pode ser ouvida.

— Imagino que Babs ia querer que a gente voltasse.

Do outro lado da clareira, sentada no fusca, Norma sorri consigo mesma.

Tommy Dupree só vê o objeto brilhante em meio às árvores quando sai do alcance dos ouvidos dos outros. Supostamente, ele se afastou do acampamento para procurar um riacho ou talvez sinais de um lençol freático. Eles foram reduzidos às últimas gotas de água potável, e Lilly tem medo de consumir água das poças estagnadas de maré. Em épocas normais, a disenteria era uma terrível provação, mas, se alguém tiver uma diarreia por aqui, será uma sentença de morte. A desidratação pode ser fatal, trazendo convulsões e, por fim, falência cardíaca. Eles também estão sem combustível algum, apesar de terem tapado direito o buraco de bala e conservado o que estava no tanque. O plano deles será útil se não conseguirem localizar mais combustível. O veículo é a peça principal — fundamental para sua trama de atrair Spencer-Lee Dryden a uma armadilha e eliminá-lo da face da Terra. É por tudo isso que Tommy agora anda rápida e furtivamente pela densa folhagem, descendo de forma sinuosa um leve declive até um leito seco de rio.

Sem camisa, com uma bandana na cabeça, o corpo queimado de sol e marcado de arranhões — novos e antigos —, ele acerta os galhos mais grossos com seu facão enferrujado ao avançar para a trincheira natural cortada na terra arenosa, a 50 metros dali. Leva uma pistola Ruger .22 sobressalente — emprestada de Lilly, com o silenciador atarraxado para não chamar atenção — metida atrás do cinto, com a trava de segurança, o pente completamente carregado.

O dia tornou-se abafado, causticante no sol, o ar na floresta junto do Chattahoochee é sufocante e agitado de mosquitos e felpas de salgueiro-branco. As partículas de poeira vagam indolentemente pelos raios de sol, que se infiltram em feixes radiantes pelos galhos altos dos carvalhos, obrigando Tommy a se coçar e estapear mosquitos. Coberto de uma camada de suor e sujeira, ele receia que o barulho atraia errantes. Ele viu alguns uns 100 metros atrás, escavando a carcaça de um cervo, devorando as entranhas, distraídos demais para ouvi-lo ou sentir seu cheiro. Agora ele anda no maior silêncio possível por um espaço estreito entre duas iúcas.

É quando ele vê o metal prateado brilhando por uma brecha na folhagem a 25 metros dali.

Fica petrificado. Agacha-se. A mão vai instintivamente ao punho rabo de castor da .22 no cinto. Ele mantém o olhar fixo. Sua garganta fica seca de pânico. A folhagem é densa demais para ter certeza, mas o metal prateado e pontilhado de ferrugem que aparece pela rede de galhos pouco depois do outro lado do leito seco de rio parece tão familiar, tão específico, que faz seu coração pulsar nos ouvidos, um tambor batendo em um ritmo sincopado com seus pensamentos.

Por um momento, ele continua agachado naquela nuvem de mosquitos, paralisado de indecisão, encarando aquele arauto metálico e brilhante que grita em silêncio para ele em meio às árvores. Ele estreita os olhos e tenta enxergar a extremidade frontal da coisa, ou talvez as lanternas vermelhas da traseira, mas só o que está visível é o pequeno pedaço de metal prateado amassado, ligeiramente curvo, enrugado e com rebites nas junções.

Tommy hesita, os braços e pernas são tomados de paralisia. Sua mente nada em um debate íntimo: deve dar um fim a todo esse drama sozinho, agora — talvez virar um herói —, ou deve contar a Lilly sobre isso, como um covarde? O que Lilly faria?

Naquele momento, Tommy Dupree percebe o que tem de fazer — o jogo inteligente, o lance adulto — e saca a pistola. É o único jeito. O filho de uma puta provavelmente está descansando dentro daquele trailer amassado, seguro, sabendo estar escondido pela cobertura de árvores e vegetação. Se Tommy hesitar ou perder tempo procurando ajuda, o monstro prateado pode sumir. Se chegar perto demais, Dryden poderá ouvi-lo.

Não, o único jeito de ter certeza é atacar agora, deste ponto onde ele está. Seria isso o que o pai de Tommy teria feito. Seria isso o que fariam Bob Stookey, Musolino, Burt Stankowsky e Eve Betts. Ele se ajoelha atrás de uma pilha caída de madeira e puxa o *slide* para trás, verificando que uma bala esteja bem colocada na arma. Pega uma pedra pequena e joga na coisa. A pedra bate na antepara prateada com um baque metálico. Ele levanta a arma, firma o corpo no tronco oco, esperando que uma porta se abra de repente.

Nada acontece. Ele aponta para o metal prateado despontando daquele muro feito de mato, prende a respiração e aperta o gatilho.

Uma, duas, três vezes — só por segurança —, o coice trava o braço na cavidade do ombro. Cada tiro solta um estampido abafado, não muito mais alto do que a quebra de um galho grande. Ele enxerga pela névoa azul o trailer de metal prateado a 25 metros dali, perfurado em três lugares, e algo vaza de cada buraco de bala. Será sangue?

Com cautela, ele se aproxima do alvo, pulando o leito seco do rio, escala do outro lado, depois costura pela densa folhagem com a arma nas mãos, pronto para disparar a qualquer momento. Vê o líquido escuro que sai dos buracos no metal prateado. Abrindo caminho pela parede de arbustos e galhos, chega a uma pequena clareira de terra nua.

Tommy fica boquiaberto diante da imensa coisa prateada que vaza fluidos onde foi perfurada pelas balas.

— Ah, meu Deus — ele fala em voz baixa, com o olhar fixo.

QUATORZE

Lilly Caul está abrindo a última lata de pêssegos que sobreviveu ao pandemônio nos campos de soja quando ouve um tumulto vindo da mata. Por instinto, ela se levanta num salto, sentindo a leve dor na base das costas. Encontrou um frasco de Advil no porta-luvas do Escalade naquele mesmo dia e tomou quatro comprimidos, o que estancou o pior da dor, mas esta ainda fervilha. Ela pega o AR-15, gira a arma para o barulho e fala por cima do ombro com Ash e as crianças, todas sentadas em um semicírculo de tocos e troncos caídos arrumados em volta da clareira.

— Todo mundo se levantando, segurando a mão de quem está ao lado e voltando para o carro bem quietinho e bem depressa.

Algumas crianças levantam a cabeça, sua atenção é desviada da procura nas mochilas, onde buscavam os últimos farelos de comida. Outras, que cuidam de seus calombos e arranhões, erguem os olhos, sobressaltadas. A clareira tem meio hectare de terra nua, arenosa e banhada pelo sol, cercada de todos os lados por uma barreira natural de bordos e carvalhos brancos densamente compactados. O Escalade está estacionado de um lado, camuflado com folhas de palmeiras e galhos grandes e frondosos. Bethany Dupree, a mais velha do grupo, levanta-se e fala:

— São errantes?

Ash já se levantou de seu poleiro, pegou a Mossberg .12 e apontou o cano para a figura que sai intempestivamente das árvores.

— O que é...?

— Espere, aguente aí. — Lilly vê a figura magricela e sem camisa vir na direção deles, acenando, agitada.

— Alarme falso, pessoal, desculpe, todo mundo relaxando. — O alívio na voz tensa de Lilly é evidente demais até para os próprios ouvidos. O estresse das últimas 24 horas, brincando de gato e rato com Spencer-Lee Dryden, cobrou seu preço. A mistura de exasperação, fúria, puro terror e profunda frustração perseguiu Lilly a cada passo, cada avistamento falso, cada tentativa fracassada de atrair o louco para uma armadilha. No início, o plano envolvera andar pelas estradas secundárias arruinadas e alagadas de Whitewater Estates, e durante esse tempo ela faria disparos constantes do AR-15 para atrair o maluco, mas Lilly logo percebeu que estava apenas desperdiçando munição. Mais tarde, tentou dar a volta para a artéria principal da rodovia 85, pensando que Dryden se ateria às quatro pistas sempre que possível. Mas a rodovia dividida se mostrou praticamente intransitável, quase um ferro-velho de carapaças musgosas de carros destruídos, tomadas de mato e fossilizadas. Agora Lilly mudou de estratégia pela terceira vez, tentando ficar quieta, armando acampamento e usando como isca o cheiro de fumaça da fogueira e o barulho intermitente do enorme motor do Escalade, o que, até agora, produziu poucos resultados além do desperdício de combustível e a atração de errantes.

De vez em quando, eles ouvem um veículo grande em algum lugar por perto, vagando na brisa — muito provavelmente o caminhão e o trailer amassados de Dryden — e todos entram em ação rapidamente, assumem seus lugares e se preparam para pegar o homem numa emboscada. Mas o barulho invariavelmente se afasta como um fantasma no vento. De algum modo, por algum motivo, Lilly sabe que Dryden não desistiu da procura por eles. Sua presença maligna é penetrante, fora de vista, pouco além do horizonte, poderosa como o cheiro de errantes no vento. Os outros também sabem disso. Não é falado, um tom de angústia permeia cada conversa, cada tentativa de fazer planos de longo prazo. Eles sabem que Dryden deve ser destruído, deve ser removido cirurgicamente da Terra, como um tumor canceroso.

É por tudo isso que Lilly fica tão agitada enquanto Tommy Dupree chega ao acampamento, aproximando-se sem fôlego de Lilly, gaguejando.

— Pensei que ele estivesse ali, pensei que era ele, eu tinha certeza, eu vi o metal prateado, vi pelas árvores e atirei, mas eu estava, estava...

— Tudo bem, devagar, Tommy. — Lilly vira-se para Ash. — Ash, leve as crianças de volta ao SUV por um minuto.

Ela se volta para Tommy.

— Vem cá. — Ela o puxa de lado, leva-o para trás de um pequeno grupo de carvalhos. — Respire e me conte exatamente o que aconteceu.

Tommy traga o ar, tenta se controlar e se acalmar o bastante para falar com lógica. Sua camisa está rasgada em vários lugares.

— Você não vai acreditar no que encontrei. Eu tinha certeza de que era aquele trailer prateado que ele dirigia. Mas não era trailer nenhum.

— Você disse que atirou nele? O que era?

Ele ergue os olhos para ela, ainda tenta recuperar o fôlego.

— Não fica longe daqui, vou lhe mostrar. — Ele se vira e parte para a mata. — Vem, não fica longe.

— Espere um minuto, peraí! — Ela o segura pelo braço e o puxa de volta. — Aonde está me levando? No que você atirou? O que está fazendo?

Ele abre um estranho sorriso para ela.

— Então... Acho que a gente devia pegar alguns daqueles galões de gasolina que colocamos embaixo da área traseira.

As construções caídas e cobertas de tábuas de madeira ficam no final de uma estrada de terra, suas paredes opostas ligadas a um cais cinzento e desgastado pelo tempo que se projeta pela água salobra de uma angra larga. A superfície imunda da angra — ainda inchada e elevada da enchente — zumbe com libélulas e insetos aquáticos. Mas não são as ruínas de um píer deserto que Lilly olha agora, assombrada.

— Puta que pariu — ela se admira em voz baixa, ao contornar o enorme tanque de armazenamento agora perfurado por três buracos recentes de bala. Pedaços da camisa de Tommy são visíveis ali, enfiados nos buracos.

O garoto leva Lilly com orgulho, contornando o monólito de metal com aquele sorriso torto e estranho.

— Você precisa admitir que, de longe, é meio parecido com aquele trailer prateado de merda. Mas dá só uma olhada. — Ele vai até o tanque e retira uma das tampas de tecido.

O líquido amarelo dispara do buraco e ele pega algumas gotas na palma da mão.

Lilly olha com mais atenção, cheira o líquido e detecta a fragrância doce, deliciosa e reconfortante de gasolina de alta qualidade. Ela olha o garoto.

— Ah, meu Deus, você conseguiu. Você nos colocou de volta no jogo. — Ela baixa seu galão, segura o garoto e o puxa em um abraço apertado e amoroso. — Ótimo trabalho, Júnior.

— Obrigado — diz o garoto com a voz abafada pelo ombro de Lilly, que aperta seu rosto. Ele retribui o abraço com uma emoção recíproca. Fecha os olhos, absorvendo o contato humano, o amor, a proteção, o desejo de ter mais uma vez uma família. Ele ama incondicionalmente esta mulher. Iria até o inferno por ela.

— Vem — diz ela, enfim soltando-o de seu abraço. — Vamos pegar o máximo que pudermos dessas crianças.

Ela pega o galão, abre a tampa, depois o segura embaixo do combustível derramado. Tommy faz o mesmo, puxando um segundo pedaço de pano de um segundo buraco de bala, e o néctar brota profusamente. A gasolina flui para dentro dos dois recipientes — cada um com capacidade para 18 litros — até chegar à borda e borbulhar por cima dela.

Lilly baixa seu recipiente, recoloca a tampa, depois bate os nós dos dedos na lateral do enorme tanque.

— Parece que a coisa está quase cheia. Como foi que acabou intocada por tantos anos?

— Mas não é? — Tommy enche seu recipiente e o baixa, atarraxando a tampa. — Que pena não podermos levar tudo.

— Estou pensando que tem outro jeito. — Lilly olha o embarcadouro, uma libélula passa zumbindo por ela. O barulho dos grilos é alto como um motor a jato, e o sol é quente em sua nuca. — A gente podia camuflar bem essa coisa, desenhar um mapa e voltar aqui no futuro. — Ela avalia a folhagem vizinha. — Vem, me dá uma ajuda.

Ela passa a juntar galhos, folhas de palmeira, madeira antiga, tela de cerca e qualquer outra coisa que possa usar para envolver o enorme tanque. Tommy encontra uma lona encharcada que antigamente ficava esticada sobre um barco, projetada para proteger embarcações no inverno. Arrasta a lona e joga de um lado da fera prateada.

Eles trabalham por mais ou menos outros 15 minutos, disfarçando o tanque ao máximo, quando Lilly ouve algo estranho vagando por cima da copa das árvores a leste. Ela para. Leva o dedo aos lábios, silencia Tommy e vira de lado a cabeça para escutar o barulho com atenção.

— É alguém gritando? — pergunta Tommy, nervoso, olhando para o céu sem cor.

— É, acho que sim. — Lilly escuta os gritos que ecoam. Têm eco por um momento pelo rio, depois desaparecem. Parecem vir de muito longe, talvez a quilômetros dali. — Pode ser alguém sendo atacado por um enxame por lá.

Os gritos recomeçam, lamentos horríveis que deixam tensos os dentes de Lilly.

Tommy franze a testa.

— Em geral, quando alguém é atacado, os gritos param de vez. Entende o que quero dizer? Porque a pessoa está... sabe como é.

— Acho que estou entendendo, sim.

— O que quero dizer é que você não ouve os gritos recomeçando desse jeito.

No tempo necessário para concluir esse último diálogo, os gritos pararam e recomeçaram, e agora o barulho se deteriora em um pranto deturpado, choroso, alguém reza e implora.

Lilly escuta atentamente por um segundo. Olha para Tommy e fala:

— Não há dúvida de que não ouvimos as pessoas implorando para os errantes pararem. — Ela pega seu galão. — Deve ter alguma coisa a ver com...

— *Dryden?* — Tommy pronuncia as palavras como se fossem uma maldição. Ele pega seu recipiente. Olha para Lilly.

— Ah, meu Deus, acha que é...?

Lilly já partiu de volta pelo barranco na direção do leito do rio.

— Precisamos avisar os outros — ela fala por cima do ombro. — Esta pode ser nossa única chance.

Tommy se apressa atrás dela, carregando pelo menos 15 litros de combustível. Vão precisar dele.

Segundo todas as leis normais da física e da biologia, Frank Steuben, a essa altura, deveria estar morto. O corpo humano simplesmente não está equipado para suportar o trauma infligido na estrutura muscular atarracada de Steuben durante a explosão que atingiu o Jeep de Jamie Quinn. A bola de fogo secundária que estourou após o impacto inicial do RPG de Spencer-Lee — matando Quinn e Caleb Washburn na mesma hora — catapultou Frank Steuben da traseira do veículo numa onda de fogo violenta, fazendo-o bater na estaca de uma cerca, depois ser atirado ao chão em um aglomerado flamejante.

De algum modo, Steuben conseguiu rolar vários metros até o fogo se apagar e ali ficou deitado por incontáveis minutos de agonia, com fraturas em dois lugares da coluna e a coxa esquerda empalada em uma lasca de madeira de 30 centímetros. Uma perna e grande parte do lado esquerdo do corpo foram cauterizados por queimaduras de terceiro grau, e sua perda sanguínea foi considerável. Mas Frank Steuben é um tanque, um Humvee humano. Preso em choque e paralisado, ele ficou prostrado ali, indefeso, enquanto um enxame de mordedores passou a seu lado como passageiros distraídos que roçam por um sem-teto na plataforma de um trem. Por algum capricho do destino ou ato aleatório de Deus, os errantes deixaram Steuben em paz. Talvez tenham pensado que ele já estava morto e transformado. Sejam quais forem os motivos, o ex-paisagista do Arkansas, com a barriga enorme e os braços de presunto, conseguiu sobreviver por tempo suficiente para ser salvo pelo homem alto com um curativo na cara.

Seguiram-se 24 horas de flutuação onírica — com ciclos de dor paralisante e um alívio narcótico — enquanto Steuben jazia nos bancos traseiros do caminhão de cabine dupla bastante amassado dirigido por aquele Fantasma da Ópera de meia-tigela com a estranha cara mumificada. O homem ao volante exibia as cicatrizes de antigas queimaduras, bem como outras recentes, enquanto perseguia Ash, Lilly Caul e os outros, resmungando absurdos insanos e diatribes cantaroladas.

Em seu estado de penumbra, Steuben tem dificuldade de ouvir exatamente o que esse Fantasma sulista esteve resmungando, sua arenga psicótica é abafada pelas ataduras ensanguentadas do rosto. Mas uma coisa estava clara. O homem queria manter Steuben vivo pelo maior tempo possível enquanto a perseguição das mulheres e das crianças se arrastava para o dia seguinte. Mais ou menos a cada hora, o homem das ataduras encostava, parava o caminhão, fuçava em sua enorme maleta de médico e administrava outra injeção no braço esquerdo de Steuben. A substância na seringa — fosse o que fosse — tinha ao mesmo tempo um efeito analgésico e um aspecto hipnótico. O entorpecente frio corria pelo corpo de Steuben como leite materno, induzindo-o a um estado grogue de deslocamento e confusão. Mas, pelo menos, a dor era estancada por ora.

E então, algo mudou no comportamento volátil do motorista.

No início desta manhã, procurando freneticamente pelo vale do rio Chattahoochee, junto das cidadezinhas desertas e em ruínas de Franklin e de Whitewater Estates, o homem ao volante parou de administrar a droga. A dor voltou de mansinho para a consciência de Frank Steuben como um cão selvagem retornando a seu osso, roendo o ferimento em sua perna com um fervor cada vez maior. A dor pode aparecer em um leque impressionante de sabores, texturas e cores. Algumas aparecem como dores amenas, latejantes e roxas. Outras, beliscam e disparam como fogos de artifício por trás dos olhos, agudas e metálicas. A dor na perna de Steuben — onde a enorme lasca da cerca ainda se projetava como uma placa de sinalização — começara a gritar num soprano alto e dissonante de agonia.

De algum lugar, bem no fundo da sua consciência oscilante, Frank sabia que lhe restava pouco tempo de vida. Estivera perto da maquinaria pesada vezes suficientes para saber que um ferimento tão catastrófico como esse levaria quase de imediato ao choque, à hipovolemia e à sepse, e tudo isso agora o fazia percorrer o longo túnel na direção da escuridão permanente. De algum modo, porém, por algum milagre de força obstinada, bem como pelo coquetel que esse lunático esteve injetando nele, Steuben ainda se agarra à semiconsciência, com a visão borrada, fixa na luz no fim no túnel que se fecha depressa em volta dele.

Agora Frank tem pouca consciência de que o homem das ataduras parou o caminhão em um trecho de terra batida junto a uma vala e foi à porta lateral, onde pode ter uma alavancagem melhor na perna mutilada de Steuben.

— Vamos ter outra conversinha, eu e você — disse o homem minutos atrás em uma voz que de súbito era clara como cristal, mesmo por trás das ataduras. — Vou lhe fazer umas perguntas. Não é nada de mais. Só umas informações. — Ele então parou, dando um efeito dramático. — Se você responder com sinceridade... e eu vou saber se estiver mentindo, acredite, sou bom nisso... então, darei o alívio a você. — A essa altura, ele levantou a seringa, sua agulha pingando uma pérola do néctar abençoado. — Mas se você não colaborar, vou provocar uma dor que você jamais sonhou.

Neste momento, Spencer-Lee Dryden segurou a ponta da madeira que se projetava da perna de Steuben e torceu com força para trás, como uma alavanca.

Àquela altura, o grito que explodiu do ex-paisagista tatuado, musculoso e atarracado podia tranquilamente ser confundido com o berro de um animal sendo esfolado vivo — um guincho agudo e afiado, que saiu espontaneamente do fundo dos pulmões de Frank Steuben. A dor massacrou-o com todos os tons berrantes de um caleidoscópio em seu cérebro, roubou seu fôlego, retraiu os testículos na virilha e o fez cagar nas calças.

Seguiu-se uma série de perguntas e respostas. Spencer-Lee gritava uma pergunta e Steuben tentava responder o mais sincera e completamente possível, gaguejando, sem fôlego. Spencer-Lee perguntou o nome da mulher com Ash — a garota alfa de cabelo ruivo em um rabo de cavalo —, e Steuben lhe disse que era Lilly Caul. Em determinados momentos, a dor levava a melhor sobre Steuben e ele tropeçava na resposta. Spencer-Lee puxava a madeira para trás novamente, despertando outra série de gritos agudos e súplicas desarticuladas por misericórdia.

Frank sabia a maioria das respostas, ou por Ash, ou Quinn, dos últimos dois anos morando em Haralson. Ele conhecia casualmente Lilly Caul — tinha trabalhado com ela no projeto de restauração da ferrovia no ano anterior — e gostava dela. Era uma garota objetiva, uma líder natural de coração mole, o que Frank Steuben valorizava. Ele administrava sua empresa de paisagismo em Little Rock de forma semelhante. Era durão, mas justo com os funcionários. Ele vê essa mesma integridade em Lilly. Mas a verdade é que ele não deve nada à mulher. A dor extrema faz isso com uma pessoa. Desnatura o heroísmo na pura conveniência. Purifica a intenção no simples instinto de sobrevivência.

Agora Frank Steuben se esforça para ouvir a pergunta atual em meio ao ruído de sua agonia. Ele tem a visão embaçada. Enxerga apenas a figura espectral em uma máscara de atadura branca pairando sobre ele. Não consegue enxergar a boca do homem e só ouve as palavras abafadas, atravessando fracas a abertura para respiração nos curativos manchados de Betadine daquele rosto.

— P-p-por favor... re-re-repita — implora Steuben. Agora é quase impossível para Steuben decifrar aquela voz nasalada e sem corpo. — Eu... n-não consigo... en-teeen-der... a... *pergunta*.

— Ah, pelo amor de Deus! — O homem alto leva a mão ao rosto e puxa o canto das ataduras. Leva um ou dois segundos, mas enfim consegue retirar cuidadosamente as camadas múltiplas de gaze que aderiram a suas queimaduras nos últimos dias, agora puxando a coisa com força suficiente para retirá-la. O curativo sai com um ruído pegajoso, um estalo grudento. Ele joga longe o chumaço grotesco de gaze com a tranquilidade de uma cobra trocando de pele.

— Pronto! Satisfeito agora?

A face que olha Steuben de cima saiu direto de um pesadelo. Grande parte dela está queimada e é irreconhecível, a carne com a consistência de graxa, e encara com olhos injetados no fundo de crateras chamuscadas. Grande parte do cabelo de Dryden foi queimado; o resto, reduzido às cerdas de um porco. Um canto da boca foi inteiramente queimado pelo fogo, deixando uma fileira de dentes amarelados expostos que brilham em uma careta perpétua.

Ele aponta a seringa para uma face e enterra a agulha no próprio maxilar, injetando o bastante do agente para entorpecer qualquer dor residual.

— Muito bem — diz ele. — Pela última vez. — Agora suas palavras são nítidas, só ligeiramente obstruídas pelo canto mutilado da boca. — Vou perguntar de onde é a garota chamada Lilly... o nome da cidade ou assentamento onde ela estava morando... o lugar para onde provavelmente elas voltam enquanto conversamos. Qual é?

Steuben sente a si mesmo afundar nas dobras do banco traseiro. Ele sabe a resposta, mas agora seus reflexos são lentos, suas funções corporais falham. Ele sente o calor de sua bexiga se esvaziando nas calças. Tenta pronunciar o nome daquela cidadezinha jogada no meio do nada, 120 quilômetros ao sul de Atlanta, mas só consegue soltar um ruído fraco e suspirado que mais parece "Wwwwud... Wwwwuu... Wwhh".

Spencer-Lee Dryden curva-se para tão perto que Steuben, mesmo em seu estado debilitado, sente o cheiro de pus e os odores de queijo da infecção se irradiando do rosto queimado. O hálito de Spencer-Lee é cáustico e sulfuroso.

— Você consegue, maninho. — Spencer-Lee o incentiva em voz baixa. — Diga o nome da cidade daquela mulher... só precisa fazer isso. Não é nada de mais.

— Wwwwwwwuhhhd... Wwwuh.

Spencer-Lee segura a ponta da lasca de madeira e se prepara para mais uma vez puxar a coisa.

— Wwwwoodbury!... W-w-woodbury!... O n-nome da c-cidade é Www-w-woodbury!

Spencer-Lee solta a lasca e assente, satisfeito, para o moribundo.

— Muito bem, maninho! Não foi assim tão difícil, foi?

Steuben sente a si mesmo afundar no banco, que se tornou quase fluido, a luz some e tudo escurece a sua volta como se o dia estivesse em um reostato e algum ser divino girasse o controle para baixo. Em sua imaginação, Frank Steuben afunda pelo estofamento, descendo pelo chassi, entra pelo chão, caindo, afunda para o abismo frio da Terra. Ele nem mesmo registra o fato de que Spencer-Lee Dryden sacou uma pequena pistola .9 de um coldre no quadril. Steuben não consegue sentir o toque frio e oleoso do cano da arma na têmpora. Não consegue distinguir a visão de um rosto queimado se agigantando sobre ele, retorcido em uma expressão de solidariedade.

— Boa noite, doce príncipe — diz o rosto, e a voz é quase carinhosa.

O disparo solta um estalo, uma única bala penetra no crânio de Frank Steuben, virando o controle, de uma vez por todas e misericordiosamente, para a posição de desligado.

Spencer-Lee leva um ou dois minutos para ouvir o barulho inesperado que ecoa nos pântanos a oeste.

No início, está ocupado demais descartando os restos mortais de Frank Steuben, arrastando o corpo da traseira do caminhão e o jogando no charco atrás do veículo. Fica parado ali por um momento, enxugando as mãos em uma toalha e olhando o corpo parrudo que lentamente afunda no lodo, as bolhas gordurosas pontuando o fim da existência do homem nesta Terra.

Antes da praga, Spencer-Lee Dryden testemunhou várias audiências do grande júri que envolviam mafiosos locais e criminosos da cidade que tentaram se imiscuir na Câmara de Vereadores de Atlanta. Ele estudou a transcrição de maldades, corpos que eram desovados, assassinatos de líderes de gangues rivais e vários casos de intimidação, violência e chantagem. Passou a ficar obcecado com a proteção de seu eleitorado desses maus elementos. Passou a enxergar os eleitores de seu distrito como uma família e, quando se tratava da proteção de sua família, Spencer-Lee era incansável. Faria qualquer coisa — exceto matar — para proteger seu povo dos perversos e imorais. E se fosse sincero consigo mesmo, provavelmente podia ser pressionado a cometer atrocidades, inclusive o homicídio, se isso significasse a proteção daqueles que amava. Todavia, Spencer-Lee não via a morte de Frank Steuben como assassinato. O homem estava sofrendo terrivelmente. O tiro na cabeça foi um ato de misericórdia. Agora, Spencer-Lee volta ao caminhão, abre o estojo, retira um mapa rodoviário desgastado da Geórgia e o estica no assento do meio.

Ele se lembra de ter passado pela cidadezinha de Woodbury algumas vezes quando era mais novo, pegando atalhos pela área rural quando viajava a negócios e de férias a Panama City, na Flórida. Lembra-se muito pouco do lugar — o vilarejo não tinha nada de especial para um figurão político da cidade grande, era só um ponto largo na estrada — e agora ele vê no mapa por que ninguém jamais falava muito dali. Não havia nenhuma interestadual principal a quilômetros da cidade, e muitas das ferrovias que no passado cruzavam os pátios de trens do vilarejo tiveram o mesmo destino dos dinossauros.

Talvez seja por isso que Woodbury — depois da praga — tornou-se um segredo bem guardado na classe de sobreviventes. Talvez o caráter remoto, no meio do nada, é que torne o lugar tão seguro. A própria ideia de encontrar uma joia geográfica que pode ser uma fortaleza contra os enxames, os bandidos e todos os infortúnios dos campos de tabaco assolados pela praga toca em algo no fundo de Spencer-Lee. Seus olhos lacrimejam quando ele pensa em sua doce Sally, agora falecida, que pereceu de um jeito tão incompreensível e sem sentido. Ele pensa nas crianças — sua família ampliada — em algum lugar lá fora. Devem estar por perto. Talvez já tenham ido para Woodbury. Spencer-Lee sempre foi um homem de família profundamente intuitivo — apesar de ele e Sally jamais terem tido os próprios filhos. Ele sempre teve um sexto sentido quando se tratava de seus entes queridos. Podia sentir sua presença — mesmo quando estavam fora de seu alcance, fora de vista.

Ele está pensando nessa ligação física quando ouve o eco fraco de um motor.

No início, pensa ser imaginação dele. O barulho oscila e trina, carregado pela brisa. Ele vira a cabeça para o oeste. Escuta mais atentamente e é certo ser o som inconfundível de um motor — um motor grande — que pode ser ouvido no vento, rodando sem parar, como se estivesse atolado. Isso eriça os pelos da nuca de Spencer-Lee, de atenção. Ashley Duart e sua cúmplice arrogante, Lilly Caul, fugiram da cena do acidente em um 4×4 — um SUV —, talvez um Escalade.

Parece que um veículo semelhante ficou atolado na lama mais ou menos a 1,5 quilômetro dali.

Spencer-Lee sobe ao volante, liga o motor, engrena o veículo e com cautela manobra o caminhão de cabine dupla pelos deltas pantanosos e inchados da inundação, na direção do barulho.

QUINZE

Tommy Dupree agacha-se na margem do acampamento com os mosquitos e centopeias, as mãos suadas de tensão. Ele está com o coração aos saltos. Sente cãibras nas pernas. O estômago está embrulhado. Ele segura com tanta força a coronha do Winchester Model 70 — cujo cano está pousado em um tronco vizinho —, que os nós dos dedos ficam brancos. Repassa na cabeça sem parar o plano de Lilly. Não vai decepcioná-la. Esta é sua chance de se provar de uma vez por todas.

Por um espaço estreito na folhagem, ele consegue ver o Escalade — a cerca de 25 metros, do outro lado da clareira —, estacionado em um trecho pantanoso do terreno que corre junto de uma estrada de acesso abandonada e tomada de mato. Um jato de monóxido de carbono é cuspido do cano de descarga enquanto Ash continua pisando o acelerador. Foram vários minutos de ansiedade para colocar o veículo em tração traseira e elevar a parte de trás, fixando o macaco hidráulico de modo a se misturar na mata. A traseira elevada e as rodas soltas agora criam a ilusão de que o SUV está atolado, os pneus traseiros giram loucamente na lama, jogando pequenas gotas de lodo escurecido no ar.

O resto do plano depende de uma teoria profundamente considerada por Ash, e também da pontaria de Tommy.

— São mais variáveis aqui do que eu gostaria, amigo — Lilly alertou o garoto momentos antes. — A coisa pode ir para o ralo bem depressa, pode se deteriorar na hora. O homem é um louco de pedra.

Tommy assentiu.

— Então, ele é a variável e imprevisível?

— Ash tem muita confiança de que ele nunca machucaria uma criança, então esta é a nossa melhor aposta.

— Eu vou derrubá-lo, Lilly, não se preocupe — Tommy garantiu a ela então. — Vou fazer valer o esforço.

— Só não se esqueça de que você ficará totalmente sozinho na posição de tiro... sem apoio.

— Vou fazer o trabalho.

Essa conversa aconteceu meros minutos atrás, mas, agora, Tommy tem a impressão de que passou dias agachado nesta nuvem incessante de insetos. Seus joelhos e a parte superior das coxas latejam de dor. Ele lembra a época em que foi apanhador de seu pequeno time de beisebol e do quanto odiava. Detestava ficar agachado assim. Acabava com seus joelhos. Tentou clarear a mente e se concentrar no tiro. Segura o fuzil como Bob Stookey lhe ensinou — respirando fundo pelo nariz, com o corpo no maior relaxamento possível, os olhos bem abertos, um olho desfocado, o outro olhando pela mira.

No reino telescópico da mira, ele vê o Escalade na beira da estrada, brilhando ao sol, Ash recurvada ao volante, seu maxilar rígido e tenso enquanto ela finge lutar com as rodas traseiras supostamente atoladas. O ardil está funcionando. Tommy ouve um segundo carro se aproximar pela estrada sinuosa do delta. Ainda não consegue enxergar, mas sente que vem numa velocidade lenta, constante e discreta. *Ele pensa que está se aproximando de nós na encolha,* Tommy se admira em silêncio. *Pensa que vai nos surpreender.* Pela mira, Tommy examina Ash.

Ele nem imagina o quanto ela odeia aquele sujeito. Aquele babaca tirou a vida de seu namorado — o pai dos filhos adotivos — e a manteve prisioneira durante meses. Na verdade, desde que o RPG acabou com Jamie Quinn, Tommy vinha esperando que Ash tivesse um colapso mental completo. Mas a mulher é dura na queda. Continuou forte pelas crianças. Tommy tinha certeza de que quem mataria aquele pulha seria *ela*. Mas agora cabe a Tommy. Tudo está nas mãos dele. O peso da responsabilidade o pressiona.

O cheiro de peixe podre vaga na brisa, misturando-se aos odores musgosos da mata. Tommy ainda se pergunta o que Lilly quis dizer quando avisou que ele ficaria "completamente sozinho" depois que assumisse posição. Mas agora, agachado nos densos odores de decomposição e podridão da terra, ele entende o que ela pretendia dizer. A sensação de ficar exposto percorre o garoto em uma onda de arrepios. Ninguém está cuidando de suas costas, e isso faz a pele da nuca se eriçar de terror.

A presença dos mortos é sempre ubíqua — estão sempre presentes ao ar livre —, mas agora a sensação de perigo que se agiganta atrás dele é quase dominadora. Tommy ouve barulhos estranhos na mata profunda, mais para trás. Sente o cheiro de carne rançosa. Como o clima mudou e grande parte da enchente baixou, Tommy notou estranhos barulhos saindo das florestas e ravinas ao longo do Chattahoochee: pingos, estalos, um crepitar, um remexer, como se todo o vale se acomodasse, como se estivesse se reorganizando. Como uma casa mal-assombrada. Tommy se lembra de tentar ignorar a imensa escuridão que havia atrás da porta aberta de seu armário no quarto da infância, quando ele dormia sozinho à noite. Quanto mais tentava ignorar aquela escuridão, mais apavorante ficava a porta corrediça entreaberta — e as sombras desconhecidas atrás dela. Ele se sente assim agora, enquanto o ronco de um caminhão potente é atraído cada vez mais para perto.

Ele encosta a testa no visor da mira e se concentra na outra extremidade da estrada de acesso. A estrada termina em um trevo, que mergulha nos campos agrícolas vizinhos. Um imenso salgueiro chorão cresceu demais e se contorceu acima do trevo, cobrindo a área de sombras escuras. Pode ser visto o borrão de um veículo que se aproxima, uma forma em movimento lento por entre as árvores.

Tommy empurra o dedo na guarda. Aplica uma leve pressão no gatilho. Sua respiração é regular. Ele espera. Ouve o caminhão se aproximando, depois o ouve parar com um rangido. Ajeita o visor, vira a mira alguns centímetros para a esquerda e vê o caminhão parado atrás das árvores.

Pelo mais longo momento, o motorista simplesmente fica sentado ali, talvez refletindo sobre o que fazer.

Lilly sussurra:

— Está pronta, querida?

A garotinha agachada nas sombras de um enorme carvalho treme ao cochichar.

— Preciso falar alguma coisa?

— Não, meu amor... só parecer assustada. Lembre-se, é como uma brincadeira. — Lilly olha para os outros. — Vocês todos devem se lembrar de ficar atrás de nós e parecer que estão muito, mas muito assustados mesmo.

Bethany Dupree fala em seu típico rosnado adolescente sarcástico:

— Isso seria moleza.

Lilly concorda com a cabeça, sem achar graça no comentário. Engole em seco e assente para todos eles.

— Tá legal, lá vamos nós. Lembrem-se de parecer que estão muito assustados.

Neste momento, Lilly Caul sai de trás da árvore com o coração aos saltos.

Ela puxa Trudy Quinn, a garotinha mais nova, para a abertura. Lilly segura a criança pela alça do ombro do macacão de brim pequeno e sujo. Os olhos azuis da criança estão imensos de pavor. Seus lábios tremem. Ela nem precisa fingir.

— DRYDEN!

A voz de Lilly ribomba, dando um susto nas outras crianças, que se agrupam atrás da pequena Trudy. Lilly coloca o cano de sua pistola Ruger .22 na cabeça macia da menina de 7 anos.

— SAIA DO CAMINHÃO! DESARMADO! COM AS MÃOS ONDE EU POSSA VER! OU VOU ACABAR COM A INFELICIDADE DESTA CRIANÇA!

O timbre da voz de Lilly — sua textura rouca e frenética — é verdadeiramente apavorante. Encharcada na loucura, no desespero e na fúria ardente, é, de fato, tão terrível que algumas crianças mais novas passam a chorar — para valer — e Lilly tem um pensamento momentâneo: *que seja*. O choro vai ajudar a vender esse peixe.

— ELA VAI FICAR TRAUMATIZADA PELO RESTO DA VIDA GRAÇAS ÀS SUAS MERDAS DOENTIAS! MATÁ-LA SERÁ UM FAVOR QUE FAREI A ELA!! SAIA DA MERDA DESTE CAMINHÃO OU A CRIANÇA MORRE!

Naquele mesmo dia, Ash tinha alertado Lilly de que Spencer-Lee Dryden é muitas coisas — um doente mental, acima de tudo —, mas se tem uma coisa que ele *não é,* é idiota. Provavelmente ele enxergaria a tramoia no momento em que Lilly começasse a ameaçar as crianças. Mas Lilly sabia de um fato pouco conhecido sobre essas coisas. Ela sabia que a angústia que reside em todo coração humano pode ser derramada a qualquer momento. Não há necessidade de provocar o desespero e a insanidade da imaginação. Nestes tempos da praga, o verniz fino do autocontrole, da civilidade, do pensamento racional e da humanidade básica pode se romper com facilidade — seja consciente ou inconscientemente —, resultando em caos, loucura e atos como infanticídio. Para Lilly, o truque aqui era não deixar que as coisas fossem longe demais.

Mesmo agora, de costas para as outras crianças, com o coração martelando no peito, ela sente sua corda se esticar a ponto da ruptura.

— VOCÊ TEM DEZ SEGUNDOS, PORRA! SAIA DESSE CARRO AGORA!!

Alguma coisa se mexe e se contorce dentro de Lilly. A mão aperta o macacão da menina. O dedo indicador formiga no gatilho da Ruger. Seu estômago se contrai. O cérebro flutua com emoções contrárias, fragmentos de traumas do passado, lembranças dolorosas, um turbilhão elevando-se de um pátio de prisão, um espéculo de aço inoxidável sujo de seu sangue vaginal, uma lembrança indistinta de perder a única chance de ter um filho em uma enfermaria improvisada abaixo da Pista de Corrida dos Veteranos de Woodbury, na Geórgia, dissolvendo-se em lâminas de facão que abrem crânios apodrecidos e a cólera cega de repulsa e ódio por si mesma, e a culpa opressiva depois de atirar sem querer em uma mãe e seu filho nos terrenos daquela mesma prisão e, enfim, como uma coda para uma sinfonia dissonante, Lilly vê em sua imaginação um fuzil de assalto nas mãos, a mira levada ao olho, o gatilho puxado, o estampido e o espetáculo lúgubre de uma bala atravessando o crânio de um homem chamado Philip Blake.

Naquele momento, Lilly comete um erro crítico, alterando a dinâmica do impasse na faísca da ativação de uma única sinapse cerebral.

Ela comete o erro de olhar a pobre garotinha que tenta cumprir seu papel até o fim. Lilly vê o pavor autêntico naquela carinha angelical, os pequenos lábios de tulipa tremendo de medo. Os cachos cor de linho da menina estão embaraçados com sangue. A testa tem abrasões fundas do capotamento, e seu queixo tem hematomas. Essa visão atravessa o couro grosso de Lilly, sua angústia, suas lembranças de paródias humanas que ela usa como combustível para a coragem. O páthos dessa carinha penetra Lilly no núcleo mais profundo de seu ser. Ela não pode fazer isso com esta criaturinha inocente, esta dádiva de Deus ao mundo. Simplesmente não pode mais fazer esta pobre criança passar por essa provação. Ela olha para Trudy Quinn e pisca.

A garotinha levanta a cabeça, pega o sinal e consegue retribuir a piscadela de Lilly com um sorriso morno.

O barulho de uma porta de caminhão se abrindo repentinamente provoca uma sacudida de susto em Lilly.

Talvez Spencer-Lee Dryden tenha visto a sutil transação entre a mulher e a criança. Talvez estivesse olhando em meio à folhagem com um binóculo e percebeu a troca, a piscadela tranquilizadora e o leve sorriso da menina. O que quer que o tenha feito mudar de ideia, agora o impele para fora daquele caminhão em uma onda de loucura e fúria, com uma carabina .12 com cabo de pistola em uma das mãos feito uma grotesca varinha de condão. Ao sair da mata, ele afasta os galhos com a arma que parece um pernil, sua atitude temível como a de um golem que surge da lama mística. Seu rosto agora está à vista, os dentes expostos brilham na luz esverdeada e musgosa da clareira. É a cara de uma entidade demoníaca, a máscara pavorosa de uma caveira.

— ESTOU OBEDECENDO A SUAS EXIGÊNCIAS! — berra. Ele segura a carabina no alto. Lentamente e com cuidado, como uma serpente enroscada, baixa a arma no chão e a deixa ali. Levanta as mãos vazias com as palmas abertas.

Lilly vê claramente que ele tem uma segunda arma metida no cinto.

— Solte as crianças — ele fala, na voz de um peregrino louco, nasalada, as consoantes zumbindo do fundo da garganta queimada.

Aproxima-se devagar, com uma arrogância farisaica do Velho Testamento. Ele manca, o que torna sua aparência terrível ainda mais imponente.

— Agora me escute... essas crianças não são moedas de troca. Você não tem o direito de negociar com elas.

De sua posição nas sombras de um carvalho a 15 metros, Lilly vê claramente que ele estende a mão para a pistola.

Várias coisas acontecem nesta hora, todas ao mesmo tempo, como que coreografadas para acompanhar o homem queimado e seu discurso. O zumbido de insetos silencia. Ash abaixa-se atrás do painel do Escalade. Lilly segura a garotinha e mergulha no chão, protegendo a cabeça da criança.

As outras crianças se dispersam, procurando proteção, e preparam-se para o barulho do tiro mortal.

Naquele momento, Tommy Dupree — agachado como um símio atrás da cortina dos galhos do salgueiro e de camadas de folhagem — não tem consciência da sombra que se aproxima às suas costas. Está concentrado apenas no único tiro na cabeça que resolverá o problema Spencer-Lee Dryden. Tommy não ouve as vocalizações desarticuladas nem sente o cheiro do guisado de podridão mortal que se adensa. Está concentrado unicamente no que Bob Stookey e Lilly Caul lhe ensinaram no campo de tiro improvisado da pista de corridas de Woodbury.

Ele prende a respiração, com o olho pressionado no visor, e centra a cabeça do homem no meio do círculo minúsculo, no cruzamento da mira. Puxa o gatilho no exato momento em que o espreitador o ataca.

O fuzil grita quando a criatura maltrapilha se joga em Tommy com um rosnado enferrujado acompanhando a explosão, o impacto do cadáver levando o cano da arma a vacilar um fio de cabelo para o lado. A bala revestida de 7,62 mm corta a atmosfera úmida, bate no chão aos pés de Spencer-Lee Dryden e provoca uma nuvem de escombros no ar. O homem alto vacila, incólume, descarregando por instinto a própria arma.

Este segundo tiro vai para o céu, sem atingir nada, tem eco na copa das árvores, enquanto Tommy rola pelas agulhas de pinheiro emaranhadas e pelo kuzdu com um cadáver reanimado agarrado a suas pernas.

Aos chutes e brandindo o fuzil como um cassetete, Tommy tenta afastar a coisa. A criatura — uma mulher murcha e em trajes esfarrapados de agricultora, com dentes pretos e viscosos e olhos que parecem opalas cinzentas e opacas enterrados na cara — absorve os golpes com uma resistência robótica. Tenta colocar os dentes rançosos na parte carnuda da coxa de Tommy, mas este é rápido demais para a coisa e consegue desferir um forte golpe com o cano da arma na testa do monstro.

A ponta afiada do cano acha o crânio e se incrusta na polpa do lobo frontal, esguichando fluidos escuros pelas feições descarnadas do cadáver. A criatura se dobra, caindo nas pernas de Tommy, com um peso surpreendente que precipita um grunhido espontâneo do garoto quando ele tenta se livrar dela.

Ele vê outras criaturas saindo da mata mais funda a sua direita, dois homens com a carne inchada e encharcada e uma mulher grande — antes obesa, mas agora um saco de dobras de carne caídas balançando-se dos cantos de um esqueleto reanimado e bamboleante. Essas criaturas esfarrapadas fixam a visão em Tommy enquanto o garoto luta para se desvencilhar do peso da antiga agricultora.

Enfim libertando as pernas, Tommy rola para o outro lado do matagal.

Mal tem tempo para colocar as pernas abaixo do corpo, levantar-se e se atirar em uma corrida de vida ou morte quando as criaturas que se aproximam o cercam e obstruem sua saída.

Ele explode por uma muralha de folhagem e encontra uma trilha estreita. Em disparada, procura o ponto de encontro.

Do outro lado da clareira, a dinâmica muda. Assustado pela bala do atirador, que errou por pouco, Spencer-Lee quase bate em retirada por instinto, gira o corpo e corre de volta às sombras da mata. Atira-se pela lateral do caminhão, abre a porta, joga a arma para dentro e sobe ao volante.

O motor ganha vida com um uivo, uma nuvem de fumaça do escapamento é visível nos galhos superiores das árvores.

Do outro lado da clareira, Lilly simultaneamente reúne as crianças.

— Todo mundo formando uma corrente! — grita ela para eles. — Os mais velhos, segurem a mão dos mais novos!... coloquem os pequenos entre vocês!... rápido-rápido-rápido!... Vamos, fiquem abaixados e venham atrás de mim! Vamos! Ninguém fala... VAMOS!!

Enquanto isso, Ash colocou o Escalade na posição de estacionamento e voltou a transmissão para a tração nas quatro rodas. Sai depressa dali, permanece abaixada e contorna a traseira. Chuta o macaco debaixo do carro. Galhos, folhas e escombros voam quando as rodas traseiras batem no chão. Ela corre de volta à cabine, sobe, engrena a ré e arranca.

O SUV grita, a força gravitacional bate Ash no painel. Lilly e as crianças estão à espera perto de um grupo de bordos finos.

— Corre!... Corre!... Corre, todo mundo! Entra! — Lilly conduz as crianças, uma por uma, para o compartimento traseiro do enorme SUV. Ao fazer isso, ela olha o outro lado da clareira, procurando no bosque distante de árvores finas. O caminhão desapareceu. Lilly avalia a área arborizada do outro lado da estrada. Dryden sumiu. Só a nuvem fina de monóxido de carbono dissipando-se continua ali. Lilly sobe depois das crianças, tirando a pistola do cinto. — Tudo bem, vamos! Anda! Precisamos achar Tommy antes de Dryden!

Ash engrena o carro e pisa fundo no acelerador.

Spencer-Lee chega à metade da estrada de acesso quando tem um vislumbre indistinto do atirador correndo por trás das árvores em uma trilha paralela.

No início, através do vidro danificado do para-brisa do caminhão, a figura parece apenas um borrão de brim sujo disparando pelas árvores. Mas logo Spencer-Lee identifica que o atirador é uma criança — o pobre adolescente confuso a quem Ash se juntou no início da perseguição —, e agora Spencer-Lee dá um golpe no volante. O caminhão sai loucamente da estrada.

Por um momento, Spencer-Lee pensa em chamar a criança. Talvez possa salvar esse garoto, ensinar a ele uma abordagem mais nobre à sobrevivência. Infelizmente, o chão da floresta é acidentado demais e a folhagem é muito densa — raspando sem parar nas laterais do veículo, batendo no para-brisa espatifado —, e Spencer-Lee percebe, em um instante frenético, que o garoto jamais o ouvirá. Só tem um jeito de Spencer-Lee salvar essa criança abandonada, maltratada e desorientada.

Spencer-Lee faz uma curva acentuada para a esquerda e a enorme grade do caminhão tritura um grupo de errantes sem rumo que saem do rio, atraídos pelo tiroteio e o tumulto. Fluidos corporais e matéria rançosa espiralam no capô do motor, respingam no para-brisa e escorrem pelo teto da cabine. Spencer-Lee liga os limpadores e ignora a distração de dentes ensanguentados como grãos de milho apodrecidos se reunindo nas calhas do veículo.

O terreno a oeste da clareira é irregular, primitivo, um vale fluvial verdejante com estradas de terra descuidadas que correm sinuosas por pequenos morros cobertos de kuzdu, mergulhando depois em declives curtos nos lamaçais de poças de maré, angras sulfurosas e infestadas de errantes e enseadas de formatos estranhos e bizantinos. Alguns afluentes do Chattahoochee transbordaram a ponto de formar pequenos lagos e pântanos que nem existiam uma semana atrás, e agora muitos caminhos parecem desaparecer de repente, afundando subitamente no lodo. Para piorar o ambiente praticamente intransitável, o feroz sol da tarde transformou a área em um caldeirão vaporoso de névoa baixa e depósitos de metano tão densos que o para-brisa do caminhão fica embaçado. Spencer-Lee usa a mão para limpar a condensação do lado de dentro do vidro.

De súbito, uma figura masculina magricela dispara pela estrada diretamente na frente do caminhão.

Spencer-Lee solta um arquejar de choque e bate a bota no pedal do freio, as rodas traseiras do caminhão de imediato são travadas, entrando numa derrapada na superfície caudalosa da estrada. O garoto se atira para longe do caminho. A cabine gira, descontrolada. Spencer-Lee luta com o volante. A paisagem roda em um borrão verde-escuro, enquanto o garoto — vislumbrado por mais um momento fugaz na visão periférica de Spencer-Lee — pula em um ressalto paralelo.

O caminhão para de repente, virado de lado na estrada.

Spencer-Lee fica sentado ao volante um instante, respira com dificuldade, transpirando, o calor faz seu rosto mutilado e queimado formigar. Ele abre a porta do motorista e sai. Corre para a beira do morro e vê um barranco curto e íngreme descendo à beira da água. O garoto desapareceu. Não está à vista em lugar algum. Não há nenhuma ondulação no pântano, apenas uma neblina fantasmagórica de metano aumentando a ilusão de que o menino fez algum truque diabólico de magia.

O barulho de um motor potente se aproxima do leste — certamente o Escalade —, o que de imediato provoca arrepios em Spencer-Lee.

Ele dá uma última olhada no pântano, depois espia o grupo distante de árvores e trepadeiras pela margem, o mato crescido que se estende para o norte e o sul até onde ele pode ver. O nível da enchente recuou um pouco nesta parte dos pântanos, mas a água ainda é tão alta que as árvores estão meio submersas, os ciprestes antigos e grandiosos, com suas raízes nodosas, parecem tentáculos petrificados sondando o caldo escurecido.

Ele tem uma ideia. De rosto contorcido, formigando da dor fantasma, Spencer-Lee olha por cima do ombro a densa floresta de pinheiros que recobre as convoluções do vasto vale do rio decrépito — as lojas de pesca arruinadas ao sul, as docas pulverizadas, as linhas de eletricidade inúteis que se estendem pelo alto das árvores ao norte, as estradas inundadas, os abrigos para barcos demolidos e atracados e botes afundados.

O barulho do Escalade oscila a meia distância, o eco do motor reverberando nas árvores. De onde está, é difícil saber se ele se aproxima ou está partindo da área.

Spencer-Lee volta ao caminhão, entra e abre o porta-luvas. Procura em meio à confusão de manuais do proprietário, maços antigos de cigarros, antigas contas de serviço e recibos. Encontra um velho mapa estadual dobrado. Retira e o abre no banco do carona. Corre o polegar pelas terras agrícolas a leste, atravessa a antiga rodovia 85, passa pela rodovia 27 e para em um ponto minúsculo no papel.

O ponto fica no meio do nada.

DEZESSEIS

— Vou ficar aqui até o inferno congelar ou Tommy aparecer, o que vier primeiro. — Lilly olha pela janela lateral as sombras implacáveis atrás das árvores, depois assente, mais para si mesma do que para os outros. Sua coluna dói por um momento, o sistema nervoso no fogo cruzado entre a dor fervente e a dúvida debilitante e insidiosa que entra de mansinho em seus pensamentos. Às vezes as pessoas desaparecem neste ambiente e continuam desaparecidas. Em outras ocasiões, elas voltam e você deseja que não tivessem voltado. — Ele estará aqui. Acredite em mim. Ele vai nos encontrar. Eu sei que vai.

Sentada ao volante do Escalade, ela fala sozinha e com os outros, correndo os olhos pela floresta impenetrável dos dois lados do ponto de encontro. Ela se sente remexida, esvaziada por toda a violência e perda. As crianças se abrigam na traseira duas fileiras depois, tão silenciosas que sua respiração é a única coisa ouvida acima do zumbido monótono de insetos e sapos no ar úmido.

— Parece que temos outro, ouviu a gente, sentiu, o que for... vem à direita. — Ash segura com força o cabo do facão, com a palma suada, o olhar fixo na criatura. — Tapem os olhos, crianças.

Ninguém tapa os olhos — nem a criança mais nova —, simplesmente olham fixo pelas janelas enquanto outro adulto esfarrapado cambaleia da mata vizinha e bamboleia para o SUV. Ele arrasta a perna esquerda como madeira morta, o alto do fêmur, no formato de uma bola de bilhar, projeta-se de uma malha de tendões ensanguentados. A parte superior do corpo está vestida em uma camisa de trabalho furada e rasgada — mais provavelmente o traje de um ex-estivador —, seu rosto pálido é mutilado e pende em farrapos. Só os olhos brancos e leitosos e os dentes amarelados se fixam nos passageiros amontoados dentro do Escalade estacionado.

Quando a criatura alcança a parte frontal do veículo, Ash abre a janela, estala a língua como quem pastoreia galinhas e espera quase indiferente que a coisa a ataque. Ela investe com a lâmina pela abertura em um arco potente, rápido e lateral, e a arma se incrusta no couro cabeludo da coisa. Os fluidos borbulham quando a criatura começa a desmoronar.

Ash retira depressa o facão e limpa a lâmina coberta de sangue no braço da coisa antes que ela caia no chão.

Lilly olha as crianças por cima do ombro. Algumas das mais novas apenas encaram vagamente com o polegar na boca, parecendo quase catatônicas. Outras acompanham os procedimentos medonhos com uma espécie de tédio lúgubre, de olhos vidrados e distantes, como se testemunhassem a conclusão de uma tarefa doméstica, o extermínio de uma barata ou o enxotar de um mosquito. A corrupção dessas pessoinhas inocentes — ou talvez a melhor palavra para isso seja *dessensibilização* — levou anos, mas parece estar arraigada agora. Lilly vê em sua linguagem corporal, nos olhos deles.

O processo começou para valer cerca de quatro anos atrás, quando o surto virou o mundo de cabeça para baixo para as crianças sobreviventes. Teve início com os pesadelos. Lilly se lembra de tentar ler histórias reconfortantes para dormir às crianças de Woodbury durante o regime do Governador. Nada ajudava. Alguns pais tentaram cobrir os olhos jovens dos horrores dos mortos ambulantes e, pior, da brutalidade de companheiros sobreviventes. Não funcionou. As crianças — como sempre fazem, um dia — enxergam tudo. Elas internalizam. Absorvem, sonham com a coisa e transmutam em uma angústia terrível, privativa e pessoal, que tolhe sua personalidade e as deixa taciturnas e retraídas.

Agora, essas 11 crianças viram o rosto de um monstro *humano* chamado Spencer-Lee Dryden e a visão daqueles olhos vermelhos e ardentes os espiando pela máscara de monstro escurecida e devastada pressionou a maioria delas para a beira do abismo. Mas, de algum modo, neste momento e estranhamente, olhando de um rosto a outro, Lilly vê uma mudança na maioria deles — até nos mais novos —, que talvez ela devesse saber o tempo todo que acabaria por aparecer. É uma mudança que agora surge no pequeno Lucas Dupree, nos bancos mais para trás.

— Lilly? — ele chama em voz baixa, consciente da necessidade de fazer silêncio para não atrair mais errantes. Seus olhos azuis e imensos brilham de alguma emoção inominável.

— Sim, Luke?

— A gente não devia voltar?

— Voltar para onde?

— Para matar o homem queimado.

Lilly respira fundo.

— Nós vamos, Luke. Assim que Tommy chegar aqui. Nós vamos. Eu prometo. Vamos acabar com isso de uma vez por todas.

— Eu vou fazer — diz Chelsea Quinn do canto do assento intermediário, seu queixo mínimo empinado de coragem. Ela está com um macacão encardido por cima de uma camiseta suja de Pokémon, e por muito tempo Lilly achava esse pequeno macacão de veludo cotelê lindíssimo. Mas agora, estranhamente, parece a Lilly uma armadura corporal.

Tyler Coogan lança um olhar fulminante para Chelsea.

— Como é que *você* vai matar um maluco? Você não consegue matar uma mosca nem com as asas dela arrancadas.

— Consigo, sim! — O queixo de Chelsea fica ainda mais proeminente. — Eu ia pisar na mosca e esmagar.

— E é o que está pensando em fazer com aquele Dryden? Vai esmagar o cara? — Aos 10 anos, Tyler Coogan acabou de entrar na zona de sarcasmo pré-púbere, em que cada declaração parece ser acompanhada de aspas no ar. — Ah, isso é bem genial, mesmo, vai dar certo.

— Tyler, deixe ela em paz — Jenny Coogan censura o irmão, seus olhos de 9 anos brilham de indignação justificada por trás dos óculos com aro de chifre.

Chelsea cruza os braços pequenos, penosamente.

— E se eu jogar uma pedra nele? Hein? Hein? Tenho certeza de que vai esmagar o cara de verdade!

— Falem baixo! Vocês vão chamar mais errantes. — Bethany, a voz da razão do outro lado da fila traseira. — E ninguém vai esmagar o cara queimado.

Uma voz frágil, fraca, mas ainda assim firme em sua convicção, vem de Tiffany Slocum:

— Vamos dar um tiro na cabeça dele... como um errante... não é?

A irmã gêmea assente com fervor.

— É. Tommy tem mais balas. Ele vai fazer isso.

Bobby Quinn se intromete.

— E se isso não der certo, eu faço.

— Você nem tem uma arma, Bobby — diz Cindy Nesbit. — Como vai atirar nele?

— Vou meter minha faca no peito dele. Depois vou torcer de um lado para o outro e rasgar todo o coração e os pulmões dele, essas coisas.

— É uma boa ideia — comenta Trudy Quinn, pensando no plano do irmão mais velho. — Assim ele não vai poder matar mais ninguém, como fez com nosso pai.

Lilly esteve ouvindo esse estranho discurso, fascinada, mas agora olha para Ash, sentada no banco do carona, cabisbaixa, uma lágrima como uma pérola solitária pendurada do nariz. A lágrima cai no colo dela. Lilly sente uma onda de empatia pela amiga, pela perda do parceiro e companheiro de Ash e pai dos filhos dela. Mas algo mais profundo em Lilly domina essa onda de solidariedade. Lilly perdeu muitos amigos nos últimos anos, inclusive o pai e cada homem que amou. A dor é uma coisa viva em seu íntimo, em metástase, espalhando-se, maligna. Mas agora a dor se transformou em algo novo — uma selvageria existencial que não é diferente das expressões frias transmitidas entre as crianças. Lilly assistirá, feliz, enquanto Bobby Quinn torce aquela merda de faca.

Atrás de Lilly, espremida contra a janela lateral, Trudy Quinn discorda.

— Você tem que meter a faca na cabeça, se não quiser que ele mate mais ninguém... não é? Se não esfaquear a cabeça, ele vai se transformar. Não vai meter a faca na cabeça dele, Bobby?

Bobby dá de ombros.

— Espero que ele se transforme.

— Por quê?

— Porque depois eu posso cortar a cabeça dele e pendurar em uma árvore para todo o sempre, e ele terá de passar o resto da eternidade olhando o mundo, feito uma... feito uma... cabeça de boneco de mola... e ele não vai ter braços nem pernas, nem vai ter jeito nenhum de machucar mais ninguém, mas vai ficar no inferno porque não vai poder morrer nunca.

O silêncio toma o carro por um momento. Lilly estende o braço e coloca a mão delicadamente no ombro de Ash. As duas mulheres não falam uma só palavra. Mas o olhar trocado entre elas é carregado de presságios.

Ash baixa os olhos para o colo.

— Tudo isso é culpa minha.

— Que ridículo... do que está falando? — Lilly acaricia seu ombro. — Tudo isso é culpa de um maníaco homicida.

— Eu é que fui apanhada... eu é que destruí o complexo dele, matei seus homens, acabei matando Quinn. — Ela pensa nisso por um momento. As crianças ficam fascinadas com suas palavras. — Fui eu que o transformei em um monstro.

— Ash, preste atenção. Ele já *era* um monstro. E, a propósito... Quinn salvou a nossa vida. Ele morreu como um herói. Quinn era um homem maravilhoso. Teve uma ótima vida... uma vida plena. Ele morreu bem, Ash. Foi, sim. Ele morreu bem.

Por um momento, Lilly deixa que as palavras pairem ali, no veículo silencioso. Olha por cima do ombro e vê os rostos de crianças remoendo suas palavras, sua mensagem de heroísmo, amor e coragem.

— Lilly? — Mercy Slocum fala por fim, com a carinha em formato de pera toda franzida de preocupação.

— Sim, meu amor?

— O que quer dizer "morrer bem"?

Lilly abre um sorriso triste.

— Essa é uma excelente pergunta. Pense da seguinte maneira...

Parando por um segundo, Lilly vê pela janela lateral espatifada as filas densamente compactadas de bordos que crescem desenfreados contra as árvores mais altas, os troncos enormes de antigos carvalhos como colossos escabrosos estendendo seus ossos contorcidos para o céu em um quadro vivo imortal, tudo isso recoberto dos caules grossos de kuzdu e trepadeiras. O asfalto sujo em que eles estão à espera de um jovem que talvez nunca chegue — um par de caminhos que se cruzam envoltos pela folhagem, velado pela mata — dá a impressão de túneis pelas sombras do inferno. Uma placa desgastada e dilapidada no acostamento diz LOWER GLASS BRIDGE ROAD 1,5 KM. O ponto de encontro, escolhido por seu caráter oculto e apressadamente mapeado nas páginas arrancadas de um antigo atlas amarelado, agora preocupa Lilly. Talvez o lugar seja tão escondido que nem mesmo Tommy Dupree consiga encontrar. O pai de Lilly costumava dizer: "Jamais tente o destino, meu bem." Mas talvez tenha sido exatamente isso o que Lilly fez ao falar sobre morrer bem. Tommy Dupree pode estar fazendo isso neste exato momento, em algum lugar no meio silvestre.

Um tremor de medo corre pela coluna de Lilly e ela olha Mercy Slocum, concluindo seu raciocínio.

— Acho que significa ser um herói.

— Como o Super-Homem?

— É... mas é ainda melhor do que isso. Se você morre bem, você é melhor do que o Super-Homem.

— Por quê?

— Porque o Super-Homem tem poderes sobrenaturais. Seu papai era humano e morreu como o Super-Homem. Uma pessoa deve se orgulhar disso.

Mercy remói esse conceito em silêncio por um momento.

— Mas meu papai não pode ter orgulho de mais nada porque ele está morto.

Lilly não responde.

Não existe resposta.

Uma hora se passa. As crianças ficam indóceis, remexendo-se nas fileiras de trás, empurrando as outras de vez em quando ou trocando implicâncias, as juntas de seu sistema nervoso começando a aparecer. O interior do Escalade vira um forno — as janelas abertas não ajudam muito, o calor do fim de tarde os pressiona — e Lilly passa a ligar o motor e o ar-condicionado de tempos em tempos, para conservar combustível. Todos dividem o escasso suprimento de água potável. O carro tem cheiro de cecê, estresse e mofo. O pequeno Teddy Nesbit adormece no ombro da irmã, a menina se encolhe e o empurra. Lilly e Ash constante e gentilmente repreendem as crianças para que façam silêncio e fiquem quietas, mas não adianta muito.

Lilly ouve um barulho, olha o retrovisor e vê duas criaturas esqueléticas e murchas — aparentemente um casal de idosos de algum asilo, os rostos emaciados são fundos como cabaças apodrecidas — saindo da mata e arrastando-se das sombras atrás do veículo.

As criaturas esfarrapadas e mofadas mais provavelmente são um antigo casal, ainda ligados por memória muscular — o homem de macacão, a mulher com um roupão puído tão gasto e escurecido pelo tempo que parece uma camada de papel alcatroado —, arrastando-se lado a lado para a porta traseira do Escalade. Nenhuma das crianças nota a presença deles, mas Ash logo os vê e estende a mão para a maçaneta da porta do carona. Lilly a impede, tem uma ideia, gira a chave, liga o motor, depois liga o limpador do vidro traseiro.

Pelo retrovisor, Lilly vê as duas criaturas parando, hipnotizadas pelo movimento de vai e vem do limpador. Seus olhos pálidos e vidrados estão fixos no borrão daquela lâmina de borracha, e as cabeças balançam mecanicamente, como que em fusos — de um lado para o outro, de um lado para o outro —, em um movimento sincronizado, como duas pessoas assistindo a uma partida de tênis. Lilly engata a marcha a ré e pisa um pouco no acelerador do SUV.

Os dois de imediato saem de vista. O barulho de ossos frágeis e dessecados sendo esmagados pelas imensas rodas traseiras do Escalade mal pode ser ouvido com o ronco do motor. O carro estremece ligeiramente ao passar por cima dos obstáculos. Depois, Lilly pisa no freio e o faz parar. Os restos recém-mutilados e achatados jazem na estrada em meio a todos os outros corpos destruídos na última hora.

Lilly coloca a alavanca do SUV em modo de estacionamento, desliga o motor e fica sentada ali por um momento. Nota Ash olhando toda a carnificina no cruzamento encoberto pelas sombras. Lilly vê a extensão disso — devem ser no mínimo vinte corpos —, alguns empilhados como baixas em um campo de batalha macabro. Ash enxuga os olhos. Esteve chorando de novo? Lilly não sabe. O exterior estoico de Ash agora foi completamente corroído. Mas o que resta? Isso é perturbador para Lilly em muitos aspectos. Ela precisa que Ash seja perspicaz, lúcida e preparada para agitar a qualquer momento. Mais importante, porém, é que as crianças também precisam. As crianças precisam dela agora mais do que nunca.

— Você está bem? — pergunta Lilly suavemente, examinando a amiga. Os hematomas, arranhões, queimaduras e cortes que se entrecruzam nas elegantes feições de Ash (alguns antigos, outros novos) desmentem o fervor da dor íntima, de sua perda. Lilly já passou por isso, ela sabe como é. — Ash?

— Estou bem. — Ash a encara. — Lilly, não podemos ficar aqui para sempre.

— Ninguém falou nada sobre ficar para sempre, só vamos ficar até Tommy chegar.

— Lilly...

— Nem comece, Ash. Não vou embora sem Tommy. Ponto final. Fim da discussão.

— Já estamos parados aqui há horas.

— E vamos continuar aqui até que...

— Eu sei, eu sei — Ash a interrompe. Seus olhos brilham de angústia e tensão. — Vamos ficar até o inferno congelar, mas você sabe o que vai acontecer antes disso... antes de o inferno congelar? Nós vamos ser... — Ela se interrompe e olha as crianças por sobre o ombro. A maioria exibe expressões vazias e distantes. Ash baixa a voz. — Nós seremos *cercados*, Lilly. O que de certo modo acaba com o propósito. Não acha?

Lilly puxa o ar para dentro, tenta controlar a fúria.

— Se quiser levar as crianças, tudo bem. Vou ficar e esperar aqui. Vamos nos encontrar de novo...

— Pare com isso! Não vamos nos separar. Tommy vai ficar bem... onde quer que esteja. Ele sabe onde nos encontrar. Vamos lá, Lilly. Por favor.

Lilly baixa os olhos. Seu estômago se contrai. Ela não pode ir embora. Não pode abandonar Tommy. Mas também sabe que Ash tem razão. Eles não podem ficar sentados ali esperando por muito mais tempo. Se os errantes não os cercarem em breve, será Dryden que os encontrará. Ela está convencida de que o louco ainda passa um pente-fino pela região, procurando por eles. Tommy é engenhoso, forte e inteligente. Por fim, Lilly fala:

— Não posso fazer isso, Ash. Ele é meu filho adotivo, tanto quanto os Quinn são para você. Não posso deixá-lo para trás.

Ash volta seu olhar ardente para Lilly.

— Preste atenção. Lógica. Pense nisso. Você não está fazendo nenhum favor a Tommy ficando aqui. Há uma forte possibilidade de passarmos a ser carne morta bem antes que ele chegue.

— Não me importa. Leve as crianças. Vá. Deixe as pistolas comigo e um pouco de água.

— Não! Negativo. Não vamos fazer isso. Vamos voltar a Woodbury, podemos mandar um grupo de busca. Mas não vamos nos dividir.

Lilly olha a muralha de árvores, as densas meadas de arbustos e kuzdu como filetes de câncer sufocando a vida da floresta. As sombras na mata mais profunda oscilam e dançam. Será o vento batendo na copa das árvores? Ou mais errantes se reunindo, farejando a presença deles ali? O dia caminha para o crepúsculo.

Ash tem razão. Se ficarem ali por muito mais tempo, será tarde demais para todos eles. A lógica dita que não se deve permitir que a segurança de um comprometa a vida de outros 13. Porém, Lilly não consegue se decidir por partir. Seu coração parece afundar nas entranhas. Ela ouviu as histórias com o passar dos anos. O mero terror de perder uma criança em um shopping center ou em uma esquina movimentada é uma das coisas mais apavorantes que um pai ou uma mãe pode experimentar. Mas esta situação é um shopping center multiplicado por um bilhão. Lilly nem mesmo sabe se Tommy conseguiu escapar com o fuzil de *sniper*. Ele tem algumas balas a mais, mas não tem suprimentos, nem água, nem comida. E Dryden fugiu ao mesmo tempo que Lilly saiu da clareira. Ela não sabe que direção qualquer um dos dois tomou.

Lilly respira fundo, tenta pensar nas palavras que convencerão Ash a continuar esperando, quando uma voz leve e familiar soa dos bancos traseiros.

— Lilly, está tudo bem.

Olhando por cima do ombro, Lilly vê Bethany Dupree encarando-a com uma expressão comovente — uma mistura de tristeza, solidariedade e esperança. Uma menina de 11 anos, resistente, com o cabelo cor de açafrão e o jeito franco e prático de uma moleca, a irmã mais nova de Tommy agora fala com a clareza de um advogado nas argumentações finais.

— Tommy já se perdeu muitas vezes, e ele sempre encontra o caminho para casa. Ele vai conseguir voltar a Woodbury. Pode acreditar, Lilly. Você não precisa ficar.

Lilly contempla a garotinha sardenta.

— Tudo bem, querida. Tudo bem. Tá legal. — Lilly alcança a alavanca de câmbio e coloca na posição de dirigir. — Você venceu.

O Escalade ronca enquanto as rodas traseiras aderem à estrada encharcada, colocando o veículo em movimento em uma nuvem de escapamento e escombros.

DEZESSETE

As sombras roxas do crepúsculo se desdobram sobre os campos de tabaco a leste da Geórgia, atenuando a luz e esfriando o ar. Lilly decide pegar a Owens Road na última parte da viagem a Woodbury. A serpentina esfarelada de asfalto corre sinuosamente por entre as florestas de pinheiros do condado de Meriwether, atravessando passagens irregulares de granito, passando por cruzamentos desolados e fazendas há muito abandonadas e por fim rumando para o leste pelos arredores dos extintos pátios de trens de Woodbury.

Pelo para-brisa, olhando bem à frente, Lilly vê os primeiros sinais da periferia da cidade. Sua pulsação se acelera, os demais passageiros olham pelas janelas em um silêncio assombrado. Algumas crianças nunca tinham visto o lugar, mas sem dúvida *ouviram falar* dele. Lilly fala na cidade o tempo todo, como alguém fala de um antigo amante, das glórias do passado, do auge do colégio, todas as agonias e êxtases do crescimento. No sentido psicológico, Lilly *cresceu* nesta cidade. Ela enfrentou perdas, demônios pessoais e o puro mal na forma de Philip Blake. Agora, porém, enquanto entra na cidade a partir do oeste, ela se pergunta se Blake era mesmo a pura maldade.

Depois tudo o que aconteceu, de toda a violência em nome da proteção de seu pessoal, será que Lilly não fez o mesmo que Blake?

Uma placa crivada de balas se aproxima. ZONA DE VELOCIDADE À FRENTE. A rodovia 109 faz uma curva para a esquerda, depois a estrada se estreita e vira para a rua principal, o asfalto parecendo ser coberto por uma quantidade cada vez maior de escombros da tempestade, um número cada vez maior de restos humanos de identificação impossível jogados nos brejos de sangue seco, petrificando sob o sol inclemente.

Outra placa aparece, quebrada e pendurada de lado: A IGREJA BATISTA DE WOODBURY LHE DÁ AS BOAS-VINDAS. A ironia não passa despercebida a Lilly. Ela se lembra da primeira vez em que deitou os olhos em Woodbury: era noite, nevava, e um homem chamado Martinez a acompanhou com Josh Hamilton a uma versão militarizada de uma cidadezinha icônica. Era Mayberry misturada com Beirute, um lugar de muralhas, cercas de arame farpado, torres para armas e barris em chamas. Agora, a antes encantadora cidadezinha — originalmente um reduto da história americana meio decadente; de pequenas e pitorescas lojas de sementes e tabernas; gazebos e pátios de manobra de trens; e gramados bem-cuidados com esculturas, alimentadores de pássaros e grutas artificiais — foi reduzida a uma versão gótica do inferno na Terra.

O Escalade reduz ao passar pelo antigo posto da Chevron, agora uma ruína escurecida com buracos enormes e escancarados no chão, preenchidos com as águas da tempestade, em que nadam cabeças oscilantes dos mortos-vivos. Este é o inferno de Bosch, o nono círculo. Todos os fios telefônicos foram arrancados dos postes e agora espalham-se pelo chão, batendo no vento como chicotes. Postes de luz estão deitados de lado, mantos de cacos de vidro brilham como diamantes na luz mortiça. Uma turba gradativamente maior de figuras desalmadas e esfarrapadas — os condenados, as almas penadas dos ex-moradores da cidade — sai de trás de toldos caídos e cartazes deformados. Grande parte da barricada que cerca a zona central e segura caiu, algumas partes incendiadas, outras pisoteadas. A imensa carreta que originalmente servia como portão móvel de entrada agora está jogada de lado, uma casca escurecida.

O Escalade passa pela antiga espelunca que Bob Stookey frequentava — o Smitty's Cafe —, agora uma ferida aberta numa construção, com o teto desabado, vergalhões e fiação expostos parecendo as costelas de um dinossauro caído. Lilly começa a ter um mau pressentimento à medida que eles passam lentamente pelas fachadas em ruínas dos antigos U-Save-It Pharmacy, Dilly-D's e Carrol's Feed and Seed. Não é nada específico. É apenas uma ansiedade surda provocada pela sensação palpável de estar sendo observada.

Ela vê a praça ao longe, os pórticos espectrais da Pista de Corrida dos Veteranos elevando-se contra o céu que escurecia, e as nuvens agora têm a cor de vinho do Porto. Ela reduz o veículo a um arrastar. Ela e Ash partilham um olhar ansioso.

A sensação aumenta. É meio parecida com ser uma criança e chegar da escola, encontrando algo diferente em seu quarto. Talvez a mãe tenha arrumado os bichos de pelúcia, trocado a água do aquário, apagado ou *acendido* uma luz. Algo está diferente e mudou há pouco tempo. Tem alguém escondido no seu armário? Não será fácil dormir esta noite, quando o vento sopra os galhos contra sua janela.

Lilly continua dirigindo devagar para o centro da cidade. Algo zumbe pouco abaixo do barulho dos insetos de verão. Vaga na brisa um odor que Lilly não consegue se lembrar de ter detectado alguma vez, um cheiro metálico de circuitos queimados. As ruínas das ruas residenciais de Woodbury se estendem na distância à esquerda de Lilly. Pela janela lateral, seu olhar se demora em uma das casas. Aquilo era uma luz, atrás de uma das janelas? Uma sombra acaba de correr pelo quintal?

Bethany Dupree é a primeira a romper o silêncio torturante, sua voz vem dos bancos traseiros, baixa e perplexa.

— O que aconteceu aqui, Lilly?

— Boa pergunta.

— Acha que David Stern fez isso?

— Não sei, querida. Não sei por que *alguém* faria isso.

Ash resmunga alguma coisa.

Lilly olha para ela.

— O que você disse?

Ash olha pela janela.

— Eu disse *terra arrasada*... parece que alguém decidiu que era melhor derrubar todo o lugar em vez de deixar para outra pessoa.

— Talvez... mas ainda não responde à questão do porquê.

Ash dá de ombros.

— Talvez David Stern tenha perdido o juízo.

— É, tá... quem não perdeu?

As duas mulheres se olham novamente. Ash não consegue deixar de abrir um sorriso torto para Lilly.

— Fale por si mesma.

— Desculpe, eu só estava pensando...

— Ei! O que é *aquilo*?!

Lilly dispara os olhos para o retrovisor e vê Bethany Dupree apontando para algo à direita. Lilly volta a olhar pelo para-brisa. Pisa no freio. O veículo para numa derrapada. A inércia atira Ash e as crianças para frente nos bancos. Ash levanta a cabeça, assustada.

— Mas o que foi, Lilly?

— Ash, procure aqueles dois pentes extras. — A voz de Lilly ficou fria e sem cor, seu olhar está fixo em algo que flutua no espaço, bem à frente, a três quadras de distância. — O 223 milímetros para o AR-15.

— O que foi? — Ash olha pelo vidro quebrado do para-brisa, procurando à meia distância. — Está olhando o quê?

— Coloque a mão embaixo de seu banco e veja se consegue encontrar uma caixa extra de balas .22.

— Mas por que toda essa...? — Ash fica imóvel quando vê a coisa pairando em pleno ar a 200 metros dali, pendurada no gancho imenso de um guindaste de obra. O guindaste está nas ruínas de um enorme estacionamento à frente do estádio em formato de pires antes conhecido como a Pista de Corrida dos Veteranos de Woodbury. A visão do objeto escuro pendurado na ponta de um cabo, em silhueta contra as nuvens cor de malva, faz com que Ash endireite o corpo como se uma corrente elétrica disparasse pela coluna. Ela alcança a munição.

— Isso não estava aqui da última vez, é novidade. — Lilly Caul declara o eufemismo do ano em uma voz baixa e tensa, sacando a Ruger .22 do coldre. Puxa o cão para trás sem nem mesmo olhar a arma, os olhos estão fixos na figura pendurada ao longe.

— Pode ser qualquer coisa — fala Ash em voz baixa. — Um suicida... um recado para possíveis saqueadores. Não há motivo para acreditar que estamos em...

— Mas por que ter o trabalho de deixar um recado? Não tem nada aqui. Não sobrou nada para saquear. — Ela engole em seco. — Não... acho que isto foi deixado para nós.

— Como é?!

Dos bancos traseiros, outra voz mínima tingida de pavor se intromete:

— Acho que a gente devia ir para outro lugar.

Outra criança fala:

— Eu também. Acho que a gente deve ir embora deste lugar.

— Todo mundo se acalmando. — Lilly engrena o veículo para dirigir e prossegue devagar pela rua principal. — Não vou deixar que nada aconteça com vocês. Só vamos olhar mais de perto. Não é nada de mais.

Pelo retrovisor, a maioria das crianças parece cética, as carinhas se torcem e franzem de incredulidade, como se elas bem no fundo soubessem que aquela coisa ao longe *está* para se tornar algo de mais.

Eles chegam ao cruzamento central da Dromedary com a Main e passam lentamente pela praça devastada da cidade e pelo tribunal destruído pelo incêndio. A fachada do prédio literalmente se acabou no fogo, expondo os ossos calcinados e o isolamento do primeiro andar. A porta pende aberta, cinzas e brasas frias ainda giram pelo vestíbulo na brisa. O enorme domo de cobre no alto afundou em um dos lados com o calor, o gramado é tomado de restos humanos, a maioria de cara para baixo e irreconhecível pelas queimaduras. O ar tem cheiro de borracha queimada, fumaça acre e enxofre. Os grilos e cigarras ainda cantam, um ruído branco baixo e chiado.

O silêncio nos bancos traseiros do Escalade parece se aprofundar e se intensificar enquanto eles passam pela horta pública de Lilly, que agora parece ter sido pisoteada por um exército, a vegetação ou está enfiada na terra, ou enegrecida pelo incêndio. Aos ouvidos de Lilly, parece que as crianças estão prendendo a respiração. À distância, ao norte, imensos painéis solares cobrem a rua, desfeitos, aos pedaços. Ao sul, os prédios da ferrovia e os estábulos recém-construídos foram completamente arrasados, demolidos, reduzidos a cinzas pelo fogo.

Lilly pisca ante o horror revigorante de ver pelo menos uma dúzia de cadáveres de cavalos queimados, esticados pelo pátio ferroviário desolado.

— Ah, meu Deus. — A voz de Ash quebra o silêncio enquanto ela se choca com o corpo pendurado uns 5 metros acima da obra abandonada, na frente da pista de corridas. Em uma análise mais atenta, parece ser um homem, jovem, está imóvel, apenas se balança suavemente na brisa, embora seja difícil determinar sua idade ou gênero com a mortalha de tecido preto amarrada às pressas em sua cabeça. A voz de Ash é reduzida a um sussurro. — Isto aí não é um suicida, Lilly. Alguém fez isso recentemente.

Lilly para o SUV na entrada da pista, onde uma placa imensa, desgastada pelo tempo e crivada de balas, diz PISTA DE CORRIDA DOS VETERANOS — FUNDADA EM 1974 — CORRIDAS TODO SÁBADO À NOITE. Ela para o veículo, puxa a alavanca para estacionamento e deixa o motor em ponto morto. Seu coração está aos saltos. A garganta parece se apertar. Os antigos temores começam a se esgueirar por sua garganta como centopeias frias enquanto ela passa os olhos pelo estacionamento do estádio tomado de mato e lixo, o equipamento de construção virado, a horta saqueada e os amontoados dispersos de restos não identificados.

O local de um morto pendendo de um cabo depois de ser linchado é apenas parte do pavor de Lilly.

A própria pista de corridas tornou-se um símbolo poderoso de sua identidade dentro do símbolo maior que era Woodbury. Mais do que um oval de terra petrificada e cercada por arquibancadas quebradas e quilômetros de cerca eletrificada, mais do que um pedaço icônico das horas de lazer no Sul, mais do que um lugar para cultivar alimentos, construir turbinas de vento e ter reuniões comunitárias... A pista de corridas representa a Reforma, a Reconstrução, o Resgate da Civilização. Antigamente, era palco de jogos brutais entre os gladiadores de Philip

Blake com errantes. Era o local aonde o Governador levava supostos inimigos do Estado para os labirintos cavernosos das áreas de serviço e escritórios subterrâneos para interrogatório, tortura e estupro. Por milagre, Lilly Caul transformou toda essa selvageria e horror — ainda que por pouco tempo — em um centro comunitário pacífico para dirigir e gerar recursos.

Agora, pelo prisma fraturado do para-brisa do Escalade, ela tem os olhos fixos no cadáver masculino e magro pendurado pelo pescoço em um guindaste de obra.

— Como podemos saber se isto é recente, Ash?

— Olhe para ele. — Ash encara pela janela lateral aberta o corpo que se vira, indolente, na brisa. — Ele ainda é... Ele ainda não se transformou.

— Como sabe que ele não está... que não foi baleado na... entende o que estou dizendo?

— Entendo. Mas... não tem sangue. Não é? — Ash olha as crianças por cima do ombro, ainda reticente em falar a verdade clara e horrenda em voz alta. — Haveria sangue. Não haveria?

Lilly dá de ombros, nervosa.

— É um capuz preto e a distância é muita.

Ela olha pelo retrovisor. No reflexo, vê os bancos ocupados e as expressões extasiadas de olhos fixos como que apanhadas em um sonho do qual não conseguem acordar. Algumas crianças enfim viram a cara, roendo as unhas, dão a impressão de que tentam *desejar* sumir com a coisa, como se ignorá-la pudesse, de fato, fazer tudo desaparecer.

Lilly pega a pistola e a segura de prontidão, com as duas mãos no punho, o cão puxado para trás, o dedo no gatilho, destravada, com uma bala na agulha. Na visão periférica, tem vislumbres de errantes nas margens da cidade, silhuetas esfarrapadas zanzando pelas árvores a oeste e a leste, prestes a atravessar a estrada de acesso. Eles vêm nesta direção, atraídos pelo barulho do motor e o cheiro de carne viva. Lilly segura a maçaneta da porta, para, vira-se para Ash e fala:

— Vou derrubá-lo com um tiro.

— Não, Lilly... espere. Não faça isso.

— E por que não?

— Por causa do barulho do... — De súbito, Ash se cala e seus olhos se arregalam quando ela ergue a cabeça para o cadáver pendurado no espaço.

Lilly olha.

Na luz que enfraquece, o enforcado começou a se contorcer. A cabeça encapuzada agora tomba e se sacode. Os dedos do homem se enroscam, fecham-se e arranham o ar, com o corpo em silhueta em um halo de radiância dourada e crepuscular.

O tempo que uma pessoa leva para se transformar da morte para o estado esfomeado de morto-vivo varia muito de um indivíduo para outro, e Lilly Caul viu mais gente se transformar do que gostaria de admitir. Ela viu acontecer em apenas minutos, e viu um homem prostrado por quase uma hora antes que os espasmos da praga o fizessem estremecer. Ela quase ficou habituada ao processo, os estranhos impulsos elétricos que parecem dar um peteleco nas articulações e nos músculos no início, aquela respiração entrecortada que se segue, o momento em que os olhos se abrem, revelando cataratas bichadas. Mas *desta* vez, neste contexto bizarro, na luz do pôr do sol, a mudança que acontece ao enforcado parece estranha, macabra... e simplesmente grotesca.

Lilly alcança a porta do motorista e faz menção de dizer algo quando a mortalha de capuz escorrega da cabeça do enforcado. Deslocado pelo arranhar convulsivo e desajeitado dos dedos, bem como os solavancos do corpo, o capuz cai e revela a face por baixo.

Lilly fixa o olhar. Mesmo desta distância, ela vê que a vítima antes era um homem de vinte e poucos anos, em boa forma física, de pele morena, talvez hispânico. Ela vê que ele é magro e musculoso, a pele sofreu a ação dos elementos e do sol. Mas nada disso importa para uma reação, apesar de o cavalheiro evidentemente ter sido executado a contragosto, muito provavelmente como uma declaração.

O fato é que Lilly não reconhece esse ex-prisioneiro do governo cubano — esse antes corajoso, robusto e leal amigo de David Stern. Em seu estado de morto-vivo, Rafael Machado tem os mesmos olhos leitosos, anfíbios e sem vida de milhares e milhares — talvez *centenas* de milhares — de errantes que atravessaram o caminho de Lilly.

Mas nada disso importa agora, porque Lilly ouve uma conhecida voz de barítono chamando atrás dela, elevando-se sobre o ruído branco dos grilos.

— Ashley Lynn Duart? — A voz é calma, cheia de autoridade, na verdade é quase entediada, como um patrulheiro pedindo a carteira de habilitação de alguém. — Gostaria de pedir que todos, inclusive você, joguem calmamente cada uma de suas armas pela janela do veículo.

DEZOITO

As pessoas nas forças armadas — bem como agentes da lei, negociadores de reféns e o pessoal de primeiros socorros —, todas concordam que o tipo de sujeito mais difícil de neutralizar é aquele com uma doença mental. Quando se lida com um adversário mentalmente são, pode-se operar com base em um conjunto de expectativas confiáveis. O desempenho do passado *garante* uma espécie de série previsível de resultados. O inimigo lutará para sobreviver... até certo ponto. Ele assumirá o menor risco possível, dará ouvidos à voz da razão e de modo geral exibirá um comportamento baseado na natureza humana e na lógica. Mas o louco agirá segundo seu raciocínio embaralhado e mágico, o que torna os contatos extraordinariamente problemáticos. Alguém trata um louco como trataria um cão raivoso? Derrubá-lo depressa e com a maior força possível? Ou se deve deixar que continue falando, mantê-lo distraído?

Tudo isso passa pela mente de Lilly no lampejo de um instante enquanto ela olha cautelosamente pelo retrovisor lateral e registra o quadro vivo refletido atrás dela.

Do outro lado da rua, no teto de um semitrailer enferrujado, Spencer-Lee Dryden está de pé, altivo, no brilho azul e fraco do crepúsculo, com uma semiautomática .9 em cada mão, o rosto arruinado brilhando grotescamente, cintilando o ricto exposto dos dentes. Ele tem um colete de Kevlar por cima da camisa de cambraia de brim.

Há duas pessoas ajoelhadas, amordaçadas, com as mãos amarradas às costas, na frente dele — David Stern à esquerda, Norma Sutters à direita —, e o vento bate em suas roupas rasgadas e ensopadas de sangue. A visão desses reféns maltratados provoca uma descarga momentânea de alívio em Lilly. Ela supunha que ambos estavam mortos. Mas seu alívio é imediatamente esmagado pelo cano da .9 pressionado na nuca de cada um deles. Seus rostos trazem hematomas e lacerações, mas os olhos — cada par brilhando de lágrimas — revelam igualmente vergonha e cólera.

De tantos em tantos segundos, David Stern desloca o olhar do metal do teto do trailer para a pobre alma enforcada no cabo do outro lado da rua.

A horrível tristeza nos olhos de David Stern é visível até de onde Lilly está, a 50 metros de distância. Ela consegue ver o rastro de uma lágrima em seu rosto cinzento e grisalho, absorvida pelo tecido da mordaça. Lilly não sabe quem é o jovem enforcado de pele morena — ou quem ele *era* —, mas, pela expressão de David, os dois eram amigos.

Essa revelação é apenas uma de uma série de sinapses ativadas no cérebro de Lilly agora, uma série de reações instantâneas que bombardeiam sua mente. Ela se vira e fala calmamente com Ash:

— Vamos fazer o que ele manda.

Ash engole em seco.

— Tem certeza?

Do banco traseiro, Bethany Dupree diz:

— Lilly, acho que a gente não devia...

— Sem falar! — Lilly abre a janela. — De agora em diante, façam exatamente que eu disser! — Lenta e cuidadosamente, ela coloca a Ruger para fora da janela, com o cano apontado para baixo. — Exatamente o que eu disser. — Ela larga a arma no chão. No silêncio empoeirado, a arma cai com um baque metálico. — Confiem em mim, é só um jeito de sairmos dessa vivos. — Ela fala num tom monótono. — Joguem tudo para fora... agora... todo mundo... facas, armas, tudo.

A voz de Dryden ecoa como um tiro de pistola nos pórticos.

— Este é um excelente começo! Agora, se pudermos ver as outras, seria ótimo!

Os demais abrem as janelas e jogam as armas para fora do carro. As crianças mais velhas têm principalmente pés de cabra, facões e facas. Ash joga fora o AR-15, uma Glock e um .38 de cano curto. Também dispensa seu facão, uma faca Randall de 30 centímetros e até a caixa extra de munição de grosso calibre. A caixa bate no chão e derrama as balas como bolas de gude pelo mato.

— Incrível! — A voz os elogia do teto do trailer. — Agora, quero pedir a todos que abram bem devagar as portas, e adoraria se vocês pudessem sair do veículo.

Ninguém se mexe no Escalade. Lilly olha por cima do ombro e assente para as crianças.

— Vai ficar tudo bem, eu prometo. Vou tirar a gente dessa. Mas agora vamos fazer o que ele diz. — O suor escorre de seu couro cabeludo e entra no olho, ardendo. Ela enxuga o rosto. Reprime a dor, preparando-se. — Ninguém dará a ele um motivo para fazer algo agressivo. Não o deixem irritado, e vamos ficar bem. Eu prometo.

Bethany olha para ela.

— O que vai acontecer com a gente, Lilly?

Ash se intromete.

— Bethany, é só fazer o que Lilly está dizendo. Vai ficar tudo bem.

A voz de barítono amistosa do lado de fora ecoa nas nuvens.

— Com licença, crianças. Vou precisar que vocês façam o que eu mandar. Agora, vamos todas sair com muita atenção do veículo, está bem? Vamos lá, turma. Todo mundo saindo com calma e com as mãos para cima.

Lilly tem calafrios. Ela olha os outros.

— Vou resolver isso. — Ela abre sua porta. — Não vou deixar que ele machuque vocês. — Ela olha para eles. — Juro por Deus. Anda, vamos fazer o que ele diz... Todo mundo saindo.

— O que devemos lembrar aqui é que não gosto de machucar as pessoas e *jamais gostei*, nem um pouco. Essa é a verdade em nome de Deus, pessoal. Já vi tragédia demais, mortes demais. Estamos mergulhados em morte. Estamos encharcados dela.

O homem alto e de cara queimada fala em uma voz monótona e suave enquanto leva o grupo de 11 crianças e 4 adultos pelo meio da rua, passa pelos prédios arruinados do distrito comercial há muito abandonado de Woodbury, pela escola elementar George Washington demolida e pelas fachadas cobertas de tábuas das lojas, para um destino desconhecido. Ele anda atrás dos prisioneiros, com uma escopeta de cano curto em cada mão. Ele amarrou os canos para que continuassem apontados para Norma e David — a boca do cano pressionada na nuca, mantida ali com corda e fita adesiva —, garantindo que ninguém faça nada heroico.

As crianças se arrastam lentamente em um grupo comprimido, cotovelo com cotovelo, com Ash e Lilly de cada lado da turma.

Lilly se assusta com um barulho à esquerda, quando um bando de morcegos levanta voo das calhas da antiga cafeteria, as criaturas subindo em espiral pelo céu que escurece com manchas de tinta, depois disparando pelo firmamento em um tapete preto e ondulante de pontos. A noite começou a cair, o pôr do sol se extinguiu quase por completo, as últimas brasas quase se desvanecendo atrás das árvores. O ar tem cheiro de mofo e de uma frente fria que avança, e a luz índigo faz o entulho dos prédios arrasados brilhar com um caráter luminoso e sinistro.

Lilly continua mancando com os olhos voltados para a frente, esperando o momento certo de atacar, excessivamente alerta e vendo tudo a um só tempo pela visão periférica. A fita adesiva que foi passada às pressas por seus pulsos musculosos começa a afrouxar com a pressão de suas flexões. Ela finge acompanhar obediente, mas agora trabalha na fita pela extensão da mão, flexiona e relaxa, flexiona e relaxa. Quase se livrou dela e ainda tenta atrair o olhar de Ash.

— Ora essa, eu nunca sonhei que perderia minha amada e doce Sally. — O homem queimado fala atrás dela, o barítono grave falha um pouco, a emoção o sufoca. — Minha grande Sally... Ela significava tudo para mim, e agora *vejam só*. Ela morreu. Uma vergonha gritante, isso é o que é. Ela só queria ser mãe nesta vida, uma mãe carinhosa e boa, e o bom Deus negou a ela até esse prazer simples e profundo. Por isso ela era uma mãe tão boa para todas as nossas crianças, nossos bebês, nossa grande família ampliada. Sally era uma boa mãe para todos os bebês... e agora ela se foi... simplesmente... se foi. — Ele nota algo importante à frente e aponta com a cabeça. — Agora todos continuem andando... por esse cruzamento... Não está muito longe. Estamos quase chegando.

Sem fazer estardalhaço, Lilly enfim desliza as mãos das algemas de fita adesiva. Mantêm os pulsos a suas costas enquanto caminha, mantém as mãos unidas para que ninguém veja o que ela fez. Ela vai avançar primeiro para as escopetas. Sua pulsação se acelera, o coração bate dolorosamente no peito. Ela vai girar o corpo e empurrar o cano da .12 mais próxima para longe de David Stern e virar para a cara do homem alto. Um filete de suor escorre pela face direita de Lilly. Ela está encharcada e morre de medo que Dryden note. Seu movimento terá de ser rápido e definitivo — executado antes que o homem alto possa reagir —, e tudo vai depender de Ash. Se Lilly conseguir atrair os olhos de Ash e coordenar um contra-ataque combinado, talvez, só talvez, eles possam sair dessa vivos.

— O mundo passou para o reino das trevas, meus amigos — Dryden está dizendo agora, levando-os como um guia turístico demente. — É o inferno na Terra. O reino de mil anos. A maioria das pessoas, ora essa, elas pensam que, se não podem derrotar o demônio, devem se juntar a ele. Entendem o que estou dizendo? Chafurdam nele. Matar, matar, matar. Antes que alguém mate você. E se isso é brincar na mão de Satanás, que assim seja. Mas não acredito em nada nisso. Nem um pouco. Só o que quero é proteger as crianças. Protegê-las a todo custo. Se isso significa trancafiá-las, então, bom... é o que vou fazer... porque vocês, crianças, são a única esperança para nós. Vocês são o único futuro que temos. E é por isso que vou proteger vocês, meus jovens, pelos meios que forem necessários.

Lilly nota um brilho fraco de arame farpado no escuro à frente deles, logo depois da Dromedary Street, um anel de arame farpado com cerca de 7 metros de diâmetro no meio da rua.

— Agora, se isso coloca alguém no extremo oposto a esse objetivo em meu caminho — continua Dryden —, vou cuidar da pessoa sem pestanejar. Mas a realidade é que eu jamais quis que *ninguém* se machucasse. Nem aquele jovem cavalheiro mexicano. O nome dele era Rafael, segundo creio. Eu jamais quis fazer mal algum a ele. Em particular depois do que ele fez. Foi muito heroico da parte dele, isso eu posso dizer.

A pouca distância de Dryden, preso ao cano de uma escopeta, David Stern baixa os olhos, sua expressão se desfaz em tristeza.

— Numa época dessas — Dryden continua tagarelando — é a coisa mais difícil de se fazer... morrer bem. Mas o mexicano conseguiu. Ele conseguiu. Ninguém pode tirar isso dele. Entenderam? Pensem no que ele fez, pessoal, é o que estou dizendo.

O homem grande se interrompe, como quem quer dar um efeito dramático, e Lilly tenta ignorar o formigamento na base da coluna, o aperto no peito, a tensão no pescoço nos momentos que antecedem sua ação.

Os fatos superficiais sobre como morreu Rafael Rodrigo Machado — seus pensamentos finais, a disposição para se sacrificar — ficarão perdidos para sempre na história pós-praga. Mas mesmo em seu estado estimulado, Lilly pode ler nas entrelinhas do relato de Dryden. Ela não conheceu Rafael Machado, mas entendeu intuitivamente, pela expressão triste de David, que os dois eram amigos, e talvez fosse por isso que o brasileiro morreu como morreu.

Dryden conta a história com um distanciamento clínico. Quando lançou seu ataque surpresa na cidade e as balas começaram a voar, Rafael e David se separaram por acaso. Dryden foi atrás do homem mais velho, perseguindo David pelas ruas estreitas e atravessando as ruínas da praça de Woodbury. Com um poder de fogo superior e uma energia abastecida por drogas, Dryden conseguiu encurralar o homem mais velho no estacionamento atrás do tribunal. David estava preso, bloqueado dos três lados pelos destroços queimados de caminhões virados. Sem munição, sem energia e obstinado até o fim, David caiu de joelhos e lançou uma saraivada de impropérios ao invasor. Ele sabia que sua hora havia chegado. Sabia que estava prestes a morrer. Mas se recusava a se entregar.

Dryden fez mira, quando, de repente, um barulho alto e um grito o surpreenderam do flanco esquerdo, e ele girou o corpo bem a tempo de ver uma figura escura sair explosivamente de uma janela coberta por tábuas nos fundos do tribunal. No início, Dryden pensou ser um errante. Por instinto, disparou na criatura, a bala errou por pouco sua perna direita, quando ele percebeu que era o brasileiro.

Em um borrão, Rafael correu pelo estacionamento até onde estava David. Dryden esvaziou metade do pente de munição no ar em volta dos dois homens enquanto Rafael jogava o corpo na frente de David, protegendo o mais velho, levando o grosso da saraivada nas costas. Meia dúzia de tiros diretos perfuraram o rim e a parte inferior da coluna, mas ele continuou agachado na frente do amigo, de olhos fechados, com uma estranha determinação cruzando seu rosto.

Algo cochichado entre os dois homens jamais seria do conhecimento de Dryden.

— Um jeito muito impressionante de se despedir, se querem minha opinião — diz Dryden agora ao levar o grupo para a cerca de arame farpado no meio da Dromedary Street. — Decidi que o velho viveria em homenagem ao último ato do jovem amigo. Era o mínimo que eu podia fazer.

No azul-escuro do crepúsculo, Lilly tem uma visão melhor da cratera ao se aproximarem lentamente.

Uma cerca de arame farpado foi instalada de qualquer jeito em volta do enorme buraco na rua, como uma grade em um jardim público. Uma única cadeira — uma peça amassada de mobília de gramado — está em uma extremidade da cerca. A cratera misteriosa afunda na escuridão como se uma bomba de hidrogênio tivesse sido jogada na cidade, e como se esse imenso buraco fosse o que restasse do marco zero.

— Na verdade — continua o homem grande —, é que mesmo antes de ter começado toda essa confusão, eu jamais quis que alguém de meu distrito sofresse. Nem aqueles que tivemos de tratar com severidade, eu não queria que eles sentissem dor por um tempo maior do que o necessário. E acreditem em mim, alguns rapazes mereciam ser severamente castigados. Eu me lembro de um cavalheiro, membro da máfia de Chicago, que veio a Atlanta para administrar os caça-níqueis do cassino Riverboat, abriu algumas casas de má fama, conseguiu alguma ação com máquinas automáticas, essas coisas. Tornei público que eu ficaria fora de seu caminho desde que a natureza de seus crimes não envolvesse vítimas. Mas então soube que ele estava tirando garotinhas das ruas e colocando-as para trabalhar nos bordéis da Piedmont Road. Estamos falando de crianças com no máximo 12 ou 13 anos. O que eu quis fazer com aquele sujeito... bom, temos crianças presentes aqui... então, basta dizer que eu facilitei para ele. Cuidei para que fosse rápido e indolor. — Ele vê que as crianças se aproximam da beira da cratera e sinaliza para elas com um assovio curto. — Muito bem, crianças, já chega. Esperem um segundo.

O grupo para, desajeitado, na beira do buraco, a escuridão crescente cai sobre a cidade como uma mortalha fúnebre.

Desta proximidade, Lilly consegue enxergar dentro do buraco. Vê as paredes da cratera mergulhando pelo menos 12 metros para o chão de terra encharcada e uma escada de cordas em uma lateral, feita com cabos de bungee. Aparentemente formada por um imenso desmoronamento depois de uma forte explosão, as paredes são compostas de enormes fragmentos de pedra do calçamento e pedaços de alvenaria escorregadia dos túneis de esgoto. A base do buraco tem um diâmetro de pelo menos 9 metros, e alguém — Lilly está supondo que foi Dryden — abriu um tapete velho no chão e posicionou um colchão de casal de um lado.

Naquele momento, Lilly e Ash trocam um olhar fugaz. Lilly arde seu olhar nos olhos de Ash, só por um momento, o suficiente para que um sinal seja transmitido entre as duas mulheres. Ash fica imóvel, encarando Lilly. Em um movimento discreto e furtivo dos olhos, Lilly olha a escopeta da esquerda, depois a da direita. O gesto de cabeça que Ash faz a Lilly mal pode ser discernido a olho nu, mas carrega muito peso e importância.

— É só temporário, pessoal — anuncia Dryden de trás deles, sem perceber a transação que acaba de acontecer. Lentamente, ele começou a empurrar Norma Sutters e David Stern pela lateral do buraco. Norma dá a impressão de estar prestes a desmaiar, seu rosto espancado e com hematomas está voltado para baixo, franzido de dor e desolação. David anda como um robô, sem emoção, estupefato, como um sonâmbulo. — Eu prometo a vocês — continua Dryden. — Assim que eu conseguir proteger este lugar, vou preparar aposentos melhores para todos. Vocês vão ver. Esta será a cidadezinha mais segura no sul da Geórgia. Mas, por enquanto, vocês ficarão em segurança aí embaixo e vou cuidar para que todos tenham muito...

Lilly entra em ação, a explosão repentina e violenta de movimento interrompe as palavras de Dryden com a subitaneidade de um filme se rompendo em um projetor.

No intervalo de um único instante, que parece tropeçar e se sacudir como o corte em um filme, Lilly mete o pé em uma das escopetas — aquela apontada para David Stern, arrancando-a da mão de Dryden. A arma roda pelo ar e cai ruidosamente no calçamento enquanto Dryden recua, soltando a respiração com força, por instinto apertando o gatilho da segunda escopeta.

Por sorte, antes mesmo que a arma tenha a chance de descarregar, Ash jogou o ombro em Dryden, fazendo o cano virar para a esquerda. O estampido erra seu alvo, estalando no céu, e o tiro de grosso calibre rasga um clarão metálico pelos beirais de um prédio vizinho. A maioria das crianças se abaixa, por instinto, algumas ficam de bruços e cobrem a cabeça como que apanhadas em um ataque aéreo.

Enquanto isso, Lilly avançou e segurou a segunda arma, vendo-se em um cabo de guerra com Dryden, cada um deles tentando arrancar a escopeta do outro. Dryden é mais forte que Lilly e arranca a arma de suas mãos com facilidade. Porém, a essa altura, Ash o atacou por trás, com as mãos ainda amarradas às costas. Ela executa um bloqueio perfeito de joelho — um movimento que não ficaria deslocado em um campo de futebol americano profissional —, derrubando Dryden pelas pernas.

Dryden cai no calçamento, largando a arma. Rola, desajeitado.

Ash tenta chutá-lo, mas ele rola pela rua para o meio-fio distante, batendo na barreira de cimento. Lilly mergulha para a escopeta, que parou encostada ao meio-fio. Ela não vê Dryden pegar no bolso traseiro o porrete de couro pesado e pequeno.

Lilly consegue pôr as mãos na escopeta. Ela não vê o homem alto se levantando com o cassetete firme na mão. Lilly puxa o *slide*, enfia outra bala, o barulho de Dryden batendo o porrete atrás do crânio de Ashley Duart soa como um rufar de tambor. Ash cai no calçamento, e o homem parrudo vira o corpo para Lilly.

Tudo se transforma num borrão enquanto Lilly levanta o cano e se prepara para disparar um tiro, quando vê o arco grande e em movimento do braço de Spencer-Lee Dryden vindo diretamente para ela. O porrete atinge sua cabeça entre os olhos, pouco acima da ponte do nariz. O impacto parece de um picador de gelo entrando em seu cérebro, a agonia súbita e cortante é uma explosão que enrijece sua coluna e a faz largar a arma e desabar na mesma hora. O calçamento leproso da rua principal se eleva e bate em sua face quando ela tomba.

O crepúsculo se transformou na meia-noite, ao mesmo tempo que o vazio silencioso e escuro é puxado sobre ela.

DEZENOVE

O tempo vazio, silencioso e sem sonhos passa, Lilly flutuando, engolfada na noite eterna. Ela flutua sem parar, como se gerações inteiras chegassem e partissem. Eras se passam, geleiras cortam rios, ecossistemas inteiros ganham vida, cobrindo os séculos, depois morrem. Durante tudo isso, Lilly continua vagando em um vácuo escuro. Como chegou ali? Onde exatamente fica esse *ali*?

Na esteira dessas perguntas, uma centelha de consciência se acende em seu mesencéfalo enquanto uma voz penetra a noite infinita. *O que eu estava dizendo...?* A voz é chiada, cheia de estática, como se viesse de muito longe, transmitida por um antigo rádio de ondas curtas que funciona mal. *Ah, sim, agora eu lembro, eu falava de manter as crianças em segurança...*

As palavras entram e saem do alcance da audição, oscilando e gorjeando nos ouvidos de Lilly como se fossem subaquáticas. Ela pisca e tenta identificar o borrão claro e difuso de luz que paira acima dela.

Prometo a vocês que este lugar é só temporário... depois que eu proteger a cidade, vamos encontrar outro melhor... acreditem em mim... será como um palácio... mas, por enquanto, este pequeno buraco no chão é o lar, doce lar... Na verdade, é o lugar mais seguro no estado da Geórgia, se quiserem saber o aspecto técnico...

Lilly percebe que está deitada de costas em algum lugar frio, escuro e fétido. Ela se esforça para se sentar, mas seu corpo está envolto em cimento. Não vai colaborar. Ela não consegue mexer as mãos, os braços ou as pernas. Sente como se estivesse mumificada. Consegue enxergar uma parte do céu no alto e o sol do início da manhã caindo em raios brilhantes e angelicais de luz. Ela tosse e ofega. Parece que está se afogando.

— Calma, amiga. — Norma Sutters cochicha enquanto molha a testa de Lilly com um pedaço de pano frio. Lilly tenta focalizar o rosto roliço, espancado e castanho que assoma acima dela. — Vai ficar tudo bem, Lilly, minha garota, esta sua cabeça é dura feito uma pedra.

O resto do espaço em volta dela entra em foco. Ela vê os tapetes úmidos apressadamente abertos no chão de pedra, os colchões de um lado, em que agora as crianças estão sentadas como gnomos, com os joelhos puxados para os peitos pequenos. Alguns objetos foram acrescentados ao enorme buraco no chão, duas cadeiras esfarrapadas de jardim, um isopor, algumas garrafas de água no chão no canto, e um lampião Coleman, que ainda arde fraco, apesar dos raios do sol matinal entrando oblíquos no buraco.

A sua esquerda, Lilly vê Ash sentada de pernas cruzadas no chão, encarando o vazio, com os olhos vidrados e distantes, uma atadura de pano improvisada envolvendo a cabeça onde o porrete rompeu a pele. Ela parece uma paciente estupefata que aguarda pela terapia de eletrochoque.

E então Lilly vê David Stern ajoelhado ao lado das gêmeas Slocum, cuidando de seus cortes e hematomas com um trapo úmido. David levanta a cabeça para ela e diz com muita suavidade:

— Olha quem voltou para os vivos. — Ele abre um sorriso triste para Lilly, ignorando o solilóquio desconexo acima deles, que tem eco pela beira do buraco. — Bem-vinda ao lar — diz a Lilly, limpando os arranhões da criança. Ele sorri de novo para Lilly e murmura as palavras: — *Sentimos a sua falta.*

Lilly consegue se sentar, tem uma marreta batendo atrás do olho direito.

A voz continua a tagarelar do alto.

— Não é brincadeira proteger as pessoas... isso eu posso dizer a vocês.

Lilly se recosta na parede de cimento rugoso e respira fundo várias vezes, tentando se orientar. A blusa de brim sem mangas está ensopada de sangue, suor e fluidos não identificados, parece estar colada a sua pele. Os acontecimentos das últimas horas lhe voltam aos poucos, em lampejos, como os eventos de uma noite de embriaguez que retornam a um alcoólatra na manhã seguinte. O alto da testa dói, e ela estende a mão para apalpar. Ela olha a ponta dos dedos e vê crostas de sangue seco. A garganta está sensível, a dor em facada nas costas voltou com tudo. Ela levanta a cabeça e vê o louco sentado em uma cadeira de jardim.

— É preciso estar disposto a ser aquele que tem tolerância zero... aquele que não tem medo de ser temido por seu povo, por suas crianças, temido e respeitado.

A visão de Dryden ali — suas feições mutiladas e queimadas cabisbaixas, à beira das lágrimas, sentado no sol matinal em sua cadeira de alumínio dobrável e amassada — provoca náuseas em Lilly, deixa-a tonta. Ele se dirige aos cativos como um pai bêbado fazendo um discurso de casamento.

— É preciso ser aquele que protege, aquele que tem a coragem, a força para manter o mau elemento longe dos inocentes, longe dos vulneráveis e dos fracos. Eu jamais venceria um concurso de popularidade, nem de longe, mas uma coisa eu posso garantir... guardo o que é meu com cada grama de minhas forças. Morrerei feliz a serviço da proteção de meus amados. — Ele se interrompe, puxa a respiração, sua voz se desmancha em tristeza e pesar. — Minha amada... minha linda Sally... no fim, acho que não consegui garantir sua segurança... e eu perdi tudo... tudo que eu amava. Fracassei em minha missão. — Ele começa a chorar. Seu rosto arruinado se vinca de infelicidade, as lágrimas escorrem pela carne marcada, a voz é demolida pela tristeza. — Desculpe-me, Sally, eu lamento muito ter falhado com você. — Ele chora um pouco mais, depois os olhos parecem se fixar nas pessoas abaixo. Lilly sente seu olhar vidrado como o de um animal moribundo. Ele gagueja e sufoca nas próprias palavras. — Tudo isso é minha culpa... não consigo me controlar... desculpe-me, Ashley... Srta. Caul, eu peço desculpas... eu nunca devia... eu não... eu não pretendia...

Ele para e olha as crianças, todas as 11 amontoadas nos colchões, onde as mais velhas abraçam e reconfortam as mais novas. Dryden enxuga os olhos. Pega um lenço no bolso da camisa e assoa o nariz. Sua careta permanente de dentes expostos o faz parecer sorrir sem humor nenhum.

Spencer-Lee fixa o olhar nas crianças ao falar:

— Nunca mais vou cometer aqueles erros... prometo a vocês, meus doces bebês... vou manter vocês em segurança pelos meios que forem necessários. — Seus olhos praticamente rolam para trás no crânio enquanto ele vira a cabeça de lado para o barulho de pés que se arrastam atrás dele. Lilly reconhece o ruído revelador de errantes, vem do leste, atraídos pela tagarelice incessante do louco. O fedor vaga pela região, anunciando sua chegada. Dryden retira um facão comprido da bainha que tem na perna. — De agora em diante, vou proteger todos vocês — diz ele, quase como quem pensa melhor.

Ele se vira e logo despacha os três errantes extraviados, dois homens e uma mulher, cada um deles com os trapos sujos de ex-lavradores. A lâmina afunda em cada crânio, derramando fluidos rançosos e dando um fim à infelicidade de cada criatura. Lilly vê os corpos caírem atrás da barreira de arame farpado, um depois de outro, como lenha.

Satisfeito, Spencer-Lee Dryden volta-se para seus súditos no buraco e proclama suavemente:

— Vocês nunca mais precisarão sentir medo. — O ricto permanente de um sorriso se alarga, os lábios rachados e escurecidos expõem mais molares amarelados. — Agora papai está em casa.

VINTE

As palavras reverberam com implicações horríveis pelas 12 horas seguintes. Lilly ouve sem parar aquela frase terrível — *papai está em casa* — ecoando em seus ouvidos, e continua ruminando o fato de que ela e seu pessoal podem muito bem ficar aprisionados neste buraco horrendo pelo resto da vida. Ela não verbaliza isso, nem mesmo sugere a eles que é o que pensa, mas sabe que os outros chegaram à mesma conclusão. Ela vê isso na linguagem corporal e na expressão taciturna deles enquanto o louco continua a fazer sua palestra, leva coisas para eles, prometendo que "papai" nunca sairá de seu lado. De tantas em tantas horas, ele baixa em baldes até eles a comida que buscou, recipientes plásticos com variados produtos enlatados, utensílios, cobertores, óleo para lampiões, até jogos de tabuleiro que deve ter encontrado em algumas casas remanescentes na Flat Shoals Road. O ar no buraco tem um aspecto mofado e úmido, provavelmente por causa da infiltração de água do esgoto pelas paredes da caverna. A cratera não parece temporária para Lilly. Parece um túmulo. Na realidade, ela decide cochichar exatamente isso a David Stern naquela tarde, durante uma das breves folgas em que Dryden saiu para pegar alguma coisa — alguma provisão ou item necessário para o conforto deles —, um intervalo em que os habitantes do buraco baixam a guarda e procuram pensar nas coisas.

— Estou tentando ver pelo lado positivo — resmunga David enquanto penteia o cabelo de Cindy Nesbit, de 8 anos, com um pente plástico que ele mantém no bolso traseiro desde o governo Nixon.

Em seu silêncio quase catatônico e com a blusa imunda, manchada da sujeira da estrada e de sangue, a mais nova dos Nesbit dá a impressão de que saiu das páginas de uma história de Charles Dickens sobre crianças abandonadas empobrecidas e maldosos diretores de escola. David se tomou de amores pelas crianças Nesbit.

— É muito melhor do que ficar lá fora por conta própria com todas essas crianças.

— É...? — Lilly olha sombriamente a cerca de arame farpado e a cadeira de jardim vazia na beira do buraco. Suas costas a estão matando. Ela nem acredita que voltou a Woodbury como prisioneira. Não consegue entender que o céu que escurece agora é o mesmo que olhou por todos aqueles anos, em Woodbury. Ela procura no bolso o frasco de Advil. Toma mais um punhado de analgésicos. — Tem certeza disso?

David dá de ombros, continua a pentear com cuidado o cabelo embaraçado da garotinha.

— Não... na verdade, não acredito em uma palavra. — Ele a olha. — Mas fico dizendo a mim mesmo que é verdade para não enlouquecer totalmente como o "papai".

O jeito como David diz "papai" pinga de ódio e desprezo, e de algo perturbador por baixo desses sentimentos — algo como a sede de sangue.

— Entendido.

Lilly olha pelo buraco e vê Norma analisando os curativos de Ash. A mulher alta e estoica sofreu inúmeros ferimentos no capotamento que só se revelaram agora — uma contusão do tamanho de um ovo acima da linha do cabelo, lacerações na parte de trás das pernas, hematomas abundantes nos braços.

Agora as crianças se separaram em grupos, de acordo com a família. As gêmeas Slocum estão sentadas em cadeiras de gramado opostas, brincando de uma variação de adoleta, mas sem muita vontade. Os Coogan estão do outro lado do buraco, sentados lado a lado, recostados na parede, cada um deles lendo um livro que lhes foi jogado naquele mesmo dia por Dryden. Para um louco, Spencer-Lee parece ter muito bom gosto para a literatura do nível do ensino fundamental. Saqueando o que resta de uma biblioteca incendiada, ele escolheu um exemplar parcialmente queimado de *The Phantom Tollbooth* e de *O diário de Anne Frank* e este último, na mente de Lilly, é duplamente irônico neste estranho contexto.

Agora todos eles são Anne Frank, escondidos de camadas de perigo ainda mais ameaçadoras. Na verdade, Bethany e Lucas Dupree, que agora estão sentados de pernas cruzadas no chão, um de frente para o outro, fazendo uma tentativa desanimada de participar de um antigo jogo de Monopólio desgastado, parecem trocar sinais a cada poucos minutos com gestos silenciosos, a cabeça assentindo aqui, meneando em negativa ali, um dedo apontado, um franzido na testa, como se o mais leve pio deles virasse a balança desse tênue impasse para a morte e o desastre.

— Eu nunca lhe disse o quanto lamento por seu amigo de Cuba — diz Lilly suavemente para David, querendo que ele continue falando, querendo preencher o horrível espaço canhestro com palavras e uma falsa normalidade. — Aliás, como foi que vocês dois acabaram juntos?

— Ele não era de Cuba — diz David, penteando e acariciando o cabelo da garotinha passiva. — Era brasileiro, mas esteve na prisão em uma ilha perto do litoral cubano. Ele foi piloto de avião de drogas. Talvez também tenha sido a melhor pessoa, depois de Babs, que já conheci. Ele saiu do nada em Thomaston, salvou minha vida e bum. A partir daí, viramos irmãos.

— E como foi que...?

— Quando Dryden apareceu, tentamos lutar e nos separamos — diz David, depois conta a ela toda a história.

Lilly ouve com atenção e, quando David chega ao fim da narrativa, ela fala:

— O que Rafael cochichou para você? No fim?

David baixa os olhos, a tristeza contorce seu rosto.

— Uma palavra. Ele disse: "Sobreviva." Agradeci e disse que faria o melhor que pudesse.

Lilly baixa a cabeça.

— Sinto muito.

David dá de ombros.

— É o que é. — Ele engole a tristeza, depois declara: — Ainda estou tentando me acostumar com a viuvez.

— Ela era a melhor entre os melhores. Todo mundo sente muito a falta dela.

David não fala nada, só continua penteando a sujeira do cabelo de Cindy Nesbit. Depois resmunga sem erguer os olhos para ela:

— Lamento saber de Tommy Dupree, ele era um bom garoto.

Lilly olha para ele.

— Obrigada. Eu agradeço. Mas ele só está desaparecido, David, não necessariamente morreu. — Ela faz uma pausa. — Posso perguntar outra coisa?

— Dê um tempo ao homem, Lilly — Norma Sutters se intromete do outro lado do buraco. — Temos muito tempo para botar a vida em dia.

— Não, está tudo bem — David despreza o decreto de Norma com um gesto. — Pode falar.

— Por que você fez?

— Fiz o quê?

— Explodiu a cidade toda. — Ela o olha duramente. — Entendo que estava uma confusão e estava sitiada... mas por que a atitude radical?

David respira fundo. Solta o ar suavemente antes de responder:

— Não tenho orgulho do que fiz. Mas eu estava sozinho, era bombardeado de todo lado. — Ele engole a bile e as lembranças ruins. — Depois que vocês partiram, os bandidos entraram. Cada careca, cada viciado... cada caubói psicótico deste lado do Mississippi que queria tomar este lugarzinho encantador. E o caso é o seguinte, eles não queriam só roubar e acabar com tudo, queriam destruir o lugar. Como se fosse uma ofensa à vida de merda deles. Como alguém teve o atrevimento de tentar fazer um lugar bonito para viver? Eles queriam queimar tudo pelo que significava para eles. Era algo que eles nunca poderiam construir. — Agora David olha para ela, um olhar indignado e triste, seus olhos brilham com uma raiva justificada. — Por que eu fiz, você pergunta? — Ele se interrompe. — Fiz porque eles iam fazer, de um jeito ou de outro... e pelo menos eu podia tirar essa satisfação deles.

Por um breve momento, Lilly encara o velho amigo, perplexa com a intensidade de sua fúria. Depois estende o braço e coloca a mão em seu ombro. Sente os músculos dele contraídos de emoção, a parte superior do corpo treme. Ela o aperta com ternura.

— Entendi. Está tudo bem. Desculpe eu ter xeretado.

David para de pentear o cabelo da criança. Toca o rosto de Lilly.

— Você é uma boa pessoa, Lilly Caul... não ligo para o que os outros falam.

Ela solta uma risada seca e começa a dizer:

— São águas passadas...

— Escutem, vocês todos!

A voz de barítono destrói a calma como o estalo de um trovão, interrompendo as palavras de Lilly. Parece vir do firmamento, a voz de um deus colérico, mas, com a rapidez com que ela se insinua em seu pequeno universo hermeticamente fechado, Lilly percebe que vem de 9 metros acima deles.

— Preciso que todos prestem atenção, porque está na hora da história!

O homem queimado coloca, desajeitado, a cadeira dobrável em sua posição, no portão recortado na cerca de arame farpado. Parece quase bêbado, como se tivesse tomado algo na última excursão em busca de suprimentos. Mas logo Lilly percebe que ele não está de forma alguma embriagado. Sua fala é suavizada e arrastada por uma onda de enorme tristeza, que o domina. Ele está sofrendo, e este pronunciamento, muito provavelmente, faz parte do processo. Ele se deixa arriar na cadeira.

— Esta é para as crianças — diz ele, abrindo uma pasta de couro grande e gasta. Ele segura o facão na mão enquanto lê, sempre consciente das sombras que se mexem atrás dos prédios, atraídas para sua voz. Lilly não sabe se ele está lendo páginas publicadas ou a própria escrita insana. — É para as crianças porque eu as amo, e minha mãe costumava ler para mim quando eu era um tico de gente, então lá vai. — Ele respira fundo. — Era uma vez uma linda rainha que morava em uma linda terra.

Lilly olha pela bacia da cratera enquanto os outros olham para cima em um assombro silencioso e desconfortável. Algumas crianças mais novas se sentaram no colchão ou estão encostadas na parede e já chupam o polegar, ouvindo atentamente o homem que eles estavam prontos para matar só 24 horas antes, como se o simples prazer de uma história para dormir superasse tudo e os revertesse, de forma comovente, a suas personalidades normais.

— Os campos eram verdejantes e exuberantes e cheios de flores bonitas. — O louco na cadeira de jardim acima deles lê de sua pasta surrada. — Havia todo tipo de flores, havia buganvílias que subiam pelas paredes de cada castelo e orquídeas banhadas de cada cor do arco-íris, e outras, de todas as formas e variedades. Os adoráveis campos de tabaco ao sul do reino eram suntuosos e ricos, com safras que o povo do reino vendia a compradores do mundo todo.

Lilly se senta em uma das cadeiras de jardim desocupadas e solta um suspiro. Sua coluna fervilha com aquela dor surda e implacável, o cérebro combate a torrente de emoções contrárias — fúria, desolação, desorientação, tudo isso tocado pelo solilóquio insano de Spencer-Lee Dryden —, e ela se vê perguntando-se se esta é a autobiografia do homem.

— No coração deste reino, havia um rei bonito e elegante que governava tudo com justiça e amor, e o povo do reino era feliz. O rei fazia o reino funcionar como um relógio perfeito e impecável, e ele amava a bela rainha de todo coração. Mas a rainha estava triste porque não podia ter filhos. Às vezes ela chorava, tarde da noite, sozinha em seus aposentos. Mas, então, chegaram as grandes tribulações. O flagelo de uma grande praga se espalhou pela Terra e infectou o reino com uma horrível doença. A praga transformava os falecidos em demônios, canibais, monstros comedores de carne que...

Um trovão estala no céu, dando um susto em Lilly e em todos os outros no buraco com o rugido repentino.

Spencer-Lee Dryden se joga para a frente, no meio da frase, como que empurrado por uma mão invisível, enquanto a parte da frente de seu pescoço e do peito explode. Seu facão voa da mão e cai no buraco, pousando aos pés de Lilly. Como uma válvula em uma panela de pressão que estoura, fragmentos de ossos e cartilagem e o sangue de Spencer-Lee são ejetados pelo ar sobre a cratera. Os respingos cor-de-rosa chovem nos ocupantes do buraco. Lilly se retrai com o sangue borrifado em seu rosto. Mas ela não vira a cara. Não consegue tirar os olhos do corpo 9 metros acima enquanto ele arria e desaba no chão, com os braços pendurados pela beira, como trepadeiras mortas.

— Lilly?

A voz — fraca, deturpada, mas ainda assim conhecida — parece vir de algum lugar no alto, do outro lado da rua, ou talvez de um telhado próximo, transportada pela brisa. Mais uma vez, Lilly pensa estar imaginando.

— Lilly!... Você está aí embaixo?!

Agora Lilly olha os outros e vê, pelas expressões assustadas, que não está imaginando nada disso. De fato está acontecendo, e aquela voz pertence exatamente a quem ela pensa.

VINTE E UM

No início, enquanto o garoto desengonçado de 15 anos aparece acima deles, olhando pelo ressalto ao lado do cadáver e em silhueta contra o sol poente, ninguém nota nada de incomum em Tommy Dupree além do fato de que ele está sujo, ensopado da água do rio e coberto de lama e carrapichos de sua longa jornada. Ninguém vê nada de extraordinário quando o garoto se agacha ali, perto da beira da cratera, ainda segurando sua Winchester. Ele olha de cima os rostos desolados nas sombras do buraco. Uma série de suspiros de alívio, alguns que ofegam e até algumas orações sussurradas elevam-se para recebê-lo.

— Ah, meu Deus — diz ele, boquiaberto. — Que merda é esta?

— Cuidado com o linguajar — diz Lilly com um sorriso, de olhos fixos no garoto. Uma onda de emoções cresce nela, praticamente tirando seu fôlego. Ela não consegue parar de sorrir. — Graças a Deus... graças a Deus você ainda está vivo. Por que diabos demorou tanto?

Tommy emite uma estranha combinação de riso com tosse, sua voz é seca como pedra, à medida que ele olha os amigos e irmãos. Ele parece estar além da exaustão.

— Sem essa, moça... vim o mais rápido que pude. A Wickery virou perto de Mountville.

Na luz crepuscular, seu rosto se franze com uma dissonância cognitiva enquanto ele tenta computar a loucura que vê espalhada pela escuridão da cratera. Ele vê os péssimos colchões, a latrina improvisada na forma de um tubo galvanizado no canto, jogos e baralhos espalhados pelos tapetes e respingos de sangue sujando o chão e as caras fatigadas que o olham. Mas, acima de tudo, ele vê os olhares vazios, os espíritos derrotados.

Em uma voz suave e ofegante, ele fala:

— Mas o que esse sujeito queria provar?

— Não tente entender — diz Lilly. — Não vale a pena. — Ela mal percebe as lágrimas nos próprios olhos. A silhueta do garoto ficou borrada acima dela, suavizada pelo pôr do sol e pela umidade em seus olhos. Ela quer cair de joelhos e agradecer a Deus por ter poupado este belo jovem. Ela quer soltar uma torrente de lágrimas, mas se recusa a perder o controle. Ainda não. Lilly enfia tudo de volta pela garganta. Sabe que agora não tem o luxo de expressar sentimentos. Ela se permite outro sorriso rápido para Tommy. — Meu Deus, como é bom ver você.

Ele sorri para ela.

— É bom ser visto, acredite em mim. — Algo na voz do garoto ativa um alarme no cérebro de Lilly. As palavras dele são um tanto suavizadas pelo cansaço, arrastadas ligeiramente pelos cantos. — Eu estava me perguntando se um dia ia conseguir.

Norma Sutters se levanta, de cabeça baixa, as mãos roliças entrelaçadas, recitando em voz baixa orações de agradecimento.

David Stern olha o garoto.

— Acho que você cresceu uns 30 centímetros desde a última vez que o vi.

Lilly volta a falar:

— Escute, garoto, estamos todos bem felizes em ver você e teremos um reencontro maravilhoso, pode acreditar, mas agora precisamos tirar todo mundo daqui, antes que aquele tiro atraia uma multidão.

— Estou nessa!

Tommy se levanta laboriosa e lentamente. Oscila por um momento, como se estivesse bêbado ou doente, depois recupera o controle e desaparece nas sombras que se aprofundam e caem sobre a cidade. Ninguém percebe como ele cuida de um braço, e ninguém vê as olheiras escuras, ou o rubor em seu rosto.

O dia resvala na noite, e o céu assume a cor de ferrugem. Para aqueles na cratera, é cada vez mais difícil enxergar com clareza. O repentino mergulho no silêncio assusta parte das crianças mais novas. Lucas Dupree, de 7 anos, dá um passo para a frente, ainda segurando a mão da irmã mais nova.

— Tommy vai voltar? — ele quer saber. — Ele foi embora de novo? Aonde ele foi?

Lilly se ajoelha na frente do menino e faz um carinho no rosto sujo da criança.

— Seu irmão não vai embora, Luke... ele só foi pegar alguma coisa para nos tirar daqui. — Ela dá um beijo em sua testa e sorri. — Seu irmão é um verdadeiro herói.

A criança assente, ainda parece meio tímida e incrédula, de vez em quando olha o ressalto, contempla o amontoado de carne que costumava ser Spencer-Lee Dryden. O corpo parou de se contorcer e agora está imóvel como uma pedra.

— Meu Deus, meu Deus, meu Deus... que mundo — diz Norma Sutters, olhando o cadáver. — Em que tipo de mundo nós vivemos?

David Stern ainda meneia a cabeça, olhando os braços sem vida de Spencer-Lee Dryden pendurados sobre a borda. Parecem estranhamente desamparados. David Stern não consegue formular palavra nenhuma para isso. Só balança a cabeça.

Tommy volta com um rolo de corda nos braços.

— Eu me lembro de ver isto no prédio da antiga estação de trem. Está meio queimada pelas bordas, mas deve servir. — Ele então baixa a corda. — Amarre em seus ombros. — Ele se curva pela beira e fica tonto, Lilly vê isso em seu rosto, na linguagem corporal, e pela primeira vez desde que chegou para resgatá-los, Tommy parece muito doente. — Vou puxar um de cada vez e...

Seu joelho escorrega na gordura do sangue de Spencer-Lee, e ele deixa a corda cair.

Soltando um gritinho fraco, Tommy atira-se desesperadamente para se segurar no ressalto, mas a superfície está escorregadia demais.

Ele cai na cratera.

O garoto bate com força de lado junto do tubo de urina. O ar é arrancado dos pulmões, o corpo destroçado de dor, e Tommy vira-se de costas e fica ofegante como quem está sufocando.

Lilly corre para junto dele. Ajoelha-se, aninha sua cabeça e acaricia seu cabelo.

— Tommy, você está bem? Respire! Vamos, Respire!

Os outros se reúnem atrás de Lilly, os olhares tomados de pavor fixos no garoto, enquanto Tommy enfim recupera o fôlego e fala em voz baixa:

— Então aconteceu.

— Consegue se sentar? — Lilly ajuda o garoto a se pôr sentado, porém desajeitado, encostado na parede da cratera. Ela tira de seu olho uma mecha de cabelo embaraçado. — Está tudo bem, é só respirar.

Tommy respira mal algumas vezes, olhando pelo buraco, ainda desorientado.

— Meu Deus, eu estou muito fodido.

— Ssshhhhhhh. — Lilly acaricia seu cabelo. Ele está quente, febril. — Você nos salvou, garoto.

Ele olha para ela.

— Eu devia ter derrubado aquele filho da puta na clareira quando tinha a mira limpa.

— Sshhhh, já chega. Você foi ótimo. Vai ficar tudo bem, vamos sair deste buraco e... e... nós vamos ficar bem.

Ele assente e engole a dor, tenta respirar o mais fundo possível.

Lilly olha para Ash e as duas mulheres trocam um olhar sombrio e sinistro. Nenhuma delas tem certeza de mais nada, em particular de algo tão forçado como sua escapatória desta tumba em forma de cratera. Lilly olha o céu um milhão de quilômetros acima deles. A luz do dia diminuiu ainda mais. O firmamento agora se misturou com os tons mais escuros de vermelho e dourado, a borda das nuvens é manchada de um escarlate-escuro, como se o céu sangrasse.

Muito pior do que a escuridão, porém, é o véu de fedor da morte que agora ronda o crepúsculo frio e pegajoso, cheirando a um matadouro profanado. Lilly sabe que a horda está chegando, atraída pelo tiro. Ouve o zumbido distante como enormes vespas organizadas para um ataque. O barulho faz brotar uma camada fina de arrepios em suas costas. As sombras em movimento lento já começaram a cercar a beira do buraco. Lilly está prestes a procurar por armas quando vê o pano enrolado no braço sujo de lama de Tommy.

No começo, Lilly não consegue unir todas as peças do quebra-cabeças — a voz rouca dele, seus olhos cercados de vermelho, a tosse, os movimentos letárgicos —, mas agora a percepção escorre como água gelada pela coluna de Lilly. Ela percebe por que ele estava tão quente um minuto atrás.

— O que é isso, Tommy? — Ela aponta um torniquete na forma de um pedaço rasgado da camisa, ensopado de sangue, enrolado com força em seu braço esquerdo, com um graveto pouco abaixo do cotovelo.

Ele engole em seco.

— Eu ia te contar. — Ele se contrai com uma dor em punhaladas que parece tirar seu fôlego. — Aconteceu só uns minutos atrás.

— Ah, meu Deus... tudo bem.

— É tão irônico... andar tudo aquilo até aqui sem ser mordido e depois, quando chego a Woodbury, bum.

— Merda.

— Eu estava entrando na cidade quando um pequeno saiu de trás de uma árvore. — Ele estremece de novo. — Pulou em cima de mim. Eu não o vi chegar.

— Tommy, meu Deus... por que você não...? — Lilly olha a cratera como se a resposta estivesse em algum lugar nas sombras. Ela volta a olhar o garoto. — Por que não disse nada?

— Eu ia lhe contar quando você estivesse fora daqui. — Ele tosse. — Lutei com aquela coisinha e consegui meter a faca por uma orelha, mas ela me mordeu. Me pegou um pouco acima do pulso. — Ele aponta o braço esquerdo com a cabeça. — Fiz um torniquete bem rápido, mas não está ajudando. Eu estou muito ferrado, Lilly.

— Pare! — Ela se levanta depressa. — Vamos cuidar disso! — Ela ouve o ranger, o triturar, o arrastar da horda se aproximando deles.

Levanta a cabeça e vê as primeiras figuras esfarrapadas se reunindo perto da beira da cratera, aproximando-se do arame farpado, roçando no cadáver enorme de Dryden. Dois homens parrudos arranham a cadeira de jardim virada. — Esses filhos da puta não vão nos derrotar — Lilly sibila entre os dentes. Depois se dirige diretamente aos mortos. — VOCÊS NÃO VÃO TIRÁ-LO DE MIM, PORRA!

— Lilly? — As mãos de David Stern agora estão nos ombros de Lilly, o que a assusta um pouco. — Lilly, sabe que não podemos...

— Não! — Ela empurra o homem mais velho. Ajoelha-se ao lado de Tommy, com os olhos marejados, o coração disparado, a boca seca de pânico. Ela examina o braço. — O torniquete deve segurar a infecção por tempo suficiente para...

— Não, Lilly, me escute! — Tommy volta para ela os olhos de alma antiga, tristes e cheios de um conhecimento terrível. — Estou frito. Acabou. Não tenho problema com isso. Só preciso que você...

— PARE DE FALAR ASSIM!

A voz de Lilly falha, as lágrimas aparecem, o coração se parte, mas ela ignora, enxugando os olhos com as costas a mão, olhando freneticamente a cratera em busca de algo para usar no braço infectado de Tommy. Em seu estado caótico, ela não percebe o cadáver enorme acima dela, aquele que antes era Spencer-Lee Dryden, subitamente estremecendo como se fosse percorrido por eletricidade. Lilly está preocupada demais com sua busca frenética no buraco para perceber que a coisa que antes era Spencer-Lee agora abre os olhos. Em uma fração de segundo, seu rosto queimado fica cheio de vincos; lábios escurecidos se retraem de um ricto enorme e exposto de dentes, um rosnado gutural e baixo ruge dali.

Mais importante, Lilly só percebe o quanto o imenso cadáver reanimado está perto, no ressalto sobre o buraco, quando é tarde demais. Ela só o vê resvalar e se debater no precipício escorregadio de sangue, deslizando pela beira, quando um grito soa ao lado dela.

— CUIDADO!

Lilly levanta a cabeça e de imediato se joga para trás, a figura enorme mergulhando na cratera, pousando com um esguicho no chão duro diante dela.

Respirando com dificuldade, boquiaberta, de olhos arregalados e perplexa, Lilly se atrapalha ao tentar pegar o facão caído. A criatura se senta com a força gravitacional de uma catapulta, dirigindo-se para a carne viva e quente mais próxima.

Antes que Lilly tenha a oportunidade de bater o facão, o cadáver grande agarrou sua perna esquerda pouco acima do tornozelo, os dentes amarelos afundam pelo brim velho e descem até os tendões.

VINTE E DOIS

O facão voa da mão livre de Lilly, a dor é enorme e súbita. Ela chuta a criatura, chegando para trás, sentada, depois, levanta-se depressa. A dor lancinante a abala com a intensidade de um choque elétrico fatal. Faz com que ela cambaleie para trás, sem fôlego, derrubando três das crianças e batendo na parede da cratera.

Agora a coisa que antes era Spencer-Lee Dryden avança para as crianças, babando e rosnando com uma fome feroz, de braços estendidos, os dedos transformados em garras paralisadas. Uma salva de gritos penetrantes explode das crianças mais novas enquanto Ash mergulha para a criatura, batendo nela com toda a força que tem, jogando-o para trás. O morto imenso cambaleia, mas se recusa a cair.

David Stern procura loucamente pelo facão. Ele desapareceu. Em pânico, ele salta pelo buraco e bate na criatura, tentando derrubá-la. A criatura agarra David e tenta morder seu pescoço, mas ambos perdem tração no tapete sujo e escorregadio de sangue.

O cadáver enorme cai por cima de David Stern, todo o seu peso tira o ar dos pulmões do homem mais velho. David se espreme, ofega e luta com os maxilares incansáveis. Ash, Lilly e Tommy estão do outro lado da cratera, longe demais para interferir. As forças de David lhe faltam. Ele solta um gemido enquanto seus braços têm uma câibra e a coisa Spencer-Lee queimada, com aquela careta por cima dele, aproxima-se cada vez mais de sua jugular.

O barulho de uma arma de lâmina larga batendo atrás do crânio do monstro chega aos ouvidos de David Stern um instante antes que o corpo por cima dele fique completamente flácido, mole como um peixe morto. A criatura desaba por cima de David Stern, praticamente asfixiando-o com sua barriga fedorenta. David grunhe com muito esforço enquanto empurra os imensos restos humanos para longe.

O corpo rola de lado junto de David, e o homem mais velho está ofegante. Ele vê quem o salvou de pé do outro lado, a pessoinha que ainda segura o enorme facão com as duas mãos. A lâmina pinga sangue e fluidos escuros, e Bethany Dupree parece meio assombrada com o próprio ato.

— Tudo bem... tá legal — diz ela, mais para si mesma do que para qualquer outro. — Eu matei esta coisa pra valer.

David Stern encara a pequena criança-mulher de 11 anos por um momento, recuperando o fôlego, depois solta uma gargalhada espontânea, nervosa e histérica.

— Obrigado, querida... isso foi... é... foi... para valer mesmo.

Ele se levanta e puxa a garota em um abraço desesperado, e toda sua tristeza, dor, energia nervosa e pavor lhe escapam.

Um instante depois, Lilly Caul, do outro lado do buraco, desliza parede abaixo, desmoronando em câmera lenta, segurando a perna. O ferimento da mordida sangra entre seus dedos.

— Alguém pegue o facão. — Ela grasna em uma voz fina como papel enquanto cai de traseiro e mantém a pressão no ferimento, com os olhos quentes e arregalados, procurando o facão pela cratera.

Ao mesmo tempo, Ash pegou a tampa de papelão de um dos jogos e agora corre até onde Lilly está sentada com uma careta, mantendo a pressão no tornozelo. Ash se agacha ao lado dela.

— Vou amarrar — diz Ash com seu sotaque frio, tenso e monótono da Nova Inglaterra.

Ela tira a blusa sem manga, revelando a cintura emaciada e o sutiã. Rasgando a blusa ao meio, enrola às pressas o tecido na ferida o mais apertado possível. Faz um nó, depois enrola o papelão em um tubo, que passa por baixo do nó.

Nesse meio-tempo, Tommy se precipita até os restos de Spencer-Lee e passa a vasculhar seus bolsos. Atrás dele, as outras crianças recuam, assombradas com o vigor e a coragem de Tommy diante do próprio falecimento iminente. Tommy encontra um canivete, um maço amassado de Marlboro Reds, um isqueiro Bic, um frasco de metal pela metade com álcool não identificado e um pequeno revólver .38 metido atrás, no cinto. Tommy vira-se para David Stern e lhe entrega o isqueiro e o frasco. Em seguida abre o tambor do revólver e olha seu interior, seus olhos se arregalando, as pupilas dilatanto de pânico: só resta uma bala metida em uma única câmara.

Tommy se vira e corre até Lilly, que está sentada em um torpor de dor no chão da cratera enquanto Ash trabalha em um curativo de campo improvisado.

— Você vai conseguir, Lilly — diz Tommy.

— Tommy, agora não!

— Você vai conseguir — repete ele. — Você vai tratar da mordida bem cedo. — Ele lhe mostra a arma. — Mas ainda tem uma bala aqui... que será para mim.

— Tommy, cale a boca, por favor!

Ash começa a rodar o papelão embaixo do nó da atadura, apertando o tecido no torniquete de campo até interromper a circulação de Lilly. Lilly grunhe, estremecendo com a pressão.

Tommy observa.

— Você precisa fazer este último favor para mim, Lilly — diz ele, as lágrimas escorrendo pelo rosto pálido como riachos de mercúrio escaldante.

— Cale a boca!... CALE A BOCA!

A essa altura, Norma localizou o facão e David mandou que as crianças se virassem, não olhassem e tapassem as orelhas com as mãos. Segurando o frasco de álcool em uma das mãos e o isqueiro na outra,

David tenta controlar as emoções. Sua voz se deteriorou, fervilhando de pavor. As palavras saem distorcidas quando ele fala com as crianças.

— Tudo vai acabar em um... só em um minuto... não se preocupem... vai... vai ficar tudo bem.

Acima deles, a noite caiu como um manto fúnebre puxado sobre a cratera. O ar frio vibra com a aspereza coletiva do enxame, centenas deles saindo de cada canto, atraídos pelo barulho e pelas vozes, os olhos iridescentes feito refletores que flutuam pela beira da cratera, alguns empurrando, cutucando outros contra a barreira de arame farpado.

Ash olha para Norma, que se aproxima, desajeitada, segurando o facão.

— Não posso fazer isso, Ash — diz Norma —, desculpe, você precisa arrumar outra pessoa para fazer.

— Dê para mim!

Ash pega o facão da mão de Norma. Respirando com dificuldade, engolindo o pavor, Ash segura firme com a mão suada o cabo da arma. Com a mão livre, ela puxa a perna esquerda de Lilly para si, expondo a área ferida. Trinca os dentes. Sua respiração é cada vez mais laboriosa, como se ela estivesse quase ofegante. Ela olha o rosto escorregadio de suor de Lilly.

Lilly faz que sim com a cabeça.

David se aproxima com o frasco e um lampião, que ele acendeu, a única luz no buraco. A radiância amarelo-clara ilumina a parede da cratera como um refletor em um espetáculo de pesadelo.

Ash continua respirando com uma intensidade cada vez maior até que todos percebem que ela também tem dificuldades para concluir o procedimento. Talvez seja o fato de que é Lilly Caul que ela está prestes a cortar e esquartejar, sua amada líder *de fato*, sua estrela-guia, sua protetora, sua voz da razão.

— Faça logo, merda! — O grito de Lilly é agudo de histeria. — Vamos, faça... você está me torturando! FAÇA LOGO ESSA MERDA!

Tommy passa o braço em volta de Lilly e fala bem baixinho.

— Eu vou fazer, Lilly. — Seus olhos se encontram, a chama oscilante pinta o rosto do garoto de uma luz dourada. Em uma batida do coração, algo muito profundo, que nenhum dos presentes naquela noite será capaz de articular, é transmitido entre os dois. — Vou fazer se você me prometer uma coisa. Você vai usar esta última bala em mim.

— Meu Deus, não... Tommy, por favor... por favor, não me peça isso. — O sussurro lamentoso de Lilly quase não pode ser ouvido, sua voz sumiu, o coração está partido, a vertigem a domina. Ela coloca o rosto na parte macia do ombro de Tommy e deixa sair toda a sua tristeza reprimida, seu pesar, sua desolação. Ela chora alto, a voz assume o caráter de um animal ferido. Ela abraça o filho adotivo junto ao peito pelo que parece a primeira e última vez. — Não... não, não, não... meu Deus, não, não, não.

— Eu a amo — murmura ele em seu ouvido, suavemente, garantindo que ela seja a única a ouvir esta última palavra. — Mãe.

Naquele único instante transcendente, Lilly sabe, nas câmaras mais profundas de seu coração, que tudo será medido como *antes* ou *depois* deste momento.

— Meu doce filho, meu amor — fala ela de forma quase inaudível no ouvido de Tommy enquanto as ondas de dor, enfim, a engolfam e tragam, puxando-a para o vazio da inconsciência.

Ela desaba em uma bola fetal ao lado do garoto, a perna ferida ainda lateja, ainda se projeta desajeitadamente pelo chão. Ela agora sente como quem se separa nas costuras, sua temperatura chega ao pico, o espírito se desliga do corpo como uma gema se separando da clara, flutuando, vagando por um mar de agonia, um espectro que se libertou de seu ser corpóreo.

Ela não vê Tommy Dupree se levantar dolorosamente e pegar o facão com Ash. Ela não o vê vacilar nos joelhos bambos, tonto e fraco, embriagado de tristeza quando segura o facão com as mãos. Ela não vê as lágrimas dele brilhando em seu rosto de porcelana quando ele levanta a lâmina. Também não ouve o grunhido de esforço quando ele desce o facão com a maior força e velocidade possível.

O estrondo sônico de agonia ressoa por seu corpo, jogando-a ainda mais no vácuo do espaço. Ela enrijece quando o tornozelo se parte — o estalo de cartilagem e osso, como um pedaço de sua alma arrancado por *banshees* —, seguido pelo álcool derramado, frio e molhado, nela, o riscar de uma pedra e a explosão do fogo purificador. O inferno se forma e masca sua medula, um maremoto de dor como lava derretida se choca, fazendo-a entrar ainda mais nas trevas. Ela sente levemente o odor da própria carne se queimando pouco antes de a maré negra cair sobre ela e tudo ficar silencioso e escuro.

VINTE E TRÊS

Como que por milagre, algum tempo depois — minutos ou talvez horas, ela nunca terá certeza —, seu sistema nervoso desperta graças a um sobressalto ao som de um revólver .38 de cano curto disparado na câmara de eco da cratera.

O estampido faísca e brilha na escuridão tal qual velas romanas por dentro das pálpebras de Lilly, iluminando os capilares radiantes e delicados de sua carne como uma miríade de rios que se ramificam por pequenos mapas. Ela consegue espiar por entre as frestas das pálpebras e vê a mulher chamada Ash recurvada sobre o corpo do garoto, a fumaça do único disparo é um nimbus em volta dos dois, envolvendo-os em sua névoa azul-aço.

Lilly abre a boca para gritar, mas não sai som nenhum. Ela afunda de novo na escuridão eterna e misericordiosa. Por favor, meu Deus... que isto seja um sonho.

Mais tarde ainda, no limbo das horas que antecedem o amanhecer, suas pálpebras se abrem palpitando de novo por um único instante, revelando o caos na cratera, uma luta em câmera lenta que se desenrola diante dela, vislumbrada parcialmente no tremular da luz do lampião.

Da escuridão acima, o enxame virou para dentro a barreira de arame farpado chegando ao ponto da ruptura. Agora, um único errante mergulha no buraco. A tenaz e valente Ashley Duart — sem blusa, de sutiã — apunhala a criatura no crânio com o facão de lâmina comprida. Depois vem outro, girando os braços, mergulhando no buraco, o facão de imediato o destrói. Em seguida outro cadáver mergulha, debatendo-se, depois outro e mais outro, e Ash os recebe com um golpe rápido e decisivo. Norma, David e Bethany agora colaboram, cravando armas afiadas no crânio dos monstros até que os restos humanos começam a se acumular no chão sujo do buraco como um campo de batalha.

Lilly tenta se mexer, procura se arrastar, quer ajudá-los, mas seu corpo — destroçado de agonia, toda a perna esquerda dormente de paralisia — não funcionará. Será que sente um pé esquerdo fantasma? Sente um leve sopro de carne queimada. Ou será o fedor da morte do amontoado crescente de corpos?

Saindo e entrando na inconsciência, Lilly tem seus últimos vislumbres indistintos de errantes caindo no buraco, seu pessoal derrubando-os freneticamente como numa linha de montagem medonha. De lado, as crianças observam com expressões vazias e estoicas, como a prole de criadores de porcos observando o abate de outono.

A cena começa a desaparecer, o barulho diminui. Lilly olha vagamente a sua direita e vê os restos ensanguentados e mutilados do pé esquerdo decepado, aninhado em um tecido encharcado de sangue, pálido como massa de marzipã. Em seu estado enfraquecido, agora semiconsciente, deslizando de volta à rampa gordurosa do esquecimento, ela vê uma piada mórbida no fato de que, até sob a fraca luz bruxuleante do lampião, enxerga nos dedos do apêndice amputado flocos e riscos do esmalte cor-de-rosa que ela passou sem nenhuma habilidade em Atlanta algumas semanas atrás, numa tentativa inútil de normalidade.

Depois ela vê outro objeto pouco além de seu pé lamentável sem corpo, e seu humor evapora. Ela fixa o olhar no corpo magro e parcialmente coberto por uma manta enquanto a sombra aos poucos é puxada sobre sua visão. Os restos de Tommy Dupree jazem de lado, as pernas puxadas contra o peito, os braços voltados para dentro como se ele dormisse. O ferimento de entrada na cabeça quase não é visível, e ele tem uma expressão estranhamente tranquila.

É como se um punho saísse da escuridão e esmurrasse a barriga de Lilly. Ela se enrosca em uma posição fetal indefesa e comprimida e chora em silêncio, as lágrimas escorrendo para o tapete sujo enquanto o mundo enfim escoa no nada.

Pelo restante daquela noite, os outros dormem muito pouco, engolfados na absoluta escuridão e no fedor horrível de carne morta, cercados por incontáveis amontoados esfarrapados de restos humanos. As crianças se agitam, presas de fragmentos de intermináveis pesadelos em série que as vêm atormentando pelos últimos quatro anos. Ash está sentada, arriada contra uma parede, de sutiã, com um cobertor jogado nos ombros, e a cabeça tomba em certos momentos, sempre que ela entra e sai de um estado semiadormecido inquieto.

David Stern está deitado ao lado de Lilly, fica de olho nela, acendendo de vez em quando o isqueiro Bic para checar o curativo improvisado no coto exsudando, onde antes ficava seu pé. Ele cochilou algumas vezes, roncando tão alto que acordou sozinho para mais uma vez acender o isqueiro. Na luz amarela e fraca, ele vê os olhos de Lilly agitando-se abaixo das pálpebras. Imagina que ela tem um sonho bizarro.

Norma Sutters, encostada na parede do outro lado de Lilly, é a única que nem pisca de sono naquela noite. Tem uma ideia fermentando no fundo da mente e quer pensar plenamente nela antes de contar aos outros. Agora, ela espera que o coro ubíquo de zumbidos de cordas vocais mortas, vibratórias e murmurantes desapareça acima dela. O enxame esteve se dispersando na última hora, o barulho aos poucos diminuía. Ela ouve o arrastar desajeitado enquanto as criaturas perdem o interesse pelo conteúdo da cratera e vagam de volta para os cantos de onde vieram.

O céu começa a se alterar com a aproximação do amanhecer. Norma é a primeira a notar. Esteve olhando as estrelas a noite toda, revirando a ideia em sua mente, e agora vê a primeira sugestão de um novo dia ao mesmo tempo que as constelações começam a desaparecer no tecido enevoado e cinzento do céu noturno. Ela olha a cratera. A escuridão se transformou muito ligeiramente, como café com um pingo de leite. Seu coração se acelera. É hora de testar a ideia — talvez a única chance de eles saírem vivos deste buraco esquecido por Deus.

Ela se aproxima de Ash e cutuca a mulher para acordá-la.

— Ash, querida, está quase amanhecendo.

Ash se senta, atirando-se para a frente com um solavanco. Pisca, seus olhos brilham com o resíduo da violência indizível.

— O quê?!... Porra! Desculpe.

— Sou eu, querida, é a Norma.

— Que horas são?

— Não sei, mas a luz está chegando, devem ser umas quatro e meia, cinco... por aí.

— Meu Deus, por um segundo pensei que tudo era a merda de um sonho.

— Você e eu, amiga. — O brilho claro de antes do amanhecer se elevou o bastante para Norma enxergar as feições da mulher mais nova. Suas faces angulosas e o perfil aristocrático aparentemente envelheceram muitos anos em uma noite. O cabelo escuro parece ter ficado grisalho, mas Norma logo percebe que é apenas um truque da luz. — Você e eu.

O dia amanhece cinzento e com neblina, uma frente fria se choca com a umidade e o calor do verão da Geórgia, fazendo o céu desaparecer atrás de um teto de névoa cor de bronze, conferindo a tudo um aspecto onírico. Os ocupantes da cratera trabalham em silêncio, com o cuidado de não atrair nenhuma atenção indesejada, enquanto, aos poucos e laboriosamente, transformam a configuração dos objetos espalhados pelos mais ou menos 30 metros quadrados de carnificina medonha.

A luta sacode Lilly de um estupor quase catatônico, o passar do tempo perdeu o sentido para ela, a narrativa surreal de seus sonhos febris se deteriora em um imaginário sinistro e enigmático. Enquanto Ash e David a levantam delicadamente para uma padiola improvisada feita com uma cadeira de jardim caída, ela consegue abrir um pouco os olhos, cada pálpebra parece pesar 500 quilos. Sente a padiola virar quando eles a levantam para a pilha de restos humanos. Ela não consegue enxergar o resultado da ideia de Norma e David — empilhar todos aqueles cadáveres à mão, um de cada vez, como quem constrói um enorme formigueiro de corpos —, nem consegue apreender a enormidade da realização. Mas Lilly *sente* — mesmo em meio à dor implacável e paralisante que se irradia do coto de seu pé esquerdo fantasma — a euforia de ter ressuscitado daquela imensa tumba, subindo uma escada feita de cadáveres.

Pela maior parte daquela manhã, empilhando um corpo de cada vez, eles construíram o monte de cadáveres. Algumas vezes, a pilha desmoronava neles como um castelo de cartas ou um amontoado de carvão derrubado. Alguns vomitaram pelo cheiro e pela gosma de sangue e fluidos rançosos que ensopava suas roupas. Mas eles insistiram, continuaram jogando um cadáver depois do outro na pilha, até que o monte se elevou a quase 9 metros.

Agora eles levam Lilly para cima e pelo ressalto, baixando-a na pavimentação da rua principal. O vento sopra em seu cabelo úmido e embaraçado, agitando-a, alcançando sua alma. Aquela *brisa* — a característica brisa com cheiro de magnólia de Woodbury — a desperta ainda mais. Parece a liberdade, parece a esperança, as lembranças melancólicas. Norma e as crianças se posicionam em volta de Lilly em um semicírculo, de mãos dadas, como foram orientadas por Ash. Lilly tenta falar alguma coisa, mas não tem forças.

Pelo canto do olho, ela vê Ash e David retirando um último indivíduo da cratera. Eles colocam o corpo de Tommy em uma segunda padiola improvisada e assentem para Norma. As lágrimas e as ondas de dor encobrem a visão de Lilly, impedindo-a de enxergar Bethany e Norma carregando silenciosamente o corpo do garoto pela Dromedary Street, na direção do complexo da pista de corridas.

As lágrimas de Lilly toldam a visão da cidade coberta pela neblina enquanto o grupo parte para o norte, seguindo Norma e Bethany para a arena de corridas. Eles passam pelas ruínas bombardeadas da antiga agência postal e pelo antigo carvalho que se coloca como uma sentinela mítica na frente da casca incendiada da igreja batista. Seus movimentos metódicos, os passos cuidadosos e estudados — até as crianças, que não dão um pio — conferem à procissão um ar de luto, de ritual, de celebração.

Fechando os olhos, Lilly tenta bloquear a dor e pensar em Tommy, em sua força vital e seu amor. Ela pode sentir a presença da horda à espreita fora de vista, para além do Piggly Wiggly em ruínas, nas ravinas e leitos secos de rio da floresta Simmons, atrás de cartazes perto da rodovia e em cada sombra e embaixo de cada pedra na cidade. Eles zanzam, sem rumo, esperando, aguardando um sinal, um cheiro, um som.

Lilly se concentra no cheiro da brisa enquanto eles se aproximam da segurança da pista de corridas. Mais 20 metros e estarão livres, em casa. Mais 20 metros e Lilly terá atendimento médico. Mais 20 metros e as crianças poderão respirar novamente.

Quinze...

Lilly se concentra naquele aroma floral doce e almiscarado do vento de Woodbury.

Faltam 10 metros...

Lilly pensa em Tommy e no fato de que ele nunca mais vai sentir o cheiro desta brisa.

Cinco metros...

No vapor traumatizado e atormentado da consciência, naquele momento, Lilly imagina que coloca Tommy para dormir, puxa as cobertas até seu queixo, dá um beijo em sua testa, sente o cheiro de grama e terra em seu cabelo e lhe diz o quanto o ama.

Depois ela imagina Tommy Dupree adormecendo rapidamente... como a cidade de Woodbury agora dorme em seu silêncio profundo e duradouro.

E então, ela e os outros passam pelo portal da arena e entram no labirinto escuro de passagens e salas seguras.

EPÍLOGO

Los primeros días

Uma ponte de asas prateadas se estende das cinzas mortas de um pesadelo implacável para a joia de visão de uma vida que recomeça.

— Aberjani, *Journey through the Power of the Rainbow*

Até hoje, a sala subterrânea sem ventilação e bolorenta, adaptada como uma enfermaria improvisada, sobrevive. Durante o reinado brutal do prefeito Gene Gavin e de seus capatazes da Guarda Nacional... durante os dias selvagens de Philip Blake, vulgo Governador... durante as violentas infiltrações do reverendo Jeremiah Garlitz e seu bando de fanáticos... e durante incontáveis invasões dos mortos, ataques de bandidos itinerantes e até as conflagrações de terra arrasada recentes de David Stern... a unidade de cuidados intensivos, laboratório, clínica médica e maternidade de Woodbury permanece essencialmente a mesma, como era no dia em que o irreprimível Dr. Stevens a transformou em tal instalação. Foi no tempo em que a praga era jovem — apenas semanas depois do primeiro incidente dos mortos atacando os vivos — e as pessoas consideravam instalações semelhantes a esta verdadeiramente temporárias. Agora o povo não tem tanta certeza. Ninguém sabe se este estado de sítio aterrador *terá* um fim. É por esse motivo que David Stern tornou-se o diretor não oficial da clínica, bem como médico autodidata, cirurgião de campo neófito e fisioterapeuta amador.

— Experimente — ele exorta Lilly enquanto enxuga as mãos em uma toalha. — Se ficar estranho, vamos reajustar.

Lilly se senta na beira da mesa de metal para exames do outro lado da enorme sala ladrilhada, um espaço situado bem abaixo das arquibancadas a leste do estádio. Antigamente um centro de serviço para pilotos de stock-car, que o usava como garagem subterrânea, a sala exibe três lâmpadas halógenas, duas macas, dois geradores de emergência ventilados por uma chaminé de exaustor e estantes de metal abastecidas de fármacos, a maioria dos itens arranjados nas áreas abandonadas nos últimos quatro anos. Alguns béqueres e frascos enfileirados nas prateleiras — contendo de tudo, de eletrólitos a insulina — datam dos tempos da administração de Bob Stookey.

A sala tem um significado profundo para Lilly Caul. Foi o lugar onde Rick Grimes perdeu a mão em torturas brutais do Governador. Foi ali que Philip Blake recebeu cuidados médicos depois que Michonne executou sua vingança grotesca. É o lugar privativo onde Lilly perdeu seu filho, os mesmos ladrilhos nas paredes apelam a ela agora. Ela é uma sobrevivente nata, e esta sala a verá continuar, prosseguindo a luta, esforçando-se para ter uma vida normal. Com isso em mente, ela impulsiona o corpo da beira da maca e coloca todo o peso na prótese improvisada em que David esteve trabalhando por dias.

— Ai! — Ela reprime a dor e se apoia na perna boa, levantando-se apoiada no artefato afivelado a seu coto.

— Vai levar algum tempo para se acostumar — comenta David, segurando-a pelos ombros e a equilibrando. — Fique à vontade para usar as muletas.

Lilly solta o ar dolorosamente. Vestida em um velho suéter, com o cabelo preso num rabo de cavalo apertado, ela parece uma mulher vinte anos mais velha do que sua idade, mas também há uma centelha de força e determinação pelos cantos dos olhos verdes. Ela precisou cortar a perna esquerda dos jeans desbotados para acomodar a prótese, que parece ter um freio de cavalo preso por uma fivela em seu tornozelo esquerdo. O pé de madeira de aparência primitiva, que David entalhou de uma pilastra, agora está escondido por dentro da bota. O coto ainda está sensível, apesar de se curar muito bem.

No último mês, Lilly esteve descansando na enfermaria, em fisioterapia, vivendo de sopa, antibióticos e analgésicos, e fazendo um balanço geral. Perdeu 12 quilos e escreveu centenas de páginas em seu diário. Lamentou a perda do filho adotivo, bem como de muitos outros que pereceram no êxodo da Ikea. Mas nas quatro semanas desde que os acontecimentos na cratera mudaram a vida de todos os valentes cidadãos restantes de Woodbury, a única vez em que ela colocou a cara para fora do complexo de corridas foi para comparecer ao serviço fúnebre de Tommy Dupree.

O garoto foi posto para descansar debaixo de um carvalho na beira de um parque, ao lado das sepulturas de Josh Hamilton e Austin Ballard. Lilly se colocou sobre duas muletas naquele dia, o coto com um curativo, chorando baixinho enquanto os outros se afastavam para que ela se despedisse em paz.

— Talvez eu use uma muleta só — diz ela agora, jogando um pouco de peso na prótese. — Um pouco de prática e devo conseguir andar bem. — Ela olha para David. — Fez um bom trabalho, doutor.

— Está com vontade de dar um passeio? — Ele abre um sorriso para ela. — Faz um lindo dia.

Ela sorri para ele.

— Você tem mais daqueles analgésicos maravilhosos?

Hesitante, ela sai do vestíbulo norte da pista de corridas, ao lado de David, piscando para o sol forte, sentindo-se uma vampira dando os primeiros passos. É uma linda tarde na Geórgia, um dia de verão quente e cristalino. O céu sem nuvens é de um azul-cerúleo puro, cordial e sereno como os céus costumam ser nestas paragens.

Norma, Ash e Bethany esperam por eles no portão de saída. Norma e Ash têm flores frescas a suas costas e um grande sorriso na cara. Bethany olha assombrada, com sua carinha oval inocente. Elas se revezaram para abraçar Lilly e lhe dizer como ela parece bem. Ela as chama de mentirosas, e Bethany ri de alegria quando Lilly lhe mostra seu pé de madeira, que parece um apêndice do monstro de Frankenstein. Norma e Ash tentam esconder os olhos marejados.

Elas dão um passeio pela cidade, andando devagar pela rua principal, David e Norma apontando todas as restaurações que estão em andamento.

Lilly entra em um ritmo sincopado com a única muleta e logo se desloca com bastante facilidade. Ela vê que eles começaram a preencher a cratera no final da rua com cascalho e concreto. Também limparam grande parte do entulho produzido pelo incêndio. Algumas partes das fachadas dos prédios estão em processo de pintura, e as barricadas voltaram a ser erguidas pelas ruas Dogwood e Pecan. Lilly vê as crianças agora do outro lado da praça, reunidas na terra sulcada da horta, revirando-a e plantando punhados de sementes. Tyler e Jenny Coogan estão de pé em extremidades opostas da horta, cada um deles segura um fuzil, cada um deles monta guarda diligentemente.

No fim da Jones Mill Road, Lilly e os outros param para descansar e almoçar. Sentam-se a uma mesa de piquenique na crista de um pequeno morro. Norma encheu uma mochila com pêssegos em lata, dentes-de-leão, carne-seca e um líquido transparente de sabor horrível que ela alega ser seu mais recente lote de destilado da Geórgia.

Eles comem e bebem, falam do futuro e, a certa altura, Lilly olha a colcha de retalhos de ruas estreitas, construções mínimas e espaços públicos verdes — a maioria encerrada atrás das muralhas da barricada — e pensa consigo mesma: *Desta vez, talvez, só talvez, Woodbury resista...*

... esta cidade antiquada, obstinada e bela, este lugar que eu, para sempre, de hoje em diante, chamarei de lar.

Este livro foi composto na tipografia Palatino
LT Std, em corpo 10,5/15,5, e impresso em
papel off-white no Sistema Digital Instant Duplex
da Divisão Gráfica da Distribuidora Record.